終活シェアハウス

御木本あかり

Mikimoto Akari

小学館

装幀　椋本完二郎
装画　祖父江ヒロコ

1

オバサマ達は、いつも唐突に用を言いつける。

早朝でも夜中でも、通学する直前だってお構いなしだ。

「唐突じゃないわよ、機敏なだけ。パッと閃《ひらめ》いた時に言わないと、忘れちゃうしね」

堂々と言い訳し悪びれる様子もない。そういうのって女性の特性なのか、年取ったせいなのか、判断に迷うけど、振り回されっぱなしだという現実だけは動かない。

僕は前輪の籠から飛び出そうな長ネギを押さえ、ママチャリのペダルにぐいと力を入れた。なだらかな上り坂を進み、閑静な住宅街を抜け、最後、急な坂を上り切るとバスの停留所が現れる。黒いタイル貼りのマンションを見上げ、「ふぅ」と息をついた。『カーサ・ベラ・ビスタ』。築年数はややあるけれど、モダンで堅牢《けんろう》な造りで、見晴らしのいい立地もあって、今も人気の物件だそうだ。

「かもしれないけど、年寄りにお勧めじゃあないよ」

不動産会社の営業マンみたいなことを考える。若いから、この程度の坂道は一気に上り切れるけど、歌子《うたこ》さん達にはつらいだろう。もっとも当人達は「目の前にバス停あるし」といたって呑気《のんき》で気にもしていない。でも、これからますます足腰が弱くなるのに、どうするつもりなんだろうと、他人事《ひとごと》ながら、ここに来るたびに思う。

入り口の駐輪場に自転車を置いて、スーパーの袋を籠から取り出し、エレベーターに乗って『6』のボタンを押す。最上階の六階には奥村《おくむら》家しかないから、乗り合わせた住人は大抵、おや？　という顔をする。そうだよ、僕は最上階の関係者さ。自分ちでもないのに、ちょっと優越感に浸る。

「今日は大事な会議があるから、翔太《しょうた》君も出席してね、あ、それから来るついでに、長ネギと卵とヨーグルトと小麦粉を買ってきて。ヨーグルトはいつものもので、あれがなかったら買わなくていいから。他のは、微妙に味が違うのよねぇ。卵は六個二百八十円の、紙のケースに入った赤いヤツ。それを二パック。この間みたいに間違えないでよ、それと賞味期限はちゃんと見ること。棚の後ろにあるから新鮮だとは限らないんだからね」

今朝、細かい指示があった。ほんと、人使いが荒い。買い物は時給の三十分ぶんで五百五十円。いいんだか悪いんだか分からない。最上階に着いて、ポーチの付いた玄関のインターフォンを鳴らす。

今日のお昼はなんだろう？

ドアが開いて、白髪ボブの厚子《あつこ》さんがヌゥと顔を出した。住人・その二、この家の級長兼風紀委員だ。化粧っ気のない顔に、着古した藍染めのワンピース姿で、僕を頭から足までジロリと観察する。

「お早う、トー大生君！　相変わらず冴《さ》えない格好だね。今日も授業はおサボりかな？」

つまんないジョークで勝手に笑ってスーパーの袋を受け取った。どうせ僕は無名・三流の東洋文化《とうようぶんか》大学の学生ですよ。トー大だなんて、紛らわしい略称は使わないし。大体、好きでサボってきたわけじゃない。呼び出されたから来たんだろ。冴えない格好って、どっちのことだ。もちろん、口には出さず、厚子さんに続いて中に入ったら、炒《いた》めニンニクの香ばしい匂いがプンとした。コンロの前で中華鍋相手に奮闘していた歌子さんが、フリルいっぱいのエプロン姿で振り返る。住人・その一、この家のオーナーであり議長だ。

「相変わらず、いいタイミングで現れるねぇ。どういう鼻をしているんだ、君は」

よく通るメゾソプラノで威勢よく言って、ぷっくらした手でクシャと卵を割り、手さばき鮮やかに鍋を返す。

「見とれてないでテーブルの準備、手伝ってあげて」

得意げに指示を出す。テーブルを拭いていた瑞恵《みずえ》さんが、

「いいとこ来た。翔ちゃん、お皿並べて！　ね、どう、今日の私、三十代に見えない？」

人参《にんじん》柄のサマーセーターの胸を突き出しポーズをとった。

三十代なら似合うだろうけど、三十代に見えるわけがない。さりげなく無視して、手を洗いお皿を並べる。よく見ると人参じゃなくてイチゴ柄だ。どっからこんな派手なの、探してくるんだろ、といつも思う。この瑞恵さんが住人・その三。この家の……賑《にぎ》やかしかな。

鼻をヒクヒクさせ、キッチンから漂う匂いを確認する。どうやら今日の昼飯は、醤油《しょうゆ》キムチチャーハンだ。

細かく刻んだ長ネギとピーマンとツナ缶のツナとハムとエノキとキムチをいっぱい入れて、そこに卵を加えてパラパラに炒め、最後にレタスを混ぜ込んで醤油で仕上げたチャーハンは、塩加減といい、レタスのシャキシャキ感といい、ニンニクと醤油の香ばしい匂いといい、いつもながら絶品だ。歌子さん達は、そこに各自、海苔《のり》を細かくちぎってたっぷり掛ける。当然、僕も同じように掛ける。チャーハンをお代わりし、わかめと生姜《しょうが》と白髪ネギが品よく入った、歌子さんのいう「簡単わかめスープ」もきれいに飲み干し、中鉢に入れられたキュウリの糠漬《ぬかづ》けの残りをポリポリ齧《かじ》りながら、「満足だぁ」とだらしなく寛《くつろ》いで瑞恵さんがいれてくれるお茶を待っていたら、

「それでは定例会議を始めます。いいお天気だから、バルコニーでやりましょう。翔太君、みんなのお茶、運んで」

と歌子さんから厳《おごそ》かに命令された。ここは元々歌子さん所有の家だけれど、基本、三人は平等だ。でも、根が仕切り屋のせいか、自然と歌子さんが議長役になっている。

「僕が?」

「男の子でしょ、若者でしょ」

「翔ちゃん、あーた、客じゃないんだからね、さっさと働く」

厚子さんにビシッと叱られ、「ハイ!」と立って熱いお茶の入った湯飲みを運んだ。元教師の一言に、劣等生だった僕の体は脊髄《せきずい》反射的に反応してしまう。でも、正直なところ、こういう仕事は契約外なんだけどとかすかに思う。慣れちゃったからいいんだけれど、この家では契約とか取り決めはすぐに忘れ去られ、全てが大雑把にモヤッと進むんだ。

リビングの先には広くて見晴らしのいいルーフバルコニーがあって、晴れた日には遠く富士山まで見える。ハーブやバラや、大きな鉢植えに植わったレモンの木から籠に入ったスミレに至るまで、たくさんの草木が所狭しと並んでいて、ちょっとしたガーデニングショップみたいになっている。もっとも、枯れてしまった草木や壊れた植木鉢の始末は僕の仕事なので、「きれいで素敵な空間」と呑気に喜んでもいられない。

パラソル付きのテーブルの周りに一同座り、姿勢を正し、ノートを広げる。一同と言っても、歌子さんと厚子さんと瑞恵さんと僕の四人だけだ。今日も富士山が遠くくっきりと映え、心地よい春の風が、花の香と共に頬をくすぐっていく。

「今日の議題は、新メンバー、緑川恒子《みどりかわつねこ》を迎えるにあたっての準備と心構えについて」

厚子さんも瑞恵さんも周知のことのように頷《うなず》いている。僕は「はい」と手を挙げた。

「すみません、その緑川さんって、誰なんですか？」

三人はキョトンと顔を見合わせ、ああ、と同時に声を上げた。

「翔ちゃんには言ってなかったっけ？」

「そうよ、確かその話が出たのは、大分前の夜だったたし、恒ちゃんがここに来て話を決めたのは、翔ちゃんの出勤日じゃなかったし」

「なるほど、そういえばそうよねぇ」

初めて気づいたみたいな顔になって、歌子さんが納得している。

「じゃあ、翔ちゃんのために一から説明します。新メンバーの名前は、緑川恒子さん、私達の仲間。

つまり小学校からずっと一緒だった葵《あおい》の一人。よって、彼女も六十八歳。いろいろあってね、近く、四人目の住人としてこの家で暮らすことになるの」

葵というのは、葵女子学院が正式名で、歌子さん達の出身校だ。僕は知らなかったけれど、明治初期に創設された伝統と格式ある女子校なんだそうだ。「割といいとこの子が入学する有名な学校よ」と歌子さん達は誇るが、世間からは「偏差値の高くないお嬢様学校」と認知されていることには、決して触れない。三人は、小学校入学から短大を出るまで、ずっと一緒に勉強した、長〜い付き合いなのだ。


「ちょうど、奥の部屋が空いているしね」

「もともと私達、四人のグループなのよ、あれは小学校四年の時？」

「そう。理科の観察学習で四人ずつ組まされた時からだもの」

「あの時から私達の絆《きずな》が始まった」

「ともかく、成績も性格もバラバラ、人生もそれぞれだったけれど、不思議と気が合ってね。ずっと仲良くしてきたの。シェアハウスを始めようって話が出た時、恒ちゃんも誘ったんだけれど、その時は彼女、熱海《あたみ》の温泉付きマンションに住んでいて、一人暮らしが気楽でいいと言っていたの。でも今回、そこを売って、ここの一員となることに決めたってわけ」


熱海の温泉付きマンションで一人暮らしする方がよほどいいじゃないかと思ったが、黙って聞いた。このオバサマ方に何か言う時は、その数倍の言葉が返ってくることを覚悟しなくちゃいけない。それが面倒なら、余計な言葉は発しない。半年掛かってようやく体得《たいとく》したオバサマ対処法だ。

「荷物は最小限にしてくると言っているから、問題ないと思うけれど、役割分担をどうするかよね。それと、病気が進まないよう、どう対応するか」

歌子さんが議長らしく、課題を整理する。

「私も、いろいろ調べてみたのだけれど、特別扱いしないで、なるたけ普通の生活を積極的にさせるのがいいのよね。刺激を与え、会話を増やし、手も体も動かす、頭も使わせる」

口調はきついが、厚子さんはいつも理路整然と話す。知識も豊富で尊敬するが、インテリ風を吹かすところが、たまにうざったい。

「頭使わせるって言うけど、恒ちゃん、昔っから深く考える方じゃないからねぇ」

瑞恵さんが口を挟《はさ》み、

「瑞恵ちゃんには言われたくないって、言うと思うわよ」

厚子さんに叱られている。

「その方、病気なんですか？」

恐る恐る聞いた。どうも話に付いていけていない。三人は、お互いの顔を見合って「言うしかないわね」という風に頷き合った。

「うん。率直に言うとね、ＭＣＩというやつ。分かるかな、日本語で言うと軽度認知障害。認知症の一歩手前で、発症したわけではないけれど、このままだと真《ま》っ直《す》ぐ認知症に突入という中途半端でややこしい状態にあるの」

「そういう人が、ここに来るんですか？」

呆《あき》れ返ってつい非難がましい言葉が出た。ここは介護施設じゃない。専門家がいるわけでもなく、一歩手前だろうが、いずれ認知症が出てくる人を迎えられるような場所ではない。自分達だって、段々足腰が不自由になって、杖《つえ》を突いたり、助けが必要になる身ではないか。わざわざ困難を招き入れようとする気が知れなかった。

「だってねぇ。他ならぬ恒ちゃんだもの」

三人で首をすくめている。

「一人で暮らしているのはよくないのよ。いろんな人と会話して、刺激を受けながら生活すれば、発症を遅らせるどころか、よくなることだってあるのよ。だからねぇ」

当然でしょ、と胸を張る。

「家族がいるんじゃないですか？　そういうのって、家族が引き受けるもんじゃないですか？」

反論する立場じゃないけれど、お人よし過ぎる。

「でもね、恒ちゃんは、私達と一緒の生活の方がいいって選んだのよ」

「同世代同士の方が、分かり合えることもあるしね。家族に嫌な顔されて暮らすより、友達と一緒の方がよほど気楽じゃない」

「お互い様だしね」

「そうそう。お互い様。今、恒ちゃんが軽度だと言っていても、いつこの中の誰かが、もっとボケちゃうかもしれないんだから」

「本当だ」

「そうよねぇ」

三人でケタケタ笑っている。

「恒ちゃんには、当面、食事作りの補佐役をやってもらうってのはどう？」

歌子さんが提案した。

「でも、恒ちゃんって、料理、下手だったじゃない」

「そうそう。料理だけじゃないわよ、裁縫だってすっごく下手だった」

「雑巾縫っても、縫い目がグジャグジャ」

「覚えてる？　中学校の時の文化祭で、恒ちゃん、売り物にするカレー焦がしたのよぉ。かき回していればいいだけなのに」

「そんなことあったね。じゃあ、得意なこと、何かないの？」

「トロかったという記憶しかない。成績はいつも中の中だったし」

何故《なぜ》か瑞恵さんが嬉々《きき》として語り、

「瑞恵ちゃん、トロさでいえば、あんただって、相当にトロかったわよぉ。忘れ物が多くて叱られてたのは、瑞恵ちゃんだったじゃない」

厚子さんがクギを刺した。話が終わりそうもないので、割って入った。

「今日は、何を決めるんでしたっけ？」

今日は、夕方に一コマ、講義がある。こっちだってそれなりに忙しいのだ。オバサマ達の長話に付き合っている暇はない。

「役割分担は、恒ちゃんが来てから、おいおい決める方がいいかもね」

賛成、と瑞恵さんと厚子さんが手を挙げ、今日は、他に決めることはなさそうだった。

「そういうことで、翔太君、これからよろしくね。君の活躍に期待しているからさ」

「え、ひょっとして僕がその緑川さんの面倒をみる、ってことですか？」

「そんなこと、ぜ〜んぜん、言ってないわよ。恒ちゃん、今だって普通に生活できてるし。ただ、若者だし、男の子だし、何より我が家の秘書だからね、よろしくってこと。それと一応、ナイーブなことだから、当人と話す時は、それなりに気を遣ってね」

歌子さん達は、しみじみと「空気を読みなさいよ」と言いたげに頷き合い、会議終了とばかり、一斉に立ち上がった。

ようやく分かった。今日はこれを言い渡すために、僕を呼び付けたんだ。


半年前のことだった。

スーパーの掲示板の『アルバイト募集』コーナーを眺めていた。駅前のスーパー『ミナミ』には、近隣住民のための掲示板があって、「家庭教師します、当方、国立大生」だの「迷い猫を探してます」だの「パートさん募集・居酒屋だるま」だののチラシが貼ってある。

当時、週末の土日だけ、居酒屋『風車《かざぐるま》』でバイトをしていたのだけれど、それだけじゃ、生活は苦しくて、何か、他にいいバイト先はないものか、掲示板の前を通るたびにチェックしていたのだ。ベーカリーのバイトがあって、ちょっといいかもなぁ、となんとなく募集要項を読んでいたら、

「ねぇ、君、さっき絹サヤ買ったでしょ」

後ろからメゾソプラノの声が聞こえてきた。振り向くと、スーパーには不似合いな、ヒラヒラとフリルの付いた派手な花柄ブラウスに、鮮やかなブルーのフレアスカート姿のちょっとふっくらした女性が立っている。年の頃は六十代？　って感じで、主婦にしちゃあ、華やか過ぎだし、仕事帰りにしてはちょっと時代遅れだなぁ、とそんな印象だった。そもそも、質問が変だ。フツー、初対面の相手といきなり絹サヤの話はしないだろ。でも、買ったのは事実だったので、「はぁ」と曖昧に返事した。なんか、関わってはいけないタイプかもしれない、と用心しながら。

「で、その後、卵を買ったでしょ。今晩、絹サヤの卵とじをおかずにするつもりでしょ」

自信たっぷりに言う。おいおい、卵を買うのも見てたのか？　オバサンのストーカーか、それとも新興宗教か何かの勧誘か？　警戒しながらも、確かに、野菜売り場をうろついていたら、この季節には珍しく新鮮な絹サヤが安く売られていて、そうだ、今晩はこれをさっと茹《ゆ》でて、バターで炒めて最後に溶き卵をわっと加えて卵とじにしようと決め、そういえば卵も切れていたと思い出して卵売り場で卵を取って、ついでに缶酎ハイも籠に入れ、レジでお金を払って出てきたところだったから、

「だったら、いけませんか？」

とつい、答えてしまった。すると花柄オバサン、喜色満面になって、

「いいの、いいの。全然いけなくないし、正解なの。今日の売り場を見る限り、買いは絹サヤで、作るべきは卵とじなの。若いのに偉い、気に入った」

褒めてくれる。絹サヤごときで気に入られても不気味なだけだ。速やかに立ち去るべくズルズル後

ずさりしかかったら、

「バイト探しているんでしょ。そんな安っぽいバイトは止《や》めときなさい。人間がせせこましくなるだけです。家《うち》で秘書を探しているのだけれど、どう？」

と古くさいバッグから名刺を出し、両手で丁寧に差し出した。

「時給も待遇も悪くないわよ。君にだけ特別にご紹介。君は運がいい。ま、電話してみて！」

一方的にそれだけ告げ、手をヒラヒラ振って行ってしまった。もらった花模様付きの名刺には、気取った字体で『料理研究家・奥村歌子』と記してあった。


迷いながらも、電話をしてみよう、話だけでも聞いてみよう、と思ったのは、「料理研究家」という肩書が、妙に気になったからだ。これまでの人生で、料理研究家なる人種に会ったことがない。ネットで「奥村歌子」を検索しても、なんにもヒットしなかったけれど、本名以外で活躍しているのかもしれないし、表には出ないが専門家筋では有名な人なのかもしれない。名刺にあった住所と「秘書」という響きにも興味を引かれた。駅を挟んだ向こう側に位置するこの辺りは、南百合ケ丘《みなみゆりがおか》のビバリーヒルズといわれ、地元じゃ高級住宅地とされている。もしかしてお洒落《しゃれ》な料理スタジオでの仕事かもしれない。垢抜《あかぬ》けたスタッフがいて、マスコミの取材もあって、そんなオフィスで秘書として働く。秘書ならビシッとスーツ姿だ。かっこいいじゃん。あれこれ妄想が膨らんだ。

でも決め手は、あの奥村歌子さんが放つ、なんというか、独特で時代遅れで、でも、ホワンとした空気に惹《ひ》かれたことだと思う。いや、「惹かれた」というのは違う。無理やり吸い込まれた、そんな感じだ。強力掃除機に吸い込まれるビー玉みたいに。

電話を掛けたら、不機嫌そうな低い声が返ってきて、名前を名乗ると、

「保険には興味ないし、売るような掛け軸も骨董《こっとう》もありませんから」

冷たく切ろうとした。いやいや、そういう営業じゃなくって。スーパー『ミナミ』で、声を掛けられた者で……としどろもどろに説明して、ようやく、

「ああ、あの絹サヤ青年！」

と分かったみたいだった。声も急にシャキッとしたメゾソプラノに変わり、

「それでは面接をいたしますので、明後日《みょうごにち》の十一時にお出《い》でください」

澄ました調子になった。面接があるんだ、と少し白けたが、うっかり「はい」と返事してしまった。

そして、仕方なく、言われた日の言われた時間、名刺に書かれた住所に向かった。


坂に沿って広がるゆったりした住宅街を抜け、上りきった先に、垢抜けた造りのマンションが一際《ひときわ》目を引くように建っている。『カーサ・ベラ・ビスタ』、ここだ。六階まで上がると、最上階は特別仕様になっていて、「奥村」家だけで占めているようだった。これって、ペントハウスというのじゃないか。この階全部がオフィスなんだろうか。ワクワクしながらインターフォンを鳴らした。

奥村さんが、この間とは微妙に違う花柄のブラウス姿で出てきて、「ようこそ」と中に入れてくれた。

でも、想像していたようなスタジオもなければ事務所もない。広くてきれいに片付いているが普通の家だ。いや、家の間取りも、分厚い画集が並んだ本棚も、壁に掛けられた織物やアンティークらしい

家具も、雰囲気すべてが独特で、普通というにはちょっと違うのだけれど、どう見ても生活の場だ。スタッフが働いている気配もないし、料理教室の生徒さんが出入りしている様子もない。

「突き当たりへズズイと」

と奥のリビングに通され、ダイニングテーブルのイスに案内された。たっぷり三十帖《じょう》はありそうな日当たりのいいリビングで、インテリアも落ち着いて、居心地抜群だ。でも、やっぱり明白に、普通の家だ。

「今から面接を始めます」

奥村さんが厳かに言って、僕の前に座り、同じ年恰好《としかっこう》の女性が二人、生真面目な顔で、奥村さんの両脇に座った。

「えーと、お名前は速水《はやみ》翔太さん、東洋文化大学の二年生なのね。専攻はグローバル経営学ですって」

差し出した履歴書を見ながら、奥村さんが「専攻」のところでプフッと笑った。

「なに、このグローバル経営学って。胡散臭《うさんくさ》〜い」

「最近、多いのよね、カタカナ交じりにして一丁前にかっこつけてる学科。ほら、あれよ、あれ。無職をフリーターとかいって実態をごまかす手法」

右側の白髪ボブが鼻で笑う。

「芸もない芸能人をアイドルとかね」

「後期高齢者をプラチナ世代というがごとし」

左側のチリチリパーマ頭も加わって三人で面白がっている。失敬な。

「俯瞰《ふかん》的に国際経済を考察しようという学問です、ちゃんとした分野です」

ムッとして、大学の募集案内に書いてあるとおりの解説をした。

「翔太のショウって、もしかして、柴田《しばた》翔《しょう》の翔？」

ボブ頭が右側から履歴書をのぞいて聞いた。目つきがきつく、怖そうな印象だ。藍染めのストンとしたワンピースを着ていて、よくいる「私は自然派ですのよ」と生成《きな》りとか、草木染めとかオーガニックなんてものにこだわるタイプだろうと想像する。

「そう、柴田翔の翔。昔はこの漢字、名前には使えなかったのよねぇ」

奥村さんが感慨深げに頷いて、

「今じゃ、そこらにうじゃうじゃいるけど」

だと。誰なんだ、その柴田翔ってのは？

「東洋文化大学って、聞いたことないけど、どこにある大学よ？」

左隣のチリチリパーマが僕でなく、他の二人に向かって聞いた。二人と比べて疲れた顔付きながら、やっぱり服は派手で、いろんな色を混ぜ込んだニットのワンピースを着ている。ナンチャッテ・ミッソーニみたいな。

「ほら、二つ先の駅に行くとホームから見えるじゃない、東洋文化大学という間延びした看板。あそこでしょ」

気のせいか、小バカにされたっぽい奥村さんの答えに、

「いえ、本部は都心の飯田橋《いいだばし》にあります。いくつかの学部がこちらにあるだけで」

慌てて訂正した。東京の大学に憧れて片端から受験したが、結局、受かったのはここだけだった。それでも「東京の大学だ」と張り切って入学したのだけれど、飯田橋の本部は、今や事務局だけで、ほぼ全ての学部がこの先ののどかな丘陵地にある。憧れの東京の大学生になったはずが、二十三区内どころか神奈川県だ。入学以来、下宿もここ、大学もここ、バイト先もこの町の居酒屋と、都心とは無縁の学生生活に甘んじている。

「で、ご実家は栃木《とちぎ》なのね。ご両親は？」

「父は普通のサラリーマンで、母は平凡な専業主婦です。ずっとパートで家計を助けていますが。あと姉がいて、地元で働いています」

「あら、平凡な専業主婦って言い方はないんじゃない」

チリチリパーマが不満そうに口を挟んだ。

「君ね、日本の繁栄を支えてきたのは専業主婦だってこと、分かってないのかなぁ。最近の子は歴史も常識も知らないから。あ、でもちゃんと、父が、母がって言えてたわねぇ」

それくらい言える。

「自分で絹サヤ買って、下宿で料理する子だし」

褒められてもゼンゼン嬉《うれ》しくない。

「資格とかはどうなの？　あら、車の運転もできるんじゃない」

白髪ボブが履歴書をさらにのぞき込んで、大発見したように言う。運転免許は、受験が終わってすぐに親が取らせてくれた。実家の辺りじゃ、運転免許は必需品だ。

「ちゃんと車庫入れできる？」

妙なことを聞く。当たり前だ、車庫入れなんて基本の基だろ。

「一応、一通りのことは……」

三人は「ふうん」と思わせぶりに頷き合って、黙ってしまった。

「どうする？」

「大学はアレだけど、ご両親がちゃんとしてらっしゃるというのは、評価事項よねぇ」

「運転もできるらしいし」

三人は顔を見合って「決めるか」「家庭教師、お願いするわけではないしね」「一応、いい子そうじゃない」と当人を前に、勝手放題言い、奥村さんが最後に、

「それでは、面接の結果を発表します」

とこっちを向いた。

「速水翔太君、あなたはめでたく秘書として採用です」

両側の二人が拍手する。おいおい、ちょっと待ってくれ。「大学はアレ」ってどういうことだと反論したかったけれど、それ以前に僕はまだ、働くなんて決めてないぞ。大体、ここは何なんだ？　年寄り三人が暮らすただの家じゃないか。

「あのぉ、仕事というのは……」

不満はたっぷりで、あれこれ突っ込みたかったけれど、口にできたのはそれだけだった。

「やだ、言ってなかったっけ？」

「歌ちゃん、説明してないの？」

「しっかりしてそうで、肝心なとこ、抜けてるんだからぁ。ねぇ」

と白髪ボブが僕を促す。バーサンがしっかりしていようが、抜けていようが、こっちには関係ないが、仕方なく「はあ」と返事した。

「あのう、ここ、料理スタジオではないんですか？　そもそも皆さん方はどういう……」

奥村さんが、「この子って、頭悪いの？」とでも言いたげに眉をひそめ、

「仕事はだから、秘書業務よ。ここは私の仕事の料理スタジオでもあるけれど、実態は、賢女のシェアハウスってとこかなぁ。君、ケンジョって分かる？　賢い女ってこと。人生の後半を賢く生きる女の館！」

最後、高らかに宣言した。

「シェアハウス？　ケンジョ？」

「そう。天女じゃないのよ」

面白いことを言ったつもりらしいチリチリパーマが、ニカッと笑い、

「実態はそうなんだけれど、ほら、自ら賢いと名乗るのも、私達の美学に反するじゃない。才媛は自分から才媛とは言わないものだし、本当の美女は、私は美女ですなんて、いちいち説明しないし。だから、実質は賢女の館だけれど、正式な名称はカメ・ハウス」

白髪ボブが、話をまとめる。

「カメ……ですか？」

いきなりカメに飛んで、わけが分からない。

「速水君には分かんないよね。カメには私達、ご縁があってね。それにカメは、おっとりゆっくり地道に歩んで、でも、最後に勝つじゃない。これからの私達にぴったりだと思わない？　そういうこと」

奥村さんが、ますます意味不明なことを言い出した。

「申し訳ないけど、さっぱり分かりません」と答えようと口を開き掛けたその瞬間、キッチンでピーと音がして、「できた」と、チリチリパーマが慌てて火を止めに立った。

「中華チマキ、できたんだけれど、君も食べる？」

奥村さんが、ほどこしをする女王様みたいな態度で聞く。なんでここで中華チマキが出てくるんだ？　しかし、中華チマキかぁ。さっきからリビング中にいい匂いが漂っていて、気になっていた。散々に言われっぱなしで、冗談じゃない、と撥《は》ねつけるべきだったし、話もチンプンカンプンで中華チマキどころじゃなかったけれど、もち米と醤油の誘惑に不覚にもうっとりして、気が付いたら「はい！」と勢いよく答えていた。


「なんで、引き受けちゃうかなぁ」

チョコチップのカップアイスを突っつきながら、美果《みか》は「紺色のチノパンにカーキ色のTシャツなんか合わせないでよ」と言う時みたいに、面倒くさそうに呟《つぶや》いた。つまり、どうでもいいんだけれど、理解できないと言いたいわけだ。

「お婆《ばあ》ちゃん達の雑用係やって、何が楽しいわけ？　わけ分かんない。バイトならもっと面白いのが、いくらでもあるじゃん」

美果は終始一貫、呆れているのだ。多分、それが普通のまっとうな反応だ。僕のベッドに寄りかかって無造作に投げ出している美果の脚を眺めながら、一言も返せず口をつぐんだ。それにしてもなんて長い脚なんだ。細くて形よくて、いつ見てもうっとりしてしまう。

希望に燃えて出てきた憧れの東京生活だったはずが、大学もバイトも期待はずれで、楽しくもなんともない。けれど唯一、夢みたいに最高な収穫はあった。美果と出会えたことだ。「昭和の日」が何の日かも知らなかったし、この間なんか、「味醂《みりん》」を「アジハイ」と読んだ。でも、無知という自覚はさらさら無いみたいで、逆に、せっかくいい話をしても、「アホクサ」と鼻で笑って話を止める。どうも僕の方こそ、無知で無能だと思い込んでいる節がある。

でも、そんなことは小さなことだ。美果のお洒落のセンスと、モデルみたいな抜群のスタイルは、東京という憧れの大都会の象徴で、そんな美果がカノジョだという現実は、最大級の誇りだ。

今日も学校をサボっていきなり僕の下宿にやってきて、お菓子を食べちゃあ、ゲームに興じている。

「午後から奥村さんとこに行かなきゃいけないんだ。頼まれた買い物もあるし」

せっかく来てくれたけれど、仕事があるから一日、付き合えないんだ、ということをさりげなく伝えたら、「なんで、引き受けちゃうかなぁ」と叱られたってわけだ。

一言で表現すると美果は「無駄が嫌いな女」だ。物事全て「損か得か」と「面白いかつまんないか」で判断する。僕らが出会った居酒屋のバイトも、一か月でさっさと辞めた。「店長も従業員も客もダサくて退屈」が理由だった。即《すなわ》ちそれは「生産性がなく」「人生の無駄」だから、さっさと切り捨てるに限るということだ。僕のことだけ何故《なぜ》だか気に入ってくれたのは、「あまりにダサ過ぎて、安らぐ」からなんだと。意味不明だけど、意味なんてどうでもいい。人生の奇跡に感謝するだけだ。

そりゃあ、新宿の専門学校でファッションを勉強している美果から見れば、新宿から電車で二十五分もかかる南百合ヶ丘の駅前の居酒屋なんて、自宅から近いというメリットがあっても、ダサくて退屈に決まっている。ましてや、奥村さんちに通うことは「ダサくて退屈」の極みに違いない。だから、最初からずっと「そんな仕事、さっさと断っちゃいなよ」と呆れているのも分かる。実のところ僕だって、何故、受けてしまったのか、しかも半年たった今も続けているのか分からないのだ。

面接の時、当然、断るつもりだった。料理スタジオのかっこいい秘書のつもりが、奇妙な年寄り達の雑用係だ。契約もいい加減で、振り回されるに決まっている。時給だって、他所《よそ》よりいいようなことを言っていたくせに税込みで千百円。ゼンゼン大した額じゃない、どころか郊外だとはいえ、低いくらいだ。

ただ、断るタイミングを逸《いっ》してしまった。ついでに言えば、一緒にでき立ての熱々中華チマキを頬張りながら、奥村さん曰《いわ》くの「実質、賢女のシェアハウス、正式名カメ・ハウス」の話を聞いているうち、うっかり寛いでしまった。

「理想の結婚とは、どういうのだと思う?」

奥村さんの話はそこから始まった。

「若いうちにうんと年上の人と結婚するの。男も女もね。相手がお金も知識もあって、包容力もある方が、得ること多いじゃない」

なんで、バイトの面接で理想の結婚の話が出るのか分からなかったが、黙って聞いた。

「その内、年を重ねて中年になるでしょ。その頃には収入も増え、社会的地位も教養も熟してくる。そこで相手を入れ替えて二度目の結婚をするの。今度は若い子とね。だって、その方が楽しいじゃない」

いろいろ突っ込みどころがあるような気がしたけれど、「はあ」と相槌《あいづち》を打った。

「で、二十年ぐらい若い子と過ごして、もっと年取って老境に入る年齢になったら、最後の相手を選ぶ。その時は同世代の、お互い年を経て、苦労も哀《かな》しみも、体の衰えも病気の不安も共有できるような相手とね。そうすれば生涯を通じて、心地よく過ごせる」

きっと何度もこの話を聞いているのだろう。両側の二人は「さっさと終わらないか、その話」という空気をチラチラ出しながら、黙々とチマキを頬張っている。

「もちろん、現実は、なかなかそうはいかないのだけれど、その理論は日常の生活にも言えると思うのよね。つまりね、年取ると世間とか若い世代から邪険にされるじゃない。老害だとか、汚いだとか、社会の役にも立たないのに税金喰《ぐら》いだとか」

そこで奥村さんは、腹立たしげに僕を睨《にら》んだ。自分のせいじゃないけど、申し訳ない気になって身をすくませた。

「でもね、同世代だとその辺を分かり合えるじゃない。お互い、若くて輝いていた時代がちゃんとあって、その上での今の老いだってこともよく分かっているし、老いるってどういうことかも理解し合える。だからこそ気持ちよく助け合える。つまり、そういうシェアハウスを作ろうと思ったわけ。若い連中に気を遣わないで済むようなね」

白髪ボブもチリチリパーマも、両側でしみじみと頷いた。話はそれから長々と続いたのだけれど、要約すると、ヒョロヒョロ背高《せいたか》で目のきつい白髪ボブは厚子さんといって、高校の教師だった。教職一筋で生きてきて、ずっと独身。

「モテなかったからじゃないわよ、仕事に打ち込み過ぎたのねぇ」

とここでわざわざ補足した。定年になり、今は第二の人生の模索中だ。

チリチリパーマは瑞恵さんといって、以前は、お金持ちの医者を夫に持つセレブ奥様だった。あまりセレブっぽく見えない人なのだけれど、実際、優雅な生活だったわけではないようで、「夫はケチで身勝手で苦労させせられ」、すったもんだしてやっと離婚したが、離婚してすぐ、別れた夫は急死してしまった。カードや同窓会名簿などなど、数多の苗字変更が面倒で、夫の姓『池上《いけがみ》』のままでいるが、死なれてしまうと、これも形見かな、と少しだけしんみり思うのだそうだ。

で、奥村さん自身は、料理の腕一つで息子を育てたシングルマザーの先駆けなのだとか。「かっこいいでしょ」と自慢したが、旦那さんを早く亡くしたのか、離婚したのか、あるいは別の事情なのか、それ以上は触れずに、話題はサラッと先に進んでしまった。

三人は小学校からずっと同窓の、つまり六十年越しの友達で、いずれ結婚相手が亡くなったりして一人になったら、一緒に暮らそう、と約束してきたんだそうだ。そして、それぞれ一人になってしまった。死別だったり独身だったりの、経過は違う「お一人様」なわけだけど、一人は一人だから、だったら一緒に暮らそうということになった。場所は奥村さんのマンションと、当然のように決まった。

誰が見たって、ここは広くて住み心地がよかったからだ。

生活費を出し合い、家事も分担して、生活は合理的かつ快適に動いている。元々の仲良しだから会話も弾み、テレビを見ながらの批評も意見が合う。

ただ男手がないので、困ることがいろいろある。植栽の土を買うとか、替えるとか、大きな家具を粗大ゴミとして出す時や、天井の電球を替える時。ガタついたイスを直すのも、固い瓶の蓋を開けるのも、たまに車を出す時にも助けが欲しい。大きくて美味《おい》しそうなスイカを市場で見つけても、それをキッチンまで運ぶ男手がないと、買えないでしょうと。

そこで「秘書」を雇おうと考えた。掃除や洗濯や料理は自分達でできるから、頼む必要はない。毎日来てもらう必要もないけれど、必要な時に飛んできてくれて、チャチャチャと気持ちよく手を貸してくれる、気が利いて素直で性格がよくてマメで力がある若い子がいい。何故「秘書」なのかというと、細かい雑用をテキパキやってもらう仕事だから。

「それって、秘書でしょ」

と奥村さんは勝ち誇ったように鼻を膨らませた。

そしてスーパー『ミナミ』で絹サヤと卵を選んだ僕を見て、「この子だ！」と直感したのだという。こんな若い男の子が、一人で絹サヤの卵とじを作って食べる、その地に足着いた感じが気に入った。

「気が利いて素直ないい子だって、すぐに分かったのよ」

煽《おだ》てられて悪い気はしないが、なんだか、謀《はか》られているような気がしなくもなかった。時間が空いた時に週に数回、来てくれればいいし、と提示された時給は期待した額ではなかったけれど、「まぁ、いっか」という気に傾き出した。なにしろ、隅々まで几帳面《きちょうめん》に片づけられている、広く日当たりのいい家は、百五十平米もあるそうで、ゆったりして最高の居心地だ。ガーデニングショップみたいに花や緑いっぱいのルーフバルコニーからは、街を見渡せるばかりか、遠く富士山まで見える。バイトとして、悪くはないかもしれない。ついそんな気になり掛けた時、奥村さんが悪魔の一言を付け足したのだ。

「お昼や夕飯の時に重なったら、ご飯、食べていくといいわ。どうせ、碌《ろく》な食事してないんでしょ。つまり賄い付きってヤツ。あ、食事の間は時給に入んないからね」

どうよ、この条件、と言いたげに、奥村さんはニッと笑って片目を瞑《つぶ》った。目の前に人参をぶら下げられた馬の気持ちが、よく分かる。なにしろ、中華チマキは抜群に美味しかった。竹の皮を開けると、モチモチの絶妙な味に蒸しあがったご飯の中に、豚肉の角煮や銀杏《ぎんなん》やエビや筍《たけのこ》がコロコロ入っている。ゴロゴロじゃない、ちょうどいい大きさのコロコロなんだ。

「家《うち》の中華チマキはね、干し椎茸《しいたけ》と干しエビと干し貝柱の旨味《うまみ》をたっぷり吸っているから、その辺のとは格が違う」んだそうだ。

気が付いたら、秘書として働くことになっていた。早い話が、中華チマキに陥落したってわけだ。

2

頼まれたキャベツとジャガイモと洗剤を買って、夕方、奥村さんちを訪ねると、ダイニングテーブルに分厚いファイルをいっぱい広げて歌子さんが一人、額に皺《しわ》を寄せ、考え込んでいた。

「何、やってるんすか?」

「見れば分かるでしょ、仕事よ、仕事」

一銭にもならない作業も、歌子さんにとっては「いずれ収入に結びつけるつもり」の仕事なのだ。のぞき込むと、

「昔作った料理のレシピ、見直しているの。あ、汚い手で触らないでよ」

ピシリと叱られる。今日は、四人目の住人となる緑川恒子さんの部屋を空けるため、置きっぱなしの書き物机を片付ける役目を仰せつかっている。

「あれ?　お二人は?」

静かだと思ったら、厚子さんと瑞恵さんの姿がない。

「厚《あっ》ちゃんは知り合いを訪問中。どうせ、就職の相談よ、無駄足になるだけなのにね」

厚子さんが、再就職活動を続けていることは、なんとなく知っていた。

「瑞恵ちゃんは、ダンス教室。二人共、もうそろそろ、帰ってくるんじゃない？」

ふうん、と聞きながら洗剤を洗濯機の横の棚に、ジャガイモをユーティリティコーナーのジャガイモ用の籠に、キャベツを冷蔵庫の野菜室に仕舞い、「生活費箱」に、おつり三百二十円と領収書を入れた。ノートに記入することも忘れてはいけない。

この家ではあらゆる物の置き場所が決まっている。家の中がすっきり片付いているのはそのせいなんだ。でも、生活費の使い方はかなり大雑把だ。キッチン隅の「生活費箱」と称するお菓子の空き箱に毎月、各自五万円ずつ入れる。そこから「食材、日用品他、共用と思える支出」に対して自由に使う。一応、領収書は入れる。領収書がない場合はメモを入れる。ノートに使った分を書き込む、というルールはあるが、チェックしている気配がない。美味しそうな焼き芋が売っていたわよ～、とそこから取り出し、シクラメンがきれいだったからとそこから支払う。住人でもない僕にまで、自由に使わせてくれる。そんなどんぶり勘定で家計は大丈夫かと心配になるし、僕がごまかしたらどうするんだと気になるが「なくなったら補充するし」「私達が使う分なんて知れているし」「翔ちゃんは身内だし」と大らかなものだ。どうも、資産家の歌子さんが「一人でいたって払うんだから」と税金も光熱費も家電を買う場合も、おそらく僕に払うバイト代の不足分も受け持っているらしい。そういうことが、日々の生活を通してなんとなく分かってきたが、この家の大らかな空気に慣れてしまうと、気にもならなくなってくる。

「ねえ、翔ちゃん、黒豆ときな粉入りのパウンドケーキなんて、どう思う？」

ペンをいじくりながら歌子さんが聞いた。取り決めたわけでもないけど、いつの間にか名前で呼び合っている。僕は、歌子さん、厚子さん、瑞恵さん、と呼ぶ。オバサマ方からは「翔ちゃん」「翔太君」と呼ばれている。機嫌が悪い時は「翔太！」となり、うんと怒っている時は「速水君」だ。

「ウーン、どうだろ？　なんか、成功してない町興しご当地ケーキって感じ？」

ついい、正直な感想が出てしまい、「あら」と歌子さん、不満そうだ。

「食べて健康になるお菓子よ。そういうレシピを集めた本を出したら、健康志向のお菓子好きに受けると思わない？」

「その手の本は、すでにいっぱい出てるんじゃないですか？　それに今のお母さん達は共働きで忙しいから、家でケーキを焼こうなんて考えないと思うけど」

「そうなの？　じゃあ、どんなレシピ本なら受けるのよ？」

かつて歌子さんは、当人に言わせると「料理研究家として有名で、生徒さんもたくさんいた」らしい。確かに何冊か料理の本を出しているし、廊下の本棚は料理関係の本や資料でぎっしりだ。でも、料理教室は休業中だし、仕事の依頼も出版の話も、最近は全くこないみたいで、どうやら焦っている。

「うーん、安くできる簡単・手抜き料理かな」

ネットでちょっと検索すれば、普通の人が投稿した料理レシピがいくらでも出てくる。人気があるのはいつも「簡単でも美味しい」をアピールしているもので、今時、料理本なんて、よほどのインパクトがないと、誰も買わないんじゃないか？

「簡単、手抜きって……なにそれ。世の中、これ以上手を抜いてどうするってのよ」

歌子さんの、いつもの世の中批判にスイッチが入ってしまった。

「昔はね、鰹節《かつおぶし》はいちいちその都度、削ったものよ。鰹節パックなんてなくってね。面倒だったわよ、そりゃあ。でも、出汁《だし》の深みが違った。麻婆豆腐《マーボーどうふ》の素《もと》みたいなのもなかったし、冷凍食品もなかったし、合わせ調味料もなかったけれど、その分、料理の味わいは……」

長くなりそうなので、慌てて口を挟んだ。

「今は、みんな忙しくて余裕がないんですよ。そういう時代なんです。しかたないじゃないですか。そうだ、歌子さんだったら『お婆ちゃんの昔ご飯』とか、『バアバの知恵袋』とか、そういう方が受けるんじゃないですか？」

うっかり口走ってしまったら、歌子さん、ジロリと睨んで、聞かなかった風に無視をした。これも最近、分かってきたことだが、この家の人達は、自虐的に年寄りアピールするくせに、他人から老人扱いされると怒るんだ。周りはホント気を遣う。

「机、片付けるんですよね」

「そうそう。今日はそれをお願いしてたのよね。でも、翔ちゃん一人じゃ無理だから、二人が戻ってからにしましょ」

美果に「さっと仕事片付けて、すぐ戻ってくるから、そのあとデートしよう」なんて言わずにおいてよかったと胸をなでおろした。叱られないで済んだ。もっとも、美果に僕を待とうなんて気はゼンゼンなく、さっさと学校の友達に連絡して、「じゃあ、由美《ゆみ》と遊んでくる」と新宿に行ってしまったのだけれど。

厚子さんと瑞恵さんが戻ってきたところで、四人で力を合わせて、奥の部屋の机をマンションの一階に運んだ。明朝、粗大ゴミとして回収してもらうことになっている。ズシリと重い木製の書き物机はしっかりした作りで、きっといいものなんだろう。捨てちゃうなんて、もったいない。

奥村さんちが広いのは、二世帯用だからだ。一人息子が結婚して家族を持っても一緒に住めるようにと、十七年前、この六階部分に造った。ここの土地は、歌子さんの母方の物で、歌子さんが遺産として相続した。詳しいことは分からないけれど、マンション運営会社とうまいこと契約して、この六階部分と、あと二戸分が歌子さんの所有となっている。元々の資産がある上に、二戸分の家賃が毎月入り、歌子さんは優雅に暮らせている。ところが、これは、瑞恵さんから、こっそり聞いた話だ。

でも、息子の光輝《みつき》さんは、マンションを建ててほどなくしてオランダに行ってしまい、ずっと帰ってきていないし、どうやら、これからもここに住むことはないらしい。

今度、恒子さんが入ることになる部屋は、おそらく昔、光輝さんが書斎として使っていた部屋で、この机も、彼が使っていたものなんだろう。

「よかったのかな？　捨てちゃって」

スッキリしてしまった部屋を見回しながら、厚子さんが心配顔で聞いた。

「いいのよ、もう使うこともないし」

歌子さんはきっぱり言って、でも、机があった空間をじっと見つめていた。

たかが机一つを、六階から一階に運び出す作業だったけれど、年寄り三人とだから、かなりの大仕事で、やれやれ、疲れた、とみんなでリビングのソファに腰を下ろした。辺りはすでに薄暗い。壁の

時計に目をやった歌子さんに、

「どうする？　夕飯、食べていく？」

と聞かれて、調理台の上のボウルの中で、静かに砂を吐いていた大ぶりのアサリを思い出した。

「今晩のメニューは……クラムチャウダー？」

「ブ、ブー。外れ。アクアパッツァ。『魚勝《うおかつ》』をのぞいたら、いいアサリもあったのだけれど、鯛《たい》が安かったのよ。だからアクアパッツァ。それとアスパラガス。今日はリンゴとトマトの特製ソースで食べる。あとはウドの酢味噌和《すみそあ》えと、おまけのウドの皮のキンピラ。いいウドが出ていてね」

やった！　胸の奥で密《ひそ》かに叫ぶ。

「翔ちゃん、オバサン達に無理して付き合わなくていいのよ。こんないい季節なんだもん、当然、これからデートよねぇ」

洗濯物を取り込みながら、瑞恵さんが余計なことを言う。

「いや、そういうわけでも……」

「いい若者が、夜の予定もないの？」

厚子さんが、意地悪く聞く。

「デートの予定だったんです。でも、こちらの仕事があったので、延期したんです」

嘘《うそ》というわけでもない。厚子さんは、疑わしそうにジロと一瞬、振り返り、

「だったら、夕飯までもう一仕事やってもらっちゃおう。植木鉢を移し替えるの、手伝って」

歌うように言った。「はい！」と威勢よく立ち上がる。これで堂々と居残れる。最初の約束通り、

食事の間はバイト代が付かないが、なんとなく居残っているだけでも歌子さん達は時給をつけてくれる。さすがに申し訳なくて、だから仕事を言いつかるとほっとする。

「他にはないですか？　秘書ですからなんでもやりますよ！」

調子に乗ってつい、口を滑らしたら、

「じゃあ、トイレのドアがギシギシするんだけど、直せる？　それと玄関の電球、切れかかってるんだ」

「あと、洗濯機も。この間から変な音がするのよねぇ」

「え？　今から僕が、それ全部？」

示し合わせたように三人のオバサマ達がニカッと笑った。


バルコニーに続く戸をいっぱいに開ける。夜風が心地よく入ってくる。瑞恵さんがランチョンマットを四枚並べて皿を出し、厚子さんが、

「今日は翔ちゃんがいるから二本飲んでもいいのよねぇ」

とワインセラーをのぞき込んでいる。年寄りのくせにこの三人はお酒好きで、毎晩、ワインを開けている。ただし、健康のために三人で一本と決めているらしく、「それだとちょっと物足りないのよねぇ」と厚子さんは陰で不満顔だ。でも、僕が一緒の時は、さすがに一本じゃ足りないので二本開ける。気が乗ると三本になる時もある。一人分の量が増えることになり、それもあって僕が夕飯に参加することは、一応歓迎されている。

厚子さんがあれこれ選んでいる横で、歌子さんを手伝ってできた料理をテーブルに並べていく。

この家では、料理は歌子さん、洗濯は瑞恵さん、自分の部屋はそれぞれが掃除するが、共同部分の掃除は厚子さん、その他の雑事は、なんとなく不公平にならないような感じで分担し合う、ということになっている。僕の分担は「その他の雑事」の補助ってわけだ。

そんな大雑把な役割分担でも特段のトラブルなく生活が回っている様子なのは、小学校時代から育んできたリズムなんだろう。

火から下ろして琺瑯《ほうろう》の浅鍋ごとテーブルに置いたアクアパッツァは、まだクツクツと音を立て、ニンニクの豊潤な香りが漂ってくる。トマトと玉ネギがいい具合にとろけ、口を開けたアサリから、プリプリした身がのぞいている。

その横の大皿には、太く緑鮮やかなアスパラガスが頭を揃《そろ》えて並んでいて、トロンと掛かったリンゴとトマトのソースの色合いが爽やかだ。アスパラガスなんて、マヨネーズを掛けて食べるしか知らなかったけれど、歌子さんのソースは、白ワインとシードルビネガーを煮つめてバターを溶かしたソースに、五ミリ角に刻んだリンゴとトマトを混ぜ込んだもので、フレンチレストランで出てきそうな一品なのだ。

初めて食べた時は「なんてお洒落なんだ!」と感動し、それからはまた食卓に登場する機会をずっと待っていた。

歌子さんの料理が美味しいのは、程合いがいいからだと、生意気にも思っている。特に高級な食材を使うわけでも、凝ったものでもないのだけれど、季節の新鮮な食材を選び、茹で具合や塩加減に注意を注いで、大事に丁寧に作っている、というのだろうか。

瑞恵さんが、アスパラガスを取り分けてくれる。気取って、ナイフとフォークでソースを絡めながら口にする。抜群な茹で具合のアスパラは、口の中でパキッと弾《はじ》ける感覚がある。甘酸っぱいリンゴとトマトが、乳化したバターと絡まり、品のいいソースになっている。バターが分離しないように攪《かく》拌《はん》することが、コツなんだそうだ。

アクアパッツァのアサリも鯛も、見た目通りプリプリで美味しいのだけれど、今日の一押しはウドのキンピラかもしれない。歌子さんが「皮、捨てるのもったいないじゃない」と時々作るキンピラは、山菜のほろ苦さが、醬油と味醂の味わいの中で活きて、いくらでも箸が進む。

「これ、ヤバイっす。何杯でもご飯のお代わり、いけちゃいそう」

素朴で素直な感想をこぼしたら、待っていたように瑞恵さんが、

「今のさ、物を知らない芸能人の下手な食リポって感じ。大体、ヤバイってなによ。最近、なんでもかんでも、ヤバイ、ヤバイって……安易過ぎない？　言葉ってさ、もっと繊細に丁寧に使うものなんだから」

エラソーにくさした。瑞恵さんには言われたくない気がするが、オバサマ達は日頃から言葉遣いには煩《うるさ》い。変な敬語や間違った言い回しが聞こえてくると、テレビに向かってだって文句を言う。

「しょうがないわよ。世の中、そんな表現ばっかりだもの。翔ちゃんだって、簡単に毒されちゃうわよね」

歌子さんが、調子に乗りだし、

「今や、日本中で言葉の退化が進んでいる。由々しき事態なのよ。ヤバイだの……ほら、何だっけ？　チョーなんとかとか、メチャとかマジとか。どうなっちゃうのよ、日本」

話を天下国家にまで広げる。いつもならここで、更に調子に乗るのが厚子さんだ。でも、今の気分は『日本語の退化』ではないのか、ゆっくり、ワイングラスを回しながら「そんなことより」と呟いた。

「机、なくなるとさすがに寂しいわね。なんだかしんみりしちゃう。ミッちゃんの仕事の原点みたいな机だったものね」

歌子さんの一人息子、光輝さんは、アムステルダムでグラフィックデザインの仕事に就いていると聞いている。

「いいのよ、どうせ使わないんだから」

話題を変えたいのか、歌子さんが乱暴に答えた。

「ミッちゃんからは、やっぱり連絡ないの？」

遠慮がちに瑞恵さんが聞くが、

「止めましょ、あの子のことは。ところでどうだったの、再就職はできそうなの？」

質問には答えず、厚子さんに話を振った。

「再就職の話なんて、したっけ？」

厚子さん、とぼけようとしている。

「してないけど、どうせ就職の相談に行ったんでしょ？　で、『ない』って断られたんでしょ。厚ちゃんの行動なんて全部お見通しよ」

話題が移って、俄然《がぜん》、歌子さんが強気になった。仕方なさそうに厚子さんは、動かしていたナイフとフォークの手を止める。

「今井《いまい》さんのような優秀で、キャリアもある方に、半端仕事をお願いするわけにはいきませんから、ですって」

「なるほど、体よく断る常套台詞《じょうとうせりふ》」

殻からアサリの身をほじくりながら瑞恵さんが頷いて、「随分とお世話した後輩なんだけどねぇ」と厚子さんがため息をついた。

「世間なんて、そんなもんじゃない。期待する方がバカよ」

お酒の勢いとしても、歌子さん、言い過ぎだ。

「だけど、どうして？　ついこの間までこの今井厚子は、バリバリ現役でその辺の若い連中より、よっぽど優秀な教師だったのよ。今だって衰えてないし、十分健康だし。それがどうして、一定の年になったってだけで、社会から外されるわけ？　おかしいでしょ」

悔しそうにグラスをガンと置いた。中のワインが大きく揺れて、飛び散った。

「ちょっと、ちょっと、グラスに当たらないでよ。ほら、ランチョンマットがシミになっちゃうじゃない」

慌てて、歌子さんが台拭きを持ってきて、

「自分は優秀なのに、って息巻く年寄りは、掃いて捨てるほど、いるのよねぇ。そういう年寄りほど頑固で扱いにくくて、やっかいだってこと、気づいてないの。迷惑なことよ」

ワインを拭きながら嫌味を言う。

「あら、私が頑固でやっかいだって言いたいわけ？」

「一般論よ、一般論」

「厚ちゃんなんか、退職金はあるし、年金も十分出るし、こうやってちゃんとした家もあるんだもん、もっとゆったりリタイア生活をエンジョイすればいいのよ。何を焦るんだか、私にはさっぱり理解できない」

瑞恵さんに言われ、厚子さん、ムッと黙ってしまった。

「ところでどうなの？　優雅なリタイア生活のダンス教室は上手くいってるの？」

「それがねぇ」

瑞恵さんはこの数か月、ソーシャルダンス教室に通っている。飽きっぽい瑞恵さんにしては長く続いているのだと、これは歌子さんが、そっと教えてくれた。

「もう、止めようかと思って」

「あら、また？」

「カレシ見つけるんだって、張り切っていたじゃない」

「教室、婆さんばっかりが増えていくのよねぇ。しかも派手派手の。なんで世の中、婆さんばかりなのよ。もう、うんざり」

自分だって、派手な婆さんじゃないか、と思うが、もちろん口には出さず、そ知らぬふりしてアスパラガスに再び手を伸ばす。

「一人、熱心な爺《じい》さんがいるのよね、ヨボヨボのくせに、なんか私に気があるみたいでさ。さあ、組んでください、となると、さっと私の前に立つのよ。今にも倒れそうにゼイゼイ息しながら」

歌子さんが愉快そうに顔を上げた。

「いいじゃない。情熱的じゃない。もしかしてしこたまお金持ってる爺様かもよ」

「いやあよ。私はもっと、颯爽《さっそう》とした若い男がいいの」

「翔ちゃん、知ってる？　この瑞恵さん、若い男と恋愛するんですって」

別に驚いたわけじゃないけど、当然、瑞恵さんに目がいく。ワインでいつもより血色がよくなった顔の、目尻のシミが浮き出て見える。いや、人間の可能性は無限だ。だから、「いいんじゃないですか」と声のトーンを上げて答えておいた。

「そうよ。何がいけない！　私は人生を取り返したいの。ゲーテだって、ほら、八十過ぎて、若い子と結婚しているじゃない」

鼻息荒く、まくし立てる。

「ゲーテが最後の恋をしたのは確か、七十一か二の頃。しかも、結婚どころかあっさり振られてますけどね」

厚子さんが勝ち誇ったように訂正し、

「どっちにしろ、まだ六十代の私達は、まだまだ恋のやり直しが利くってことよ」

と瑞恵さんは負けずに抵抗する。歌子さんがニンマリ笑って、

「まだ六十代ったって、世間は、六十八も七十過ぎも同じジーサンバーサンとしか見ないのよ。なんて言うんだっけ、こういうの。アラ・古希《こき》だっけ？」

とチャチャを入れると、

「言わないわよ、アラ・コキだなんて。大体ね、天下のゲーテと何を競ってるんだか」

厚子さんが突き放す。最後に歌子さんが「まあ、精々、頑張って恋でもなんでもしてちょうだい」

とまとめて、ゲーテ談義はお終《しま》いになった。

『聞いている分には』という条件付きだけれど、この三人の会話は、なかなかに興味深い。楽しいとか勉強になるとか、そういうのとは少し違って、「へぇ、この世代の女の人って、こんなこと、考えてるんだぁ」という発見だろうか。

半年もこの仕事が続いているのは、食事の魅力も大きいけれど、もうちょっと話を聞いていたい、というのもあるかもしれない。

3

いつものように六階に上がってインターフォンを鳴らしたら、ラジオ体操の音楽と共に「開いてるわよぉ」と歌子さんのメゾソプラノが飛んできた。

この家の住人は、鍵を掛けたがらない。オートロックでもないのだし、不用心だと注意するのだけれど、「大丈夫よぉ。昔はどこの家も鍵なんか掛けてなかったわよねぇ」とケラケラ笑って、聞こうとしない。

勝手に入ったら、ルーフバルコニーでオバサマ達が富士山を向いて、ラジカセから流れる曲に合わせ、体操をしていた。五月の爽やかな風が流れ、日差しが暖かい。

あ、四人いる！　と気づいて、そうだ、恒子さんが加わったんだっけ、と思い出した。机を運んだ時、近々引っ越ししてくるようなことを言っていた。

あの時「恒ちゃんが来たら、毎日、体操をするようにしましょう」と相談していた〝体操〟がこれか。それにしてもオバサマ達の後ろ姿って、なんでこうも、似ているんだろう。小太りの歌子さん、背高の厚子さん、標準タイプの瑞恵さんと、体型はそれぞれ違うのに、腰の辺りなんか、店先に積まれたリンゴみたいに皆、同じに見える。これって、年代のせいだろうか、それとも、たまたまなんだろうか。

感心して見ていたら、深呼吸で体操が終了し、少し火照った顔がゾロゾロ、リビングに入ってきた。

「翔ちゃんが来たところで、早速、会議に移りましょう。翔ちゃん、そこのイス、持ってきて」

そうだ、一人増えれば、イスの数も増えるし、座る場所も変わる。部屋の隅のイスを動かし、テーブルの端に置く。どうやらここが、今日から僕の席になるらしい。

「今日の議題は、新人の紹介と、今後の方針。午後の予定と今晩のメニュー」

歌子さんが厳かにメモを読み上げ、皆、ノートを広げる。

「まずは恒ちゃんの紹介。こちら緑川恒子さん。我らが新メンバー」

一見、品のいいおとなしそうな女性だ。中の上ぐらいの環境で育ち、中の上ぐらいの家庭を持って、常識的に世間並みに生きてきたという感じ。派手で独特の風貌《ふうぼう》の三人と比べると、よほど普通に見える。

「恒ちゃん、話したでしょ、こちらが秘書の速水翔太君」

ペコンと座ったままお辞儀をした。恒子さんは、「だと思った」と頷いて、

「翔太のショウって、柴田翔の翔？」

と聞いた。出た、また柴田翔だ。

「そう。生意気に、その翔。今やウジャウジャある名前だけどね」

歌子さんが、「ウジャウジャ」のところを憎々しげに言う。

「『されど　われらが日々――』かぁ。わけ分かんないのに、一生懸命、読んだわよねぇ」

恒子さんがクスクス笑った。「僕だってもう、知っているぞ」と胸の奥で呟く。小説家で大学の先生もやっていた偉い人だ。『ツバメ堂書店』でパラパラ立ち読みしてみたけれど、理屈っぽくて読むのは無理だと、そのまま書棚に戻した。それにしても、恒子さん、すっごく普通じゃないか。ちょっと弱々しい印象だけれど、虚《うつ》ろでもないし、ボケているような風でもない。その瞬間、食卓の下の脛《すね》を思いっきり蹴られた。

「ジロジロ見ない！」

隣の厚子さんが睨んでいる。

「そうよ、恒ちゃんは病気発症のリスクを抱えているというだけで、どこも悪くはないし、何の問題もないんだから」

歌子さんも心なしか、睨んでいる。

「で、役割分担なんだけれど、恒ちゃんには当分、みんなの手伝いをしてもらおうと思うわけ。少しずつ、得意、不得意を見極めていこう」

「賛成！」と厚子さんと瑞恵さんが手を挙げて、恒子さんもオズオズと小さく手を挙げ「了解！」と呟いた。

「で、早速なんだけど、今日の午後、翔ちゃん、恒ちゃんの買い物、付き合ってあげてくれないかな？」

「え？　僕が？」

こういうのって、まずは友達がやるんじゃないの？

「恒ちゃん、この辺のお店、見てみたいんですって。でも私は仕事があるし、厚ちゃんも瑞恵ちゃんも、先約があって出掛けなくちゃならないのよね」

仕事って、ただ、昔の資料をひっくり返しているだけじゃないか。

「こういう時こそ、秘書に働いてもらわないと」

ね！　と三人で頷き合っている。恒子さんが、ものすごく申し訳なさそうに「ごめんなさいね」と謝った。

「一人でも大丈夫だと言ったんだけれど、最初は誰かが付いていた方がいいって言うから」

そりゃ、そうだろうけど。でも、今、会ったばかりで、初対面の僕が？

「今から恒ちゃんの部屋を、みんなで手分けして片付けちゃって、出掛けるのはお昼食べてからでいいわよね」

「あのぉ、午後は大学に行かないと……僕も一応、学生の身なわけでして」

嘘ではない。凄《すさ》まじくつまんなくてサボりっぱなしの哲学と、すでに落ちこぼれて、何をやっているのかチンプンカンプンなドイツ語の講義がある。でも、歌子さん、「へぇ」と疑わしげに横目で見て、

「皆さん、今日のお昼は、久しぶりに餡《あん》かけ焼きそばです。黒豚のバラ肉と、プリプリのエビがたっぷり入ったやつ。あ、でも、翔太は大学行かなくちゃならないのよね。ってことは四人分か」

聞こえよがしに言う。餡かけ焼きそばかぁ。歌子さんが作る餡は、学食の、キャベツの固い芯や、半ナマの人参が大雑把に入っているのと全然違う。たっぷり入った野菜は、どれも程よい食感で、片栗粉をまぶして炒めたエビと豚肉がツルンと喉を通って、餡がまた、いい味なんだ。それがパリパリに炒めた麺といい具合に絡まって、そこに酢と紅生姜を多めに掛けて……。

「代返、頼んでおけば、いいかなぁ」

つい、口走ってしまう。弱みは、すでにしっかり握られている。


昼ご飯の後、恒子さんと二人、バスに乗って駅前の商店街に向かった。シンプルな水色のワンピースに着替えて、白いシャツブラウスを羽織った恒子さんは、都会のいいとこの奥様って感じだが、足元の新品のスニーカーが、なんとも板につかずちぐはぐだ。翔太の凝視に気づいたらしい恒子さんは、ちょっと恥ずかしそうに、

「転ばないようにってね。娘に買わされたの。口うるさい子でね。もう、老人なんだから、これから外を歩く時はいつもスニーカーにしなさいって。愛用の靴、引っ越しの時に大量に処分させられちゃった」

と言い訳した。

「分かるのよ、その理屈。でも、もう、ハイヒールとは無縁になるのかと思うと、なんだか哀しいわよねぇ」

美果もスニーカーを愛用している。パンプスなんて、足が痛いだけでダサいんだそうだ。トレンドはスニーカーです、って恒子さんに教えてあげようか。でも、若い子のスニーカーとお婆ちゃんのスニーカーは、根本的なところから違うような気もするし……と迷いながら、空いた席に並んで座った。

何か、気の利いた話をしなければ。焦るけど、何をしゃべったらいいんだ?

「娘さんって、何しているんですか?」

当たり障りのないところから聞いた。

「フードスタイリストなの。仕事ばっかりやりたい子でね。結婚して、孫も一人いるんだけれど、家族そっちのけで仕事している。今時の女性って、みんな、ああなのかしらねぇ」

今時の女性のことなど知らないし。姉貴は地元の市役所に勤めているけど、仕事はかったるいと、年がら年中、愚痴っている。結婚していないのも、単に相手がいないからだ。

「でも、優しい娘さんじゃないですか。スニーカーにしなさいって、心配してくれて」

「まあそうだけど」

「娘さんと住もうとは思わなかったんですか？」

恒子さん、窓の外を流れる家々を眺めながら、「誘ってはくれたのよ、家にいらっしゃいって」と独り言のように返事した。

「だけど、子供達の負担になりたくないじゃない。一緒に暮らすと、絶対、いろんなことが起こって、げんなりするもの」

そして、得意げに、

「こう見えても私ね、舅《しゅうと》、姑《しゅうとめ》と同居で、すっごく苦労してきたのよ」

と自慢した。どう返事をすればいいのだ？　それは大変でしたね、と言うのか？　そんな風には見えませんと言わせたいのか？　余計な質問をしなけりゃよかった。しかたなく「はぁ」と頷き、一緒に外を眺めた。どうにも会話が弾まない。

「翔太君。このオバサン、どう扱えばいいんだって、困っているでしょ」

恒子さんが、いきなり核心をついた。ドキッとする。

「いや……そんなこと」

「いいのよ、当然だもの。初対面だし、年寄りだし、認知症の予備軍だって聞いているんでしょ。そりゃあ、扱いに困るわよねぇ」

おかしそうにこちらを向く。

「当の自分が、どうすりゃいいのか、困っているくらいだもの、それは当然よ。これから、どうなるかも不安だらけだし。でもね」

バスが、大きく回って、ロータリーに停車した。周りの乗客が一斉に立ち上がり出す。

「降りるんでしょ」

「でも、その『でもね』の続き」

「ああ」

恒子さんは笑って、浮かした腰をもう一度下ろした。

「余計な気を遣わないで、普通にいろんな話をして欲しいの。できればいっぱい話しかけて欲しい。そういう刺激がきっと、私には一番、ありがたいことなの」

さ、降りないと。グズグズ座っていたら、運転手さん、困っちゃうわ。そう続けて、恒子さんはスックと立ち上がった。


最初に駅前通りの先にある商店街を案内した。昔は賑やかだったらしいが、御多分に洩《も》れずってヤツで、今はシャッターを閉めっぱなしの店が目立ち、閑散としている。でも、歌子さん達がお気に入りの『魚勝』と『大倉《おおくら》豆腐店』があって、たまに近郊農家の市《いち》が立つ。「『ミナミ』も便利でいいけど、いい食材はやっぱり、こっちよね」とオバサマ達は口を揃えて断言する。

せっかく真っ先に案内したのに、恒子さんの興味は引かなかったみたいだ。

「なんか、くさくさした通りねぇ」

面白くなさそうに見回すばかりで、店をのぞこうともしない。

「じゃあ、駅ビル、行きますか？　この辺最大のスーパーがあるし」

ロータリーに戻り、駅の隣のビルに入った。地下にスーパー『ミナミ』があり、一階から三階まで、百円ショップや女の子向けの雑貨店や服飾店、書店やカフェが入っている。ここができたせいで商店街が寂れてしまったと誰もが言うが、僕ら若者には便利で得難いビルだ。

恒子さんは、急に生き生きとし出して、声も調子も高くなった。

「あら、いろんなお店があるんじゃない。楽しい！」

ガチャガチャとお店はあるが、ほとんど若者向けの安物ショップだ。それでも恒子さんは、十代の子しか着ないようなブラウスを広げて胸に当てたり、キティちゃんの文具セットを買うかどうか、散々迷ったり、屋上のガーデニングショップでは、一つ一つ名前を確認しながら花々を眺めたりと、大はしゃぎだ。

付き合う方は、いい加減、疲れてしまう。美果の買い物に付き合うのも結構、シンドイが、女の人って、年齢に関係なく、「買い物」となるとアドレナリンが出ちゃうのだろうか。

「翔太君、疲れたら、その辺で座って待ってて」

六十八歳の恒子さんに言われるようじゃ立場がないが、まだまだ掛かりそうだと、ツバメ堂に入ったままの恒子さんを置いて、階段脇のベンチで待っていることにした。どうせ、女性誌をあれこれ見比べ、立ち読みし、結局買わずに出てくるに決まってる。

そうだ、今のうちにトイレに行っておこう、とトイレに寄った。用を済ませ、手を拭きながらツバメ堂をのぞくと、恒子さんの姿がない。レジだろうかと奥に入ってみたが、やはり見当たらない。

どこに行っちゃったんだろう？　隣の雑貨店をのぞき、もう一度屋上のガーデニングショップをのぞき、入れ違いでトイレに入ったのかも、と、もう一度ツバメ堂をのぞき、一階のカフェを見回し、外に出てみた。やっぱりいない。

ジワジワと不安になってきた。そういえば、認知症の父親が徘徊《はいかい》して線路に入り、電車に轢《ひ》かれたという事故があった。あとから家族が損害賠償を請求され、大変なことになったんだ。万が一、そんなことになったら、賠償金を払うのは、もしかして僕？

踏切に行ってみるか？　しかし、もし恒子さんも僕を探していたら、見える所にいないと恒子さんは困るだろう。歌子さんに電話してみるか？　いや、「君が付いていながら、何をやっているの」と怒られるだけだ。

途方に暮れていたら、駅の改札口から美果が出てくるのが見えた。僕を見つけ、「よう！」と手を振っている。

「何してんのよ？」

小走りで寄って来て、高飛車に聞く。

「そっちこそ、何してるんだよ」

「学校の授業を終えて、自分の家に戻ろうとしているだけでしょ」

そうか、もう、そんな時間なんだ。美果達一家は、この先の公団住宅に住んでいる。妙なところで会っちゃってバツが悪いが、救いの神なのかもしれなかった。少なくとも一人で探すより二人の方が、効率はいい。僕は恒子さんがいなくなって、探し回っていることを手早く説明した。

「どうしよう、警察に届けた方がいいかな？」

踏切事故のことが頭から離れない。

「大袈裟《おおげさ》な。そのお婆ちゃん、まだ、ボケちゃっているわけじゃないんでしょ」

「そうだけど……」

「最後に見たのは、ツバメ堂よね。トイレに行っている間に、いなくなったのよね」

美果がやけに生き生きとしている。

「そこ、行ってみよう」

ビルの二階まで戻ると、美果がまた聞いた。

「で、そのお婆ちゃんは、どの棚にいたの？」

お婆ちゃん、お婆ちゃんと連呼するのは、なんだか気の毒な気がした。

「恒子さんね。恒子さんは、あの隅でなにやら、見ていたんだ」

旅行ガイドや、グルメ情報の雑誌が並んでいる棚で、何を探したいのか、何冊か手に取っては、のぞき込んでいた。美果は優秀な探偵みたいに鋭い目で棚を見回し、さっと『歩いてみよう。我が街発見！』と書かれた本を取り出した。パラパラとめくり、

「勘でしかないんだけど……これじゃない？」

ページを指さす。そこには南百合ヶ丘のお店が紹介されていて、美果のあずき色に塗られた爪の先には、『弁天堂《べんてんどう》』の写真があった。食べたことはないが、『弁天堂』はこの辺りじゃ有名な老舗和菓子屋で、ここのどら焼きは皇室御用達《ごようたし》にもなった名品らしい。

「ここに？」

「あくまでも勘だけど」

「けど？」

「南百合ヶ丘で自慢できるものは、これしかない」

三秒、見つめ合って、美果と二人、エスカレーターを駆け下りた。さっき寄った商店街まで走り、裏道に入る。角を曲がって、もう一つ曲がった先に、間口は狭いながら、粋な暖簾《のれん》が掛かった店がある。『弁天堂』と書かれた看板の達筆な文字が、いかにも由緒ありげだ。あっ！　と思った。

店の少し先のベンチに白いシャツブラウスを羽織った女性が座っている。弁天堂の紙袋を脇に置いてなにやら隣の老人と親しげに話し込んでいる。

「恒子さん！」

つい大声になった。恒子さん、びっくりしたように振り向いて、迷子の幼児が母親を見つけたみたいに、クシャクシャと顔を歪《ゆが》ませた。

「どっちに帰っていいか、私、分からなくなっちゃって……」

「それで呑気に休んでいたってわけですか？」

非難がましく言ってしまう。

「疲れちゃって。こちらの方が話の相手をしてくださって。ね！」

なにやら親しそうに言う。干からびたカッパみたいな隣の爺さまが、軽く頭を下げた。上等そうなジャケットを着ているが、怪しい筋関係に見えなくもない。

「ご家族が来てくれたのなら、もう、大丈夫ですね。じゃ、私はこれで」

老人が立ち上がり、

「あ。これ、ありがたくいただいちゃいます」

手にした小袋をすっと掲げ、悠々と去って行く。荒野を去る老齢のガンマンみたいだと、ふと思った。ニコニコ見送っていた恒子さんが、

「私が買い占めちゃったから、あの方、せっかくいらしたのに買えなくて。だから、少しお裾分けしたの」

呑気に説明する。

「そんなことよりダメじゃないですか、黙っていなくなっちゃ。探したんだから」

「ごめんなさい。翔太君の姿が見えなかったじゃない。じゃあ、さっと行って、さっと買ってくればいいかな、と思っちゃって。だけど、不思議なのよ。何度曲がっても、ここに出ちゃうの」

おっとりと首をすくめて、後ろの美果にニッコリ笑いかける。

「かわいいお嬢さん。お友達？」

美果が、幼稚園児みたいにぴょこんと頭を下げた。

「何を買ったんですか？」

この大袋は、何なんだ？　恒子さんは、フフ、と笑って、

「だからぁ。どら焼き。ここに引っ越すと決まった時から、狙っていたの。一度、食べてみたかったのよね、ここのどら焼き」

得意そうに紙袋を掲げた。これだから年寄りのお守りは嫌だったんだ。げんなりして振り返ったら、

美果が「どうだ」とばかり腰に手を当て、そっくり返っていた。

「へぇ。町中が見渡せるんだ」

奥村さんちのバルコニーで、美果が気持ちよさそうに伸びをした。恒子さんを探し回ったせいですっかりくたびれてしまい、早々にカメ・ハウスに戻ってきた。何故だか美果まで付いてきて、お茶が出てくるのを待っている。

「美果さん、座って！　いっぱい食べてね」

家に辿《たど》り着くまでの短い間に、意気投合したみたいで、恒子さんが親しげに声を掛ける。

「はい！　いただきます！」

人が変わったように、美果がかわいらしく返事をした。

「ほんと、ありがとね。まさか、はぐれるなんて思いもしなかった。美果さんのお手柄よね」

歌子さんが、心底ほっとしたという風に、どら焼きを盛った大鉢を、美果の前にぐっと押し出す。

「翔ちゃんが付いていてぃながらねぇ」

思いっきり嫌ったらしい視線を厚子さんが向ける。確かに目を離した責任はある。美果の機転がなかったら、どうなっていたことか。だけど……。相手は幼稚園児じゃない、立派な六十八歳の大人だ。紐《ひも》をつけて歩くわけにはいかないし、こっちはプロの介護士じゃない。

「迷惑掛けちゃってごめんなさいね。次からは、ちゃんと地図見て歩くから大丈夫」

恒子さんが恐縮している。

「そうよね。弁天堂の辺り、分かりにくいもの。迷うわよ。私だって、時々、曲がり角を間違えそうになる」

「雑誌を立ち読みしただけで、辿り着いたんだから、恒ちゃん、むしろ凄《すご》いわよ」

「そういうことよね」

皆、いい方に考えようとしている。

「それにしても、美果さん、よく、分かったわね。弁天堂に行ったって」

二つ目のどら焼きを手に美果は、偉そうに、「簡単な推理です」と長い髪をスイとはらった。

「熱海の高級マンションにいた年配の女性が、この町に来て、行ってみたいと思う所って考えれば答えは一つ。弁天堂しかないですから」

なるほど、と皆が頷く。

「翔ちゃんも遠慮しないで、お食べなさい。君のこと、責めてはいないんだから」

瑞恵さんに促され、そろそろとどら焼きに手を伸ばした。一応、遠慮していた。

一口食べて、なんだ、これは！　とびっくりした。二口で食べられそうな小ぶりのどら焼きは、皮はしっとりモチッと濃厚で、これだけでも何枚もいけそうだ。中のアンコは、たかがアンコのくせにやたら後をひく。甘いのに甘過ぎず、ネットリでもなく、ザラッでもなく、小豆独自の香りがするような、隠し味に塩が効いているような、よく分からないけれど舌から心地いい感触が伝わってくる。こういうのを「上品な味」と表現するのだろうか。有名なことは知っていたけれど、所詮、どら焼きだろう、と見くびっていた。和菓子をバカにしてはいけない。

顔を上げたら、僕の反応をじっと見ていた四人のオバサマと美果が、同時に「分かったでしょ」という顔をした。

「ところでさ。翔ちゃんと美果さんって、どういうお知り合い？」

瑞恵さんの目が、好奇心で光っている。

「友達です、ただの」

即座にさらっと、美果が返事をした。おいおい、ただの、って……。

「そうなの？」

疑わしそうに瑞恵さんは、僕らの顔を見比べる。

「翔ちゃんのカノジョだなんて想像したら、美果さんに失礼よ」

「そうよねぇ。オーラが違いすぎる。ほら、なんていうの？　ドラマの主役とエキストラ？　アイドルと追っかけのファンって感じ？」

「美果さんぐらいかわいかったら、お相手はもっとかっこいい男じゃなくちゃねぇ」

歌子さんも厚子さんも、言いたい放題だ。

「いや、美果と僕は」

言いかけたら、美果が「もう一個、いただいちゃっていいですか？」と、かわいく小首を傾《かし》げて話題をそらした。美果のヤツ……。

「美味しいでしょ、どんどん食べて」

「私達も、もう一個ずつ、いただいちゃいましょうかね」

歌子さん達が手を伸ばし、買ってきた恒子さんもニコニコしている。

「夕飯前なのに、いいんですか？」

ちょっとクギを刺す。常日頃、太るのを警戒しているオバサマ方だ。

「いいの、いいの。こういう美味しいものの時はいいの」

「弁天堂に寄っても、どら焼きだけは大抵売り切れなのよ。よく、こんなに買えたわね」

「恒ちゃんのビギナーズラックのおかげ」

「ウフフ。残り全部買い占めちゃった」

恒子さんが得意そうに微笑《ほほえ》んだ。大鉢いっぱいのどら焼きが、次々と消えていく。なんだか、「災い転じて」みたいなはしゃいだ空気だけれど、僕にだって、薄《うっす》らと分かっていた。恒子さんの一人歩きにはもっと注意を払わなくちゃいけない。その現実を皆が思い知ったということを。

4

小テストやレポート提出があって、カメ・ハウスへ行けない日が続いてしまった。ようやく一息ついて顔を出したのは、何日も続いていた雨が止んで、梅雨の中休みを思わせる、朝から気持ちよく晴れた日の午後だった。

いつものように六階に上がってエレベーターを降りたら、ポーチで、怪しげなオッサンが何やら、作業をしている。

奥村さんちは玄関前に数歩分の小さなポーチがあって、簡単な門扉《もんぴ》まで付いている。男はその門扉に、何か、括《くく》り付けようとしているのだ。よく見ると木彫りの薄気味悪い動物で、どこからこんなものを持ち出してきたのかと、呆れてしまう。

僕の気配に男が振り向いて、

「オオ、もしかして君が噂《うわさ》のトー大生君？」

馴《な》れ馴《な》れしく聞いた。歌子さんの知り合いか？　ヨレヨレのTシャツに、あまり洗っていなそうなジーンズ。足元は履きつぶしたスニーカーだ。たまに街中で見かける「アウトロー気取りスタイル」で、当人達は得意らしいけど、似合ってないし薄汚くすら見える。

「沼《ぬま》ちゃん、できた？」

いつになく弾んだ声がして、玄関から歌子さんが顔を出した。僕に気づいて、

「あ〜ら、お久しぶり。誰だっけ？」

嫌味を言う。二週間、ご無沙汰していただけでしょ。

「仰せの通り、メロン買ってきましたよ」

駅前のちょっと高級なフルーツショップで選んだメロンの袋を掲げた。今朝、電話があって、「食べ頃のメロンを二つ。ようく吟味して熟れたのを選んでよ」と厳しく指示を受けたのだ。

歌子さんは、「ありがと。冷蔵庫に入れといて」とメロンなんかどうでもいいような態度で、取り

付けた木彫りを熱心に眺めている。

「いい感じ。さすが、沼ちゃん。どう、翔ちゃん、我が家のシンボルマーク。南米のカメちゃん。いいと思わない？」

と促す。これはカメか？　凄まじく不細工なカメじゃないか。せっかくのモダンな家の入り口に、こんな田舎の民芸品みたいなの、おかしいし、よくないし。そうは思ったが、「いいんじゃないですか」と、いい加減に答えておいた。声のトーンで本音は伝わりそうなものなのに、歌子さんは、

「うん、いい！　すっごくいい！」

と満足そうに頷いている。どうしちゃったんだろ、歌子さん。

「これが終わったらお茶にしましょ。そうそう、我が家の秘書君とは初対面よねぇ」

そして、ゆっくり振り返り、

「こちらが速水翔太君。噂のトー大生君」

面白がって紹介した。僕がいない隙に、みんなで小ばかにしていたに違いない。

「こちら、沼袋《ぬまぶくろ》豪《ごう》さん。ウーン、なんて言えばいいんだろ？　古いお友達？　先輩？　それとも元担当編集者？　元じゃないわよね、今だって現役だもんね」

歌子さん、妙に嬉しそうだ。立ち上がった沼袋氏は軍手を外しながら、

「正確に言うと流れ者。そして、奥村歌子さんのしもべ。あるいはファン代表」

恥ずかしげもなく言って、ニッと笑う。当然、ドン引きするところだろうに歌子さんは、

「すぐにそういうこと言うぅ」

甘ったるい声を出して、はにかんだ。

メロンを提げて中に入ったら、普段ならこの時間帯、本を読んだり、パソコンをいじったり、昼寝したりで静かなオバサマ方の、やたら賑やかな笑い声が飛び込んできた。キッチンをのぞくと、揃ってエプロン姿ではしゃいでいる。

「あ、翔ちゃん。よかった。メロン無事到着。ちゃんと熟れてるの、選んでくれた？」

「いいとこ、来た。そのトマト缶、開けてくんない？　固くて開けられないのよ」

「やだ、瑞恵ちゃん、ダメよ、そんな切り方じゃ。もっと丁寧に細かく刻んでよ」

「翔ちゃん、トマトは二缶開けてよ」

重いメロンを運んできた慰労の言葉もなしに、どうも、てんてこ舞いだ。恒子さんまで、真剣な顔して、大鍋で玉ネギを炒めている。

「何、やってるんすか？」

「ラザーニャ作るの。美味しいわよぉ」

厚子さんが牛乳の大パックを取り出しながら教えてくれる。

「ラザーニャ？」

「そう。沼袋さんのリクエストで作ることになったんだけど、これがまた、た～いへんなの」

言葉とは裏腹に、瑞恵さんがウキウキと言う。あれ？　と思った。さっきから、なんか、いつもと違うと感じていたんだけれど、みんな、薄らと化粧しているじゃないか。瑞恵さんなんか、派手なイヤリングまでぶら下げている。

普段、オバサマ達は、家ではスッピンで過ごす。出掛ける時には、さすがに化粧して出ていくが、帰ってくると、さっさと落として「ああ、さっぱりした、生き返った〜」と言っている。化粧というのは疲れるんだそうだ。それは僕がいようとおかまいなしで、「女同士って、スッピンでいられるところがホント、気楽でいい」と気持ちよさそうに伸びをする。僕はどうやら男の枠に入っていないってことは、あの薄汚いオッサンを意識しての化粧？　廊下の隅に使い古してデコボコになった安っぽいスーツケースが置いてあった。あのオッサンは一体、何者なのか？

「変な人形みたいなの、取り付けていたけど、どういう人なんですか？」

玄関の方へ顎をしゃくって聞いてみた。

「ああ、沼袋さん？　歌ちゃんの古い友人。なんか、昔、歌ちゃんが本を出していた頃の、担当編集者だそうよ」

「定年の歳《とし》になった途端、未練もなくさっさと仕事辞めて、ずっと南米で暮らしていらしたんですって。それに、変な人形じゃなくて、あれはカメ。沼袋さんのお土産。『カメ・ハウス』にぴったりだろうって、わざわざ持ってきてくださったのよ。アマゾンのナンタラ族の魔除《まよ》けなんですって。嬉しいじゃない」

口うるさいオバサマ達が、妙に浮かれている。

「沼袋さんって、お話がとっても楽しいのよねぇ。あんなに笑ったの、私、久しぶり」

思い出したらしく、恒子さんまでクスクス笑った。

「恒ちゃん、よそ見しない。手がおろそかになってる！」

厚子さんに叱られ、恒子さんが慌てて大鍋に向き直る。恒子さんをボーッとさせない、頭も体も使わせる。そのミッションをみんなでしっかり実行している様子だ。

歌子さんが戻ってきて、「さ、沼ちゃんが帰ってくるまでに、頑張って作っちゃおう！」と声を掛けた。沼袋さんは、カメ人形を取り付けた後、「ちょっと片付けてくるわ」とアパートの契約に出掛けたんだそうだ。アパートの契約？ ますますよく分からないが、どうやら、あのオッサンを囲んで、今晩は盛大に食事会をしよう、ということではあるらしい。

「翔ちゃんもボーッと突っ立っていないで、手伝ってよ。今日はやることいっぱいなんだから」

料理は秘書業務に入っていないんですけど。でも、誰一人、気にもしてない気配なので、「ま、いいか」と古くて上手く切れない缶切りに力を入れた。力仕事は担当業務だし、取り敢《あ》えず、今晩はご馳走《ちそう》にありつけそうだし。


それにしても、ラザーニャが、こんなに手間の掛かるものだったとは知らなかった。正確に言うと、エミリア地方風ラザーニャなんだそうだが、まず、ボロネーズソースを作るところから始めなければいけない。乾燥ポルチーニ茸《だけ》を水につけておく。この水に滲《し》み出る旨味がとても大事なんだ。野菜は細かく刻んでおく。その野菜が半端なく大量だ。

大きめの浅鍋でみじん切りしたニンニクとポルチーニ茸、唐辛子、人参、玉ネギを丁寧に炒める。ひき肉を入れ、塩コショウして赤ワインと缶入りイタリアントマトを加え、ポルチーニの出し汁も忘れず入れて、コトコト煮込む。

一方で、ベシャメルソースも大量に作る。バターを溶かし、小麦粉を炒め、牛乳を少しずつ加えながら溶きのばしていく。ナツメグ、塩、コショウを加えて味を見ながら、とろみが出てくるまで、焦げないようかき回しながら煮る。

もっと大変なのは、パスタの準備だ。歌子さんに言わせると、「本当はパスタも手作りすると美味しい」らしいが、今回は簡略化して、市販のパスタを使う。平べったいカード形のパスタを一枚一枚、丁寧に茹でる。茹で上がったら、切れないようにそっと引き上げ、冷水に浸《つ》けて、乾いた布巾の上で水気を取っておく。

それらを耐熱性の器に並べていく。ボロネーズソース、ベシャメルソース、パスタ。モッツァレッラチーズ、また、ボロネーズソース、ベシャメルソース、そしてパスタだ。そうやって、何層にも重ねて、仕上げに両方のソースとパルミジャーノレッジャーノをたっぷり掛けて、バターを散らす。

最後にオーブンで、表面が香ばしい色に変わるまで焼く。作業も大変だが、カロリーも多分、恐ろしい量だろう。

沼袋氏も戻ってきて、オーブンから、いい匂いが漂ってくれば、いよいよ食事会のスタートだ。

せっかくの気持ちのいい夜だから、外でいただきましょう、ということになった。バルコニーまでテーブルを運ぶのは、当然、僕と沼袋さんの役割となる。

「さ、若いの、しっかり持ってよ」

沼袋さんはテーブルの片側をヒョイと持ち上げ軽々と運ぶ。沼袋さんの腕は、レスラーのようにがっしりと筋肉質で、土木作業員のように浅黒い。

「逞《たくま》しい腕ですねぇ」

お愛想《あいそ》を言ったら、

「南米で散々鍛えたからねぇ」

ポパイみたいに力こぶを作ってみせ、突然気づいたように僕をまじまじと見る。

「君はまた、生っ白《ちろ》いね、大丈夫か、そんなんで。若いくせに」

なんだ、こいつ。返す言葉がそれか？　でも、こちらの不服なんて気にもならないみたいで、イソとテーブルを整え女性達を手伝い、「そうそう、ワイン、ワイン」と、我が家のようにセラーの扉を開ける。動作が機敏なのはりっぱだが、ちょっと、オッサン、図々《ずうずう》しくないか？　しかし、女性陣は「やぁだ、沼袋さんったら」だの「沼袋さんって、ほんと、器用ねぇ」だの「さすがよねぇ」だのと甘ったるい声を上げるばかりだ。オッサン一人加わっただけで、家全体が華やいでいる。


バルコニーの真ん中に置いたテーブルに、歌子さん達が作った料理が並んだ。自家製ローストビーフに、大鉢いっぱいのシーザーサラダ、真鯛のカルパッチョに、ベトナム風茄子《なす》のお浸し。普段は使わないジノリのお皿と銀製のナイフとフォークが、それぞれの席に置かれ、冷蔵庫にはデザートのメロンが控えている。

そして、真ん中に広く開けられたスペースに熱々のラザーニャがドンと運ばれ、年寄り達のパーティは始まった。

まだ、日は沈みきらず、西の空が薄紫色に染まっている。夜風がスーッと通り抜け、蒸し暑い空気を運び去っていく。

「こうやって美人のお嬢様方に囲まれて、歌子さんのラザーニャを食べられるなんて、この世の幸せ。帰国した甲斐《かい》があったなぁ」

歌子さんが出してきた、取って置きのシャンパンをキューと一気に飲んで、沼袋さんは歯の浮くような台詞を吐く。何が「お嬢様方」だ。皮肉にしか聞こえないだろう。しかし、そのお嬢様達ときたら、

「やあだ、沼袋さんったら。何も出ませんよ」

「美人のお嬢様だなんて、少し言い過ぎ」

と少女のように照れて、まんざらでもないらしい。僕は黙って、ローストビーフに手を伸ばす。

「沼袋さんって、そんなにラザーニャがお好きですの？」

恒子さんが素朴な質問をした。

「ラザーニャが、というより、歌子さんの手作りラザーニャが、ですけどね。昔、よくご馳走になったんですよ。職業柄、あちこちでラザーニャを食べてきたが、これ以上に美味《うま》いのに当たったことがない。アンデス山脈を見ながら、懐かしく思い出してましたよ。歌子さんのラザーニャは美味しかったな、シェアハウスを始めたらしいけど元気でやってるかな、なんてね。どこが違うのかな。繊細《せんさい》さかな」

「イタリアの友人から習ったレシピを守っているだけだけどね」

謙遜していているふりして、歌子さんの頰は、完全にゆるんでいる。

「南米ってね、スペインに長いこと占領されていたし、イタリア系の移民もたくさん入っているのに、どこに行ってもパスタはまずいんですよ。不思議だよなぁ」

沼袋さん、南米のパスタ事情をぶちながら、さっき、セラーから出してきた赤ワインを、もう、開け出している。ピッチが速い。相当の呑《の》み助らしいと推察できた。みんなのグラスに次々注《つ》いで、「ウルグアイのワイン、どう?」と聞く。なるほど、このワインは、沼袋さんの持ち込みなんだ。

「確かに、口当たりが違いますね」

小指を立ててグラスを回し、少し口に含んで、厚子さんが知ったような口を利く。

「タナ種を使っているからね、独特な味わいなんだ。この国は欲がないというか、自国民が飲む分だけ作れば十分だと思っているんだな。だから、せっかくいいワインがあるのに、輸出分がない。つまり、このワインは日本じゃ、滅多に飲めない貴重なワインってこと。心して味わってくださいよぉ」

蘊蓄《うんちく》をひけらかし、「君、ウルグアイってどこにあるか、知ってる?」と突然、沼袋さんは僕に話を振った。一緒になって、テイスティングしている気になっていたから不意の質問に慌てた。

えーと、ウルグアイの名前はサッカーで知っている。ウルグアイとパラグアイがあるんだ。話の流れから南米というのは分かるが、え? どの辺にあるんだ?

「アルゼンチンの右横、大学生がそれくらい知らなきゃ、恥ずかしいわよ」

教師の地《じ》を出した厚子さんに、叱られた。あれ、分からなかったのは、僕だけか? 僕一人か? 見回したら、瑞恵さんと恒子さんが、スッと目を逸《そ》らす。

「ま、いいわよ、いいわよ。ウルグアイだろが、腹具合だろうが。それより、みんなで苦労して作ったラザーニャ、熱いうちにいただきましょ」

歌子さんが、取り分けてくれる。パスタとボロネーズソースと、ベシャメルソースが何層にもなって、いかにも「手を掛けた料理」という感じだ。口に入れると、表面はパリパリ、パスタはモッチリで、いい感じにソースと絡まってくる。ボロネーズソースの強さをベシャメルソースがさりげなく和らげて、調和が素晴らしい。なるほど、沼袋さんが「ぜひに」と、所望しただけのことはある。

「ラザーニャって、美味しい物だったんですねぇ」

つい感動して言葉にしたら、

「感想が平凡過ぎ。相変わらず翔ちゃん、食リポ下手ねぇ」

瑞恵さんがまた言い、

「それにその表現、正しくない。歌子さんのラザーニャは美味しい！　でしょ」

歌子さんにビシッと訂正された。厚子さんが「立ててあげなさい」とばかり目配せする。

「ところで、沼袋さんって、南米で何をなさっていたんですの？」

僕が一番聞きたかったことを、瑞恵さんがずばりと聞いた。

「ただの風来坊、流れ者ですよ」

「沼ちゃん、ちゃんと答えてあげなさいな」

歌子さんにとがめられ、沼袋さんは、「仕方ない」という風に姿勢を正した。

「最初はね、仕事で行ったんです。あっちには、一代で大成功した日系の人が結構いてね、そういう人って、苦労した人生を振り返って自叙伝を残したいと思うんだな。ご存じないだろうが、一応、僕は編集のプロでしたからね。そういうお金持ちに会って、彼らの望むような本を出す。ま、そんな仕事をやっていたんですよ」

「面白そう！」

恒子さんが、目を輝かす。

「最初は確かに面白かったんですよ。でも、段々、飽きてきちゃって」

「この人、飽きっぽいのよ。奥さんには飽きられて逃げられちゃったんだけど」

「敵《かな》わないなぁ、歌子さんには。自叙伝って、ほら、所詮自慢話でしょ。そんな自慢ばっかしの本を作るより、南米をうろつく方が面白くなってきて、あっちの国に行っちゃ、コーヒー園でちょっと働き、こっちの国に寄っちゃあ、レストランの手伝いをしてって感じで生活費を稼ぎながら、ジャングルの奥地を彷徨《さまよ》ったりしていたんだけどね」

皆、体を乗り出して聞き入っている。

「それも飽きてきちゃって。で、考えたら僕も、もう七十だ。そろそろ帰るか、ってんで、最後にもう一回、アマゾンの奥地を巡って帰ってきたって訳。あ、あの木彫りのカメは、その時に出会ってね。『カメ・ハウス』って名付けたらしいし、これは魔除けでね。お、これこれ、って。あのキッとした表情が、なんかいいでしょ」

ちっともいいとは思えないが、沼袋さんはオバサマ達相手に自信たっぷりだ。

「私達のミドリガメは、美人さんだったよね。愛嬌《あいきょう》があって……あの子、最後、どうしたんだっけ？」

唐突に恒子さんが、ミドリガメの話題を出した。

「逃げちゃったんでしょ。朝、学校行ったらいなくて、恒ちゃん、ワァワァ泣いたじゃない。忘れたの？」

厚子さんが話を引き取るが、僕も沼袋さんも話が分からず、キョトキョトするばかりだ。歌子さんが苦笑しながら、

「私達、観察学習でミドリガメを飼育したのよ。ずっと育てるんだって、熱心に世話を続けたものだから、クラスの子達からカメ班って言われてね。カメ・ハウスのカメには、そういう歴史もあるのよ。カメのようにおっとりゆっくりでも、最後に勝つ！　という意味も、もちろんあるんだけど」

と説明してくれた。四人は、小四の時の観察学習でグループを組んで、それ以来の仲良しなんだとは聞いていたけど、絆の元はカメだったのか。

「あれはね、カミツキガメなんですよ。獰猛《どうもう》で強く、恐れ知らず。ミドリガメよりこの家にぴったりじゃないですか」

「カミツキガメ？」

沼袋さんの言葉に、オバサマ達は瞬間、考えたようだった。ぴったりって？　でも、『獰猛』のところは無視し、『強い』と『恐れ知らず』だけインプットしたらしい。

「そうね。強くなきゃ、生き残れないし。ぴったりかも」

厚子さんが言い出し、皆、曖昧に笑う。

「ま、そういうことで、話を戻すと、放浪生活を打ち止めにして、日本に戻ってきたのでした。メデ

タシメデタシ」

ちっともメデタクないが、こういう生き方もあるのだと、沼袋さんの逞しい腕を見ながら感心した。感心するけど、自分にはできないし、する気も起こらない。何が哀しくって、ジャングルを彷徨わなきゃいけないいんだ。

「それで、これからどうなさるんですの？」

瑞恵さんが、また気取って聞いた。「なさる」なんて上品な言葉を瑞恵さんから初めて聞いた。

「沼ちゃんは、日本でまた、編集事業を始めるのよね。私の本も、出してくれるのよね！」

歌子さんが甘えた声を出し、

「まあ、そういうことも、追々《おいおい》にかなぁ」

あまり乗り気じゃないのか、沼袋さんはほのかにはぐらかした。

「それで、アパートは見つかりましたの？」

厚子さんが聞いた。なんか今日は、みんな、言葉遣いが、気取っちゃってる。

「ええ、手頃なのがあって、決めてきましたよ。明日には出ていけますので、安心してください」

あら、もっといらっしゃればいいのに。そうよ、もっと、お話伺いたいのに。それはとっても残念ですわ。オバサマ達が気取った口調を競い合う。

いけ好かないオヤジだと思っていたが、確かに話は抜群に面白いのだった。アマゾンでピラニアにつつかれた話、巨大な富を築いた南米移住者の話、ダニに刺されて足が風船みたいに膨れ上がった話、強盗に襲われ、身ぐるみ剝がされた話……。

その都度、オバサマ達はキャアキャア喜び、大量の料理はきれいになくなり、ワインの空き瓶が並んでいった。お酒に慣れていない僕は、かなりフラフラだ。この年寄り達はザルか、ウワバミか。

沼袋さんはいつの間にか、棚から歌子さん所蔵の高級ウィスキーを持ち出し、水割りにして飲みだしている。それを嫌な顔もせず、歌子さんはホレボレと眺めている。昼間っからずっと気になっていたことを、とうとう口にしてしまった。

「沼袋さんと歌子さんって、付き合っているんすか？」

座がシンとなり、沼袋さんと歌子さんがパッと顔を見合わせた。触れてはいけないことだったのだろうか。

でも、次の瞬間、二人はプファと吹き出し、腹を抱えて笑い出した。

「付き合ってるって、私と沼ちゃんが？」

「せめていい仲かとか、恋人同士かとか、聞いて欲しいよな。付き合ってるって……」

「そりゃあ、長い付き合いであることは事実だけど」

「今晩、一杯付き合わないかって聞いても、恋仲になるのか？」

ちょっと憮然《ぶぜん》とする。

「前から気になっていたんだけど、最近の子って、恋人っぽくなることを『付き合う』っていうのよねぇ。いつ頃から言い出したの？」

厚子さん達も話に乗り出した。

「昔はなんて、言ったんだっけ？」

「僕と交際してください、じゃなかった？」

「そうそう、交際よ、交際するって言ったのよ」

「だけど、『結婚を前提にお付き合いしてください』とも言わなかった？」

「言った、言った」

「じゃあ、やっぱり『付き合う』は、間違いじゃないのよ」

「だけど、中身はちょっと違うような気がする。ね、付き合ってる関係の定義ってなに？　チューはする仲ってこと？　それともそれ以上、いっちゃいましょうってこと？」

真剣な顔になって瑞恵さんは、答えにくいことを聞く。

「どうなの、翔ちゃん、この間の美果ちゃんと、本当のところはどうなのよ？　どこまでいってるの？」

厚子さんから直球だ。

「まさか、チューまでいっているとか！　あ、もっと先？」

甲高い声を上げて瑞恵さんが口元を両手で隠した。こうするとかわいらしく見えると、どうも思い込んでいる。

「ほう、トー大生君、やるじゃないか」

沼袋さんまでニヤニヤして浅黒い顔を突き出してきて、

「僕たちの場合は健全な男女交際です。それ以上は企業秘密です」

乗せられてたまるかと突っぱねた。言ってすぐに、コウサイって使っちゃった、とびっくりする。

「それにしても、おかしい！　私と沼ちゃんが付き合ってる？」

歌子さん、まだ笑っている。

「正しくは、腐れ縁だよなぁ」

沼袋氏の方は困惑顔だ。この手の話は苦手らしい。

「翔ちゃん、安心して！　そんな関係じゃないから。古いビジネスパートナー。大体、私達、いくつだと思ってるのよ、そんな生々しい関係はとっくに卒業よ」

ね！　とみんなに向かって言った。でも歌子さん、否定しながら、声がいつもより高いし、やたら嬉しそうだし。そんな僕の視線を感じたか、歌子さんはツンと澄ましてそっぽを向いた。

5

パーティの晩の言葉通り、沼袋さんは翌朝、出ていった。と言っても、新居は三つ先の駅のアパートで、時々、来ているようだ。オバサマ達も静かな生活に戻っておとなしい。規則正しく体操をし、新聞を読んでは社会を嘆き、テレビに向かって文句を言う。食事時もいろんな話が錯綜《さくそう》して姦《かしま》しいけれど、通常ペースの穏やかな日々だ。

大学の講義を終えて、駅の改札口からスーパー『ミナミ』に向かって歩いている時だった。今日は奥村さんちに行く予定もなく、朝、目玉焼きを作ろうとしたら卵が切れていたので、買わなきゃ、と思っていたからだ。

カフェの方から、不吉な視線を感じた。目の端にショッキングピンクの塊が映った気がする。知っている限りあんな派手なのを選ぶのは……。そうっと振り向くと、案の定、窓側の席で瑞恵さんが手を振っている。瑞恵さんは、フラフラとよく出掛けていく。習いごとをいくつもやっているし、買い物好きでもあるが、基本的に出歩くのが好きでじっと家に居られないタイプなんだと、僕は分析している。

ニッと笑って手招きする。横の席を指さし、コーヒーを飲むジェスチャーをする。要するに、こっちに来て、コーヒーに付き合え、ってことなんだろう。「不吉な予感」がベッタリ背中に貼りついたままだったが、無視もできない。まあ、しゃあない、キャラメルラテでも奢《おご》ってもらっちゃおう、と誘われるまま、ドアを開けた。


アイス・キャラメルラテのトールサイズを受け取って、お釣りを返し、瑞恵さんの隣に腰を下ろした。瑞恵さんは、眉間に皺を寄せて、タブレットに向かっている。

「カフェなんかに、よく来るんですか？」

「まあね、ほら、私って感性が今風じゃない」

今風というところがすでに古いが、余計なことは言わずタブレットをのぞき込む。

「何、やってるんすか？」

「いいとこ、来てくれたわよ。アプリを取り込むところまでできたんだけれど、登録の仕方が、もうひとつ分からなくって」

「登録って？」

瑞恵さん、ウフフと気味悪く笑って、画面をこちらに向ける。『ニュー・ステージ』と英語で書いてある。日本語版をクリックすると、大きく「エグゼクティブな大人の出会いを」という文字の下に、ハリウッド映画で学者役でもやりそうな、二枚目シニア男性と、品のいいアジア系の中年女性が並んで写っている。

「これは……」

「こうなったら、世界に目を向けようと思って」

なるほど、シニア向けマッチングアプリか。

瑞恵さんは、ずっと「再婚する！」と宣言している。短大を出てすぐに、「ぜひにと請《こ》われて」お金持ちの医者の家に嫁いだんだそうだ。「ぜひに」のところを、瑞恵さんは毎回、強調する。でも、舅姑は意地が悪く、夫はケチで身勝手で浮気性で最低な男だった。それでも、二人の子供が成人するまでは、と耐えて、耐えて、下の娘さんが結婚した直ぐ後に離婚した。

財産分与でかなり揉《も》め、大分譲歩して離婚に至ったのに、成立して半年後に元・夫はポックリ亡くなってしまった。こんなことなら、もう少し我慢してしっかり財産を相続したかったと、今でも愚痴っている。

それでも、ある程度のお金は確保したのだろう、金銭的に困っている様子はない。それで十分だろ、と僕は思うが、瑞恵さんは、嫌な男と舅姑に仕えて人生を無駄にしてしまったことが無念でならない。死ぬまでに、せめて一度でいいから本物の恋愛をしたい、できれば結婚もしたい、それだけが今の望みなんだそうだ。

「いろいろ、パーティに出たり、ダンス教室に入ったりして探したんだけれど、いないのよねぇ、イイ男って。ケチなオヤジか、薄汚い爺さんばっかり」

それで、対象を全世界に広げようと思い至った。

「だって、世界には桁違いの大富豪や、アラブの王様や、スコットランドのお城の持ち主やらがいるじゃない」

瑞恵さんは、目を輝かす。そりゃあ、いることはいるだろうけど、そういう人って、こんなアプリで相手を探そうなんて思わないいんじゃないの？　そうは思ったけれど、なんとなく言っちゃあいけないような気がして、言葉を飲み込み、ズズズとアイス・キャラメルラテを啜《すす》った。

「だからさ。登録を手伝って欲しいのよ。さっぱり分からなくって。家だと、みんないるじゃない。なんか言われそうで、嫌なのよねぇ」

あ、翔ちゃん、このこと内緒だからね、絶対、言っちゃダメだからね！　と瑞恵さんは怖い顔で念を押した。

瑞恵さんが結婚したがっていることは、あの家じゃみんな知っているんだから、コソコソやらなくたって、とは思ったけれど、もちろん何も言わず登録作業を手伝った。

年齢は……「あ、五十八にしておいて」、趣味は……「社交ダンスとクルージング」。性格は……「控えめで物静か」、得意なものは……「料理」。

おいおい、と突っ込みたいが、黙々と入力する。

極めつけは「これを使って」とファイルから出してきた写真だった。「この人、誰？　どこの女優さん？」というくらい、美人に写っている。

「これ、瑞恵さん？」

うっかり聞いてしまったが、瑞恵さんは、

「どう見たって私じゃん。ちょっと若干、ほんの少し修整したけど」

と澄ましている。まあ、いいけど。でも、瑞恵さんがこれだけいい加減に書き込めるってことは、相手も、同じくらいインチキ書けるよなぁ、と心配になってきた。こんなので知り合って、大丈夫なんだろうか？

その時、瑞恵さんのバッグの中のスマホが鳴った。チラと発信者の名前を見て、

「ちょっと、ごめん」

と瑞恵さんは立ち上がり、柱の陰に行った。せっかく隠れたのに、声はだだ漏れだ。

「そんな、いきなり言われたって……困ったわねぇ……桜《さくら》の気持ちは分かるわよ、だけどね、子供達のことを考えたら、もう少し慎重にならないと……」

相手は娘さんだろうか？　普段の瑞恵さんの口調と随分違う。なんというか、子供にはズケズケものを言えない母親の顔というか。聞いてはいけなかったような気になって、僕は、氷の底にわずかに残ったキャラメルラテの残りを、思いっきり音を立てて啜った。

大袋二つをエッサカ提げて、リビングに入り、「おや?」と思った。歌子さんは食卓で資料広げてレシピの整理、恒子さんは隅のイスでクロスステッチに精を出し、瑞恵さんは二人掛けソファで足を投げ出してマニキュアを塗っている、というのは普段通りなのに、どことなく空気がピリピリと緊張している。

「翔ちゃん、ありがと。急にお願いして、悪かったわね」

歌子さんが老眼鏡を外し、立ち上がって荷物を受け取った。昼過ぎに歌子さんから、「魚勝にアサリやらいろいろ注文しておいたから、それを受け取ってきてよ」と電話があった。「ついでに」と、魚勝の三軒先の『八百平《やおべい》』で「箱入りの上等なトマト」を、スーパー『ミナミ』で「高い方の生ハム」を買ってきて、とあれこれ言い渡された。いつものことだけれど人使いが荒い。ちょっと違うのは、高級食材を景気よく注文していることだ。普段なら生ハムは「味は同じ」だと切り落としだ。誰かの誕生日だっけ? 分からないけれど、いずれにせよ今晩はご馳走だな、とウキウキして自転車を漕《こ》いできたのだ。微妙な空気に、

「なんか、ありました?」

聞いたら、「ないと言えばないし、あったと言えば、あったかも」と瑞恵さんが返事して、三人で困ったように顔を見合わせた。

「あれ? 厚子さんは?」

いつもなら一番座り心地のいい隅のソファを占領し、読書している厚子さんの姿がない。

「部屋にいる。帰ってきてから、ずっと拗《す》ねて閉じ籠《こ》もってる」

歌子さんが、廊下の先に目をやり、恒子さんが刺繍《ししゅう》の手を止め、ふぅと小さくため息をついた。

「また、ダメだったってこと。再就職の話。今回は絶対大丈夫だって、張り切っていたからねぇ。ショックだったんじゃない？」

テーブルの上の資料を片付けながら歌子さんが解説して、

「世の中ってのは、期待通りにはいかないのよ。特に年を取るとね。厚ちゃんは、どうも、その辺の耐性がない」

困ったもんだ、と肩をすくめた。

「厚ちゃん、ずっと優等生で挫折してないから」

恒子さんが独り言のように呟いた。神奈川県に新しくできた女子高で教師の募集があった。長年、女子高で教鞭《きょうべん》を執ってきたから履歴書的には申し分ない。関係者の推薦もあった。今回こそは決まると自信満々で最終面接に臨んだのだ。

「ていうか、プライドが高過ぎなのよ。いくらお勉強や仕事ができたって、そんなこと年取ったら通用しないのに。私達は十把《じっぱ》一《ひと》からげで終わった人扱いなのよ。ただの婆さん。少しは自覚してくれないと周りが迷惑よねぇ」

瑞恵さんは、どちらかというと厚子さんに厳しい。自分は終わったなんて思ってもいないくせに。

「ま、そういうことでね、せめて美味しい物を食べて元気になってもらおうと思って」

歌子さんが「これで分かったでしょ」という風にウィンクした。

「ワイン好きの厚ちゃんだから、今日はワインに合うスペイン料理にしようと思ったわけ。パエリャ作るんだから、恒ちゃん、お手伝いよろしく。翔ちゃんには物置からバーベキュー用のコンロと燃料をバルコニーに出してもらわないと」

そうか、パエリャか。魚勝で渡された袋には、アサリも新鮮なイカもムール貝も入っていた。それに今日は豪華にパルマの生ハム付きだ。傷心の厚子さんには悪いが、誰かが落ち込むのもたまには悪くない。

バルコニーにもう一つ出した小机に、トマトのサラダ、ルッコラとオレンジをたっぷり載せた生ハム、蒸し茄子とささ身の中華風和え物が盛られた大皿が並び、コンロの燃料がパチパチ音を立てている。

「さあ、始めるわよ！」

歌子さんがパエリャ鍋にオリーブ油を入れ、みじん切りにしたニンニクをジャッと炒め出した。ニンニクのいい匂いが辺り一面に漂い出す。

そこに細かく切った玉ネギ、ざっくり切ったパプリカを入れ、洗っていないお米をどさっと入れる。パエリャのお米は洗ってはいけないんだそうだ。さっと炒めて、白ワインを加え、歌子さん、「これこれ」と大事そうに小さな器からイカ墨を出して加えた。イカ墨とニンニクが合わさった魅惑的な匂いがフワーッと鼻の奥をくすぐる。

「今日は特別に貴重なイカ墨を使うんだから、みんな、最敬礼して食べてよ」

用意しておいたブイヨンを入れ、キッチンで下準備した、旨味たっぷりのアサリとムール貝の煮汁も入れる。グツグツいい出したところで、別にしておいた魚介類を加えて、アルミホイルで蓋をする。このまま十五分ぐらい、炊くのだという。

「騒々しいと思っていたら。今日はなんかの記念日だっけ？」

いつの間にか出てきた厚子さんが、鼻をヒクヒクさせすっとぼけた。滅多にケアしないボブヘアが今日はツヤツヤときれいに切り揃えてあって、「ああ、美容院に行ったんだ」と分かる。面接のために、意気込んだのだろうに。

「いいお天気だから、今日はパエリャの日。そんな歌なかったっけ？　厚ちゃんもボーッと突っ立ってないで、ワインを出して」

歌子さんもすっとぼける。二人のとぼけ合いの間を、夜風が心地よく通り抜けていく。テーブルには、赤と白のチェックのクロスが掛けられ、見渡す街に明かりが灯《とも》り出す。なんだか地中海のレストランにいるみたいだ。地中海なんて行ったことはないけれど、そんな華やいだ気分にさせられる。パエリャができるのを待ちながら、思い思いに小机から料理を取って席に着いた。

遠慮しつつ、当然僕も全部を一通りしっかり皿に取る。トマトのサラダは、薄く切ったトマトに、細かく刻んだレモンと、新玉ネギとバジルを混ぜたドレッシングが、トマトが見えないくらいにたっぷりと掛かっている。冷蔵庫でしっかり冷やしてあって、甘酸っぱいソースがトマトに滲みて、瑞々《みずみず》しく爽やかな前菜になっている。

「美味いっすねぇ、これ。僕が買ってきたトマトですよね」

自分が作ったわけではないけれど、ちょっと得意になる。

「そうよ。いいトマトは、やっぱり味が違うよね。なかなか毎回とはいかないところが、残念無念」

資産家の歌子さんだけど、高級トマトは滅多に買わない。「不当に高い！」と腹立つんだそうだ。そういえばスマホも、古いモデルのを使い続けているし、キッチンの鍋もフライパンも、何十年も使っている年代物ばかりだ。「お金は有効に使うべし。新しけりゃいい、高けりゃいいってもんじゃないのよ」と偉そうに説教する。そのくせ似たような服を、何枚も平気で買っちゃうんだから、わけが分からない。

生ハムには、ルッコラとほぐしたオレンジとパルミジャーノレッジャーノの薄切りが載っているが、これは、全部、一緒に食べるのだそうだ。なるほど、オレンジの甘さとルッコラのほろ苦さが、生ハムとチーズの味と折り重なって、全ての旨味が際立ってくる。

「生ハムってメロンやイチジクと食べるのもいいけど、オレンジとルッコラとも相性いいのよ。悪くないでしょ」

自分の分を取りながら歌子さんは、パルミジャーノレッジャーノの薄切りをヒョイとつまみ、「うん、いいチーズだ」と頷いた。

三皿目の茄子は、全然スペイン風じゃないけど、この家では誰一人、気にしない。酒蒸ししたささ身と茄子に、生姜と長ネギがたっぷり入ったタレが掛かって、豆板醬《トウバンジャン》が絶妙に効いて、沼袋さんがいたら「ビールが欲しいね」と絶対言うに違いない。

料理しか目に入らない僕をよそに、オバサマ達は、

「厚ちゃん、その席だと、煙来ない？」

「こっちの席に替わる？　でも、そうすると、料理が取りにくいか」

とやたら優しい。気を遣われる方が、逆に嫌なんじゃないか？　案の定、不自然な空気に耐え切れなくなったか、厚子さんが、

「なんかさ、腫れもの扱いされてるみたいだから、報告するけどさ」

ぶっきら棒に口を開いた。

「ご存じのように本日、面接があり、その結果、また採用ならずでありました。せっかくの紹介状も効果なく、後進に道を譲ってあげてくださいだとさ。以上」

当人が言い出してくれたものだから、ホッとして歌子さん達、怒濤《どとう》のようにしゃべり出した。

「まあ、あんな三流女子高、不採用でよかったよ。厚ちゃんがもったいない」

「そうそう。こっちから願い下げよ。気にすることはぜ～んぜんない」

「我らが今井厚子は、もっと高みを目指さなくちゃねぇ！」

口々に持ち上げるが、厚子さんの慰めにはならないみたいだ。

「ま、落とされるのには慣れているから、別にいいのよ。悔しいのは、採用されたのが私もよく知っている後輩だってこと。確かに向こうの方が十歳若いけど、教師として優秀だったのは、絶対、私の方なんだよね。生徒達の人気もあったし。でも採用する方は、そんなことどうでもいいの。見るのは年齢の欄だけ」

こういう場合、なんと答えていいのか、大抵の人は当惑して口ごもる。

「道を譲れって……、譲って脇にどいた私の道はどうなるのよ。私だって、前に進まなくちゃならないでしょうが。道がなければ生きていけないでしょ。脇で指くわえたまま、どうすんのよ、人生まだ、終わってないのに」

厚子さんの怒りは分かる。その年齢になったことがないけど、想像はできる。でも、僕が女子高の人事担当だったら、やっぱり十歳若い方を採用するよなぁ、と雑に考えた。

「道って一本じゃないんじゃない？　そろそろ年相応の道を探すのもいいんじゃないかな？」

珍しく恒子さんがはっきりとものを言った。

「恒ちゃん、いいこと言う。その通りだよ。厚ちゃんってさ、社会的な地位がなければ、人生じゃないとか、思っているとこない？」

瑞恵さんまで、グサリと痛い所を突く。

「私はね、不器用なの。みんな、知ってるじゃない。趣味もないし、やりたいことも別にない。死ぬまで教師でいたいだけ」

そういうことを言われたって、周りは迷惑だよなぁ。野球選手なんて、早けりゃ二十代で戦力外通告だ。希望通りの仕事を続けられる人なんて滅多にいないだろ。僕は少し白けて茄子のお代わりをする。

「確かに厚ちゃんは不器用だった」

「そうそう。学生時代も頭、ガチガチの子だったじゃない。ほら、平手打ち事件」

「ああ、覚えてる、覚えてる。手紙くれた男の子を、バシッって平手打ちしたのよねぇ」

平手打ち？　戸惑う僕に、「厚ちゃんったらねぇ」と歌子さんが説明してくれた。中学の時、よく道で会う男の子がいたのだそうだ。制服から近所にある有名私立校の生徒だということは分かっていた。まじめで気が弱そうな子で、どうやら厚子さんに気があって、それでいつも、通学路で待ち伏せしているのだと皆で噂していた。ある時、その子が思い詰めたように、厚子さんの前に立ち、手紙を突き出した。あ、きっとラブレターだ、とみんなワクワク見ていた。ところが厚子さん、手紙をすぐさまビリッと破いて「不潔！」と叫んで、こともあろうに男の子の頬をバシッと引っ叩《ぱた》いた。

「止めてよ、そんな古い話。あれは……いきなりあんなもん、手渡すから」

厚子さんは、ブスッと不貞腐《ふてくさ》れて、自分のグラスにワインをドクドク注ぐ。

「だけどねぇ、いくらなんでも」

「そうよ、あれは酷かった、気の毒だった」

「だって、どうしていいか分からないじゃない。いきなりなんだもの。ああ、思い出したくない！　要するに、それだけ不器用なんです、私は」

厚子さんって、小学校の頃からずっとまじめで勉強家で、短大を出た後、一人、四年制の大学に入り直したんだそうだ。父親が亡くなったりして経済的にも苦労したけど、頑張って卒業して教師になった。それからずっと結婚もせず、教職の道を全《まっと》うした。「そういう意志の強い所は偉いのよ」と、滅多に人を褒めない瑞恵さんが、以前、褒めていた。

「厚ちゃん、ここで塾開いたら？　スペースはあるんだし」

歌子さんが提案した。もともと二世帯用に造られたこの家には、息子の光輝さんが使う予定だったリビングのスペースがそのまま無駄に空いている。

「それ、いいんじゃない？　私、手伝う」

恒子さんまで乗り気になっている。

「あのさ、私は高校の化学の教師だったのよ。今時、個人経営の学習塾に、化学を学びに来る高校生なんているわけないでしょ」

「じゃあ、中学生相手にすればいいし」

「厚ちゃん、頭いいんだもの、国語や算数教えたっていいし、小学生や中学生だっていいじゃない」

うーん、とそれでも厚子さんは、気乗りしない様子だ。

「そういうことをしたいわけじゃあ、ないのよね。私が目指したいのはね、もっとこう……」

話はまだ、続きそうだったが、パエリャがそろそろいい頃だ。僕は、そっちの方が気になって仕方ない。「あの、パエリャ……」遠慮がちに囁《ささや》いたら、皆が「そうだった」という風に一斉にパエリャに目を向けた。歌子さんが「どれどれ」とそっとアルミホイルの蓋を開ける。スープを吸っていい具合に炊き上がった黒いパエリャから、豊潤な匂いがワーッと湧き上がる。ああ、この匂いはまさしくイカ墨の匂いだ。

「厚ちゃんのことは、ちょっと置いといて、パエリャ、いただきましょうよ」

瑞恵さんが、イソイソと立って、取り分けてくれた。恒子さんが配ってくれたレモンをキュウと絞って、熱いところを口にする。ワォ！　と叫びそうになった。絶品だ。新鮮魚介類のいい出汁が出て、モッチリと炊き上がったパエリャは、濃厚で深くて、端っこの、わずかにカリカリとなった所は、これはこれで香ばしい。皆、厚子さんの面倒くさい話なんてなかったように、黙々とフォークを口に運んでいる。

「いい出来じゃない。レストランで食べてるみたい」

「最高！　美味しい！　生きてるって、いいわねぇ！」

「こういうのを幸せって言うのよねぇ。居心地のいい家があって、空気が澄んで、風がそよいで、毎日、美味しいものを楽しくいただく。他に何が足りないってのよ」

歌子さんが伸びをするように両手を広げた。

「そういう歌ちゃんが、料理本出したくて、悶々《もんもん》としているじゃない。年取ると編集者は振り向いてもくれなくなるって、文句タラタラじゃない」

厚子さんが意地悪く反論する。

「なあに、その言い方。厚ちゃんの悪あがきより、よほどまともよ、私のやってることは少なくとも建設的だし現実的よ」

「悪あがきって、なに、それ」

「あら、失礼。じゃあ、言い方変えて、未練たらしさ？　執着？」

「よくもまあ、そんなこと……」

瑞恵さんが、まあまあ、と二人をなだめて、

「厚ちゃんも歌ちゃんも、恋をしなさい。そうしたら、再就職だ、再出版だって、つまんないことに焦らなくなるんじゃない」

いい思い付きでしょ、と言いたげにニンマリと微笑んだ。そういえば、瑞恵さん、あのアプリ登録はどうなったんだろう？　ニュー・ステージだっけか？　シニアのマッチングアプリ。

あの日、登録までの作業を手伝ったところで、娘さんから電話が入って、それから瑞恵さん、急にソワソワと心ここにあらずになったんだ。あちこちに電話を掛けたりして、なんだか、面倒なことになっているようだったので、「送信」だけすれば登録完了になるところまでやってあげて、キャラメルラテのお礼を言って、引き上げてきた。

あのアプリ、どうなったんだろう？　登録を無事終え、誰かいい相手でも見つかったんだろうか？

チラと見たら、瑞恵さんが「余計なことを言うな」という風に、目で合図した。

「恋なんか、この年になって、誰がするのよ」

「そうよ。男なんて面倒なだけ、全然いらない」

歌子さんと厚子さん、急に意気投合している。

「知ってる？　モテない女に限ってそういうこと、言いたがるんですって」

瑞恵さん、それは言い過ぎだ。ハラハラする。

「よく言うわよねぇ。前から一度、言おうと思っていたんだけどね、いい年して、恋だ、男だって騒ぐの、あんまり品のいいもんじゃないわよ。小娘じゃないいんだし」

厚子さんの冷ややかな目に、

「そんなこと言ってるから、厚ちゃんは枯れていく一方なのよ。恋は人生の華、トキメキは生きる活力！」

フォークを振り回して瑞恵さんは大反論だ。

「あ～ら、私のどこが枯れてます？」

「みんなさ。そうやって自分の道とか、悪あがきとか、恋だとか、考えられるだけで十分恵まれているんだってこと、分かっているのかなぁ」

それまで黙っていた恒子さんが突然、怒った。

「私には、未来なんかないんだから。毎日、ボケちゃうかもしれない、明日じゃないかもしれないけれど、いずれ必ずボケちゃうって、恐怖に怯《おび》えて生きる人の身になったことある？」

一同、ハッとして、静まり返った。恒子さんの立場を考えたら、後の三人は何も言えない。歌子さんは「そりゃあ……」と言ったきり言葉もなく、厚子さんは黙り込み、瑞恵さんは困ったように目を泳がせた。宴会だったはずが、反省会になってしまった。

自分だけ若くて、申し訳ないような気がして、僕は目を伏せ所在なくナプキンで口を拭った。真っ黒な墨が付いていて、そうだ、イカ墨を食べていたんだっけと、今更ながら思い出した。顔を上げてオバサマ達を見回すと、どの歯も唇も真っ黒だ。

「あのぅ、その歯」

思わずプフッと笑ったら、皆、互いに見合って、同時にプーッと吹き出した。

「言っちゃあなんだけど、勝手に悩んでろ、って感じ」

カップの底のマンゴープリンをツルンと飲み込んで、美果は、いとも素っ気なく結論を下した。

象さん滑り台で、よちよち歩きの子供達が遊んでいる。少し先で母親らしい数人が立ち話しているから、あの人達の子供なんだろう。二歳、三歳ぐらい？　どの子もてっぺんに登りたくって、争っている。一番大きな子が競っていた後の二人を払いのけててっぺんを占領し、一人が泣き出し、もう一人は諦めたようにボールで遊び出した。こんな年頃から、人は勝つか負けるかの厳しい現実に晒《さら》される。

美果と久しぶりのデートだ。夏休みに入り、美果は新宿のアイスクリーム・ショップ、僕は宅配便集配所でのバイトを始め、なかなか会えない日が続いていた。二人の休みを調整してようやく辿り着けた今日のデートだというのに、美果は「公園でマッタリするのがいい」と言い張った。結局、コンビニで食料を買い込み、ベンチに座って、象さん滑り台で繰り広げられている幼児達の生存競争を眺めている。

美果はいつもそうだ。せっかく会っても、駅ビルをうろつくか、公園でボーッとするか、僕の下宿でゲームをするぐらいしか、したがらない。海を見たいとか、ディズニーランドに行こうとか、もっと青春のデートっぽいことを提案すればかわいいのに、そういうのは「なんか、田舎者のデートって感じじゃん」と吐き捨てる。定番のデートコースというのは、オヤジギャグの「そんなバナナ」やオバサン達が愛用するハロッズの買い物袋ぐらい「ダサい」んだそうだ。

そうかなぁ、と僕は納得していないが、お金が掛からなくて、助かるといえば助かっている。男としてデートの時ぐらい、パッと気前よく支払いたいが、親は今の仕送りが精一杯で、バイトの稼ぎはそのまま生活費直行だ。ディズニーランドに行きたい、なんて言われたら、非常に困る現実がある。

「勝手に悩んでろ」は、カメ・ハウスでの出来事を話した際の美果の反応だ。厚子さんがいくら頑張っても、教職の仕事には就けないんだって。年取るのも大変だよね、とこの間の夜の会話を長々と報告した。

「のんびり生きていける身分で文句言うな！　だよ。私達の方がよっぽど、大変じゃん。これから社会に出て、働き続けなきゃならないんだよ。家に居たら変なヤツ扱いされるし、でも、外に出たってやりがいある仕事なんて、夢物語だよ。もっとずっと過酷な競争社会が待っていて、そうやって何十年も働き続けても、将来年金が出るのかだって怪しいじゃない。ほんと、呑気な身でよく言うよ」

腹立たしそうに言って、美果はレジ袋からシナモンロールを取り出し、ロールを剝がしながら、端っこから食べ始めた。お気に入りのスィーツを食べる時、美果は嫌なことなんてこの世に一つもないみたいに、心から幸せそうな顔をする。美果の家は、ママとお姉ちゃんの三人家族だ。つまり母子家庭で、美果のママは美果とお姉ちゃんを育てるために、二つも三つも仕事を掛け持ちして働いてきた。美果の口から愚痴を聞かされたことはないけれど、子供の頃から、経済的にも、いろんな意味でも苦しい生活をしているはずなのだ。甘っちょろい生き方には、だから厳しい。

それにしても、美果から年金の話が出てくるなんて、びっくりだ。僕はちょっと感動し、でも、黙って二個目のカツサンドに齧りついた。美果との食事はいつもこんなだ。甘いものに目がないというより、甘いものしか食べない美果は、まともな食事に一切興味がない。人間、美味しく食べることが大切で、自分は朝昼晩、チョコレートかケーキで十分な体質なんだと豪語している。実際、そんな極端な食生活なのに、健康だし太らないし、抜群のスタイルだ。でも、きっとこのままじゃ、絶対、いいわけがないと僕は密かに心配している。

「厚子さんは厚子さんなりに、目指す自分というのがあって、苦しんでいるんだよ」

美果みたいにバッサリ否定するのは気の毒なような気がした。

「その厚子さんって、白髪のボブの人でしょ。ちょっと気難しそうで、私は頭がいいのよ、って顔に出ている人」

確かに厚子さん、気難しいわけではないけど、上から目線のところがある。

「お勉強ができた人って、脆《もろ》いのよね。肩書なくなると、ペションとなっちゃうの。家《うち》のママなんか、自分の道だとか、目指す自分だとか、そんな面倒くさいこと、思いつきもしないよ。悩んでいる暇があったら、もう少し寝るわ、って言うに決まってる」

そこで、アハハと笑った。我ながら気の利いたことを言ったと思ったんだろう。

「私なんかさ、さっさと道をどいて、ギシギシ張り合って生きてく連中を脇から眺めていられたら、どんなに楽かって思うけどね。そう思わない?」

美果はシナモンロールの包み紙をクシャクシャと丸め、ポイとゴミ箱に投げた。スポッと籠の中に納まる。ストライクだ。

「僕は……」

自分の将来とか道とか、考えたこともないけど、脇から眺めていたいとも思わない。行く道っては、これからなんとなく、見えてくるものじゃないかなぁ。

「僕は、こうやって美果とデートできるだけで、今はいいかなぁ」

最終的にしょうもない台詞を吐いた。

「それより、婚活はどうなったの？　ほら、あの誰だっけ？　派手なお婆ちゃん」

瑞恵さんのことも、美果に話してある。恒子さん行方不明事件で、奥村家のオバサマ達と直接会ったせいだろうか、「別に興味はないけど、話したかったら聞いてあげる」というポーズを取りながら、美果は、なにかと聞きたがる。本音はきっと興味津々なんだ。

「瑞恵さん。なんかね、いろいろメールが来て、楽しいらしいよ。アメリカの牧場主とか、ロンドンの医者だとか。翻訳機能を使って、会話するんだって」

「へぇ。アメリカの牧場主と上手くいったら面白いね。私達も結婚式に呼んでもらえるかな」

そう簡単に上手くいくものじゃない。でも、「そうだね」と合わせておいた。否定する必要もなかったから。

「瑞恵さんって、お金持ちの医者と結婚したのに、もの凄くケチな家系で、全然、お金使わせてもらえなくって、それで当人もケチになっちゃったんだって」

「へぇ……って、なんで美果がそんなこと知ってるんだ？」

まじまじと顔を見てしまう。

「恒ちゃんが言ってたもん。クラスの中で一番最初に結婚が決まって、それも相手がお金持ちだったから、みんなで羨ましがったんだって。あの頃は、少しでも早く、いいお相手を見つけることが人生の勝ち組に入ることだったんだって。でも、人生ってそんなに単純じゃないのよねって。結婚なんて、慌ててするもんじゃないわよ、って言ってた」

大きなバッグからチョコレートの袋を出して、「ほい」と一つ、分けてくれる。

「恒ちゃんって、恒子さんのこと？　恒子さんと連絡し合ってるの？」

「結婚なんて、慌ててするもんじゃない」のところより、まずは「恒ちゃん」という言い方が気になった。

「あれ、言ってなかったっけ？　私達、時々、一緒にスィーツ巡りしているんだよ。この間はスィーツバイキング、ゴチしてもらっちゃった」

聞いてないし。どら焼き騒動のどさくさで、連絡先を交換したのだろうか？

「あの恒子さんと？」

「あの、って……。そんな言い方、ないんじゃない？　恒ちゃん、ゼンゼン普通だよ。改札口までちゃんとバスに乗ってくるし。もちろん、フラフラどっかに行っちゃわないように気を付けているけどさ。話も普通だし、美味しいお店、よく知ってるし」

あの恒子さんと二人でスィーツ巡り？　僕とは公園ぐらいしか付き合ってくれないのに。

「恒ちゃんって、呼んでるの？」

「だって、恒ちゃんって、みんな言ってなかったっけ？」

あの家じゃ、そうだけど。

「ほら、歌子さん達、お酒はよく飲むけど、甘いものはそんなに食べないんだって。恒ちゃんとしてはそこがつまらないみたいなんだ。私達、年を超えて価値観が近いのよ」

ふうん。意外な気がした。無駄なことはすぐに排除の美果が、恒子さんとの時間は大事にしている。

その時、美果が「アッ！」と叫んだ。声と同時に、象さん滑り台で遊んでいた女の子がつんのめって、転んだ。美果がさっと走り寄って抱き上げ、ほっとしたのか女の子は、火が点《つ》いたように泣き出した。おしゃべりしていた母親達が振り向き、慌てて駆け寄ってくる。

美果は凄い。こういう時は、風のように敏捷《びんしょう》だ。頭を下げる母親に、「いえ、別に」とすげなく返事して、美果はさっさとベンチに戻り、何事もなかったようにまたチョコレートを口に入れた。

6

玄関を開けたら、泥で汚れた大きなスニーカーが目に付いて、またあいつか、と途端に嫌な気分になった。なるほど、「スイカを買ってきて」と歌子さんが言ったのは、そういうことだったのか。

廊下にまで大きな笑い声が聞こえてきて、リビングをのぞいたら、案の定、沼袋さんがダイニングチェアに片膝立てて座り、何か面白いことでも話したのか、歌子さんと厚子さんが、腹を抱えて笑いこけていた。

「オオ、トー大生の若者、元気だったか」

沼袋さんが、陽《ひ》に焼けた顔で振り向き、白い歯を見せた。毎度、「トー大生」って、しつこいし、面白くないし。苛《いら》ついたが、相手は年長者だ。「はあ、お久しぶりです」と顔だけははっきり不愛想に頭を下げた。

「翔ちゃん、ありがと。スイカ重かったでしょ、半分に切って冷蔵庫に入れておいて。あー、おかしい。お腹《なか》の皮がよじれそう」

歌子さんが笑いながら、指図する。笑ったくらいで、お腹の皮がよじれるわけがない。その時、「あれ？」と思った。歌子さん、ピンクのシフォンのブラウスを着ている。フリルがやけにヒラヒラして、確か、最近買ったばかりの、「高かった」と自慢していたヤツだ。そういえば厚子さんのワンピースも、友禅で作ったとかいうよそいき用だ。しかも二人共、薄化粧している。

「沼ちゃん、今朝まで長野で山登りしていたんだって。熊に出くわしたと腰を抜かしそうになったら、相手はタヌキだったんだって。あー、おかしい」

まだ笑っている。それのどこがおかしいのか、さっぱり分からない。キッチンに入ったら、大量のアスパラガスとマイタケと、なんて名前か分からない野菜が、山のように置いてあった。

「沼ちゃんのお土産。朝採れの新鮮野菜よ。今日はそれでご馳走作るからね」

歌子さんが僕に聞こえるように大声で言った。そうか。沼袋さんが来るのも悪くはない。俄然、元気が出てくる。

「恒子さんと瑞恵さんは？」

そういえば、二人の姿がない。

「恒ちゃんは、お嬢さんが迎えに来て、定期検診。瑞恵ちゃんは、孫のお守りに駆り出されたとかで、娘さんの家に出掛けているわよ。二人共、もうすぐ帰ってくると思うけど」

歌子さんが答え、

「それで、さっきの山小屋の続きですけど」

もどかしそうに厚子さんが沼袋さんを促した。

「山の話もいいけれど、夕飯前に仕事、片付けちゃいましょ。約束どおり、まとめたレシピにちゃんと目を通してよ」

歌子さんが戸棚から分厚い資料を持ってきて、沼袋さんの前にドンと置く。この間からなんとか出版したいと、一生懸命まとめていた資料だ。「ああ」と沼袋さん、仕方なさそうにイスに座り直し、目を通し始める。ページをめくる速さは、さすがにプロだ。人が変わったように厳しい表情でテキパキとめくっていく。その横顔を歌子さんが不安そうに見つめる。僕は、厚子さんの隣にそっと座った。とてつもなく長い時間が流れたような気分だったけれど、きっと十分ぐらいだったんだと思う。沼袋さんは資料を閉じ、「ウーム」と唸《うな》って、腕を組み天井を睨んだ。他人事ながらドキドキする。

「古いんだなぁ」

一言呟き、歌子さんを正面からしっかり見据えた。

「僕は歌子さんのファンだし、歌子さんの料理が実に美味しいことを知っている。世の中の人に紹介したいとも思う。だけど、これを料理本として店頭に並べることを考えると、編集者は躊躇《ちゅうちょ》すると思う」

「どこが古いわけ？　いくらでも直すわよ」

食いつくように歌子さんが資料をめくる。

「ここを直せば、ということを言ってあげられればいいんだけれど、そういうことじゃないんだ。上手く言えないんだけど……、全体のトーンが昭和というか、斬新さがないというか。僕も現役から長いこと遠ざかっているから、適切な指摘というのに正直、自信がないんだが」

「何言っているのよ。沼ちゃんは、敏腕編集者だったし、今だって衰えてなんかいないわよ」

沼袋さんは、フッと苦笑して、

「もう十年も現場から離れているし、すでに七十だよ。昔だって、僕は敏腕だったわけではない。残念だが。ただ、今の時代、これじゃあ、ダメだろうということぐらいは分かる。読者が料理本に求めるものが、昔とは変わってきているってことかな。そういう空気を敏感に察知するアンテナみたいなものが、少々さび付いてしまっているんだな、僕達は」

「じゃあ、どうすればいいのよ」

歌子さん、ふくれっ面だ。

「ま、取り敢えずこれは預かって、知り合いの編集者に当たってみるよ。内容は悪くないんだから、切り口を変えれば、面白くなるかもしれない。でも、期待はしないでよ。現役の連中からすれば、僕なんかもう、老いぼれの過去の人間だからね」

ようやく、いつものいい加減そうな顔に戻って、沼袋さんは、ニッと笑った。

「ううん、私は沼ちゃんに期待しちゃう」

「とにかく、売り込みはしてみる。他ならぬ歌子さんのためだ」

歌子さんの表情が、クシャクシャと崩れた。

「歌ちゃん、沼袋さんみたいな人がいてお幸せ。羨ましいわ」

「羨ましいわ」の語尾を厚子さんはストンと下げた。羨ましくもあり、癪《しゃく》でもあり、何か皮肉りたいってとこか。女同士の深層って複雑すぎる。でも、歌子さんは沼袋さんの言葉に、十分、満足したみたいで気にする様子もない。

「さあて。じゃあ、沼ちゃんのお土産の野菜使って、夕飯の準備に取り掛かるか。とっておきの野菜だから、何を作ったって、美味しいわよ～」

すっかり元気になって、腕をまくった。大丈夫だろうか。チラとのぞかせた沼袋さんの冴えない表情は、「売り込みはするけれど、出版化は厳しいよ」ということを物語っていた。僕にだって、そこは感じ取れた。歌子さんは気づかないのだろうか、それとも、気づかないふりをしているだけなのか。

恒子さんと瑞恵さんが帰宅し、沼袋さんも参加して、みんなで大量の野菜を料理した。キャアキャアはしゃぎながらの支度で、ちゃんとでき上がるのだろうかと心配だったが、日が暮れかけた頃、いい匂いを放ちながら、数々のお皿がテーブルの真ん中に並んだ。

一皿目はアスパラガスの肉巻き。沼袋さんが長野の農家で買ってきてくれたアスパラガスは、太くて、生でも食べられそうに瑞々しいものだった。それに豚バラ肉の薄切りを巻いて蒸し焼きにする。火が通った所で醤油と酒と味醂でワッと味を付ける。トロンとしたタレが絡まった肉がツヤツヤと光り、アスパラがしっかりと緑色を放つ、そのタイミングが難しいんだそうだ。部屋中に甘辛い匂いが広がり、日本人に生まれたことに感謝したくなる。

でも今晩のメインは野菜のグリルだ。野菜に塩コショウしてグリル板で焼いただけのシンプルなものだけれど、歌子さんに言わせると、「野菜は焼くのが一番美味しくなる」のだと。ただし、これも頃合いが難しい。生焼けじゃダメだけれど、焦げ過ぎてもいけない。端っこが少し焦げて、なかがホクホクとなったところで、火から下ろす。お皿に盛って、薄切りにしたパルミジャーノレッジャーノと上等なオリーブオイルを掛ける。

大きなマイタケをどうするか、みんなで議論して、結局、天ぷらにした。今日はこれを抹茶塩で食べる。

それと生姜ご飯。新生姜の細切りと油揚げを入れ、薄味で炊いてある。

「玉ネギのパイが焼き上がる前に、軽く会議を済ませちゃいましょう」

席に着きながら、歌子さんが厳かに宣言した。浮き浮きと腰を振りながらワインを開けかけていた沼袋さんが、不満そうに手を止めた。

「あれ、お預け？」

「そうよ。沼ちゃん、スプマンテはまだ、冷やしておいて。赤ワインは開けちゃっていいけど。翔ちゃんと沼ちゃんも、発言は自由です。でも、発言の前に挙手をすること」

女性陣が畏《かしこ》まって席に着き、僕も仕方なく、端の席に腰を下ろした。

「まず、今日の報告。恒ちゃんからね。どうだったの、病院は？」

「今の所、悪化の兆候は見られないって。引き続き注意しながら様子を見ていきましょうって」

皆で恒子さんの表情をじぃっとのぞき込む。いつもの儀式だ。恒子さんが何か言うたび、微妙な変化がないか、ハラハラしながら観察している。キョトンと自然に見返されると、ようやくホッとして顔を見合わせるんだ。

「私達とのおしゃべりが、きっといいのよ」

「中身のあるおしゃべりでもないけどね。体を動かしていることもいいんじゃない？　体操はちゃんと続けよう。それと草木の世話は、もう全部、恒ちゃんの担当ということで」

厚子さんと瑞恵さんの素人判断に、恒子さんは「はい、はい」と素直に頷く。

「じゃあ、これからも、この調子でいくことにします。次に瑞恵ちゃんは？　娘さんの所でどうだったの？　あ、言いたくなければ言わなくていいからね」

瑞恵さんは、ちょっと迷った様子で瞬きして、

「離婚するとか言い出しててね、困っているわよ。でも、その前に仕事を見つけなくちゃならないから、就職活動で出掛ける時は、子供達のお守りをバァバに頼みたいって言うの。なにしろ母親の私が離婚しちゃっているからね、きついことも言えなくて」

小さくため息をつく。

「桜ちゃんとこ、子供二人だっけ？」

「そう。五歳と二歳。どうやって一人で育てるのよ？　もう、考えるだけで胃が変になる。この話は改めて相談するから、今日はパスということで」

胃の辺りを押さえながら、「許して」と拝むように片手を挙げた。

「分かった。じゃあ、厚ちゃんは……特になしか。一日、家にいたんだもんね」

厚子さん、カチンと来たみたいだ。

「無駄に過ごしたわけじゃないわよ。体操して、手紙を二通認《したた》めて、本を一冊、読了」

「厚ちゃんは絶対、時間を無駄にしないのよね。必ず、何かやってる」

せっかく恒子さんが持ち上げたのに、歌子さんは「フン」と鼻で笑って「本ったって、推理小説だけどね」とわざわざ言う。

「何、その、フンって。推理小説は立派な文学よ。ま、あんまり読書しない人には分からないのかもしれないけれど」

なんだか空気がよろしくない。

「会議はこの辺ってことで……そろそろいただきませんかね。冷めちゃうし」

取り成すように、沼袋さんが口を挟んだ。

「そうね、冷めちゃうわね。じゃあ、最後に私だけれど、今日ね、ようやく沼ちゃんにレシピ本の原稿を渡したの。出版社に売り込んでくれるそうよ。と、私からのご報告。上手くいって、印税が入ることになったら、出版記念パーティ開いちゃおう」

歌子さんったら、これを発表したくて強引に会議を始めたんだ。

「わあ、凄いじゃない。歌ちゃん」

瑞恵さんと恒子さんが無邪気に拍手した。でも、沼袋さんと厚子さんは「エッ」と驚いた様子で顔を見合わせ、そのまま押し黙る。

「沼袋さんって、ほんと、歌ちゃんに優しいんだからぁ」

横から沼袋さんをつついて、瑞恵さんが流し目でチラと睨み、

「まあ、ファンですからね。できる限りのことは」

沼袋さんは、困った様子で言葉を濁した。

「以上、本日の会議は終了。沼ちゃん、スプマンテ開けて！　翔ちゃん、キッチンでタイマーが鳴ってる。パイのでき上がりだわ」

要するに、持ってこい、ということだ。ようやくご飯にありつけてやれやれだが、しかし歌子さん、完全に期待しちゃってるじゃないか。沼袋さん、大丈夫か？


それにしても、焼くだけで野菜がこんなに美味しくなるとは、知らなかった。茄子の味は濃くなるし、レンコンはホクホクとして、滋味たっぷりという感じだ。塩とコショウと、オリーブオイルのシンプルな味付けなのに。「美味しいんですねぇ」と感心したら、

「朝採れの新鮮野菜だしね。沼ちゃんのおかげ。スーパーの野菜じゃ、こうはいかない」

歌子さんが、うっとりと沼袋さんに目を向ける。

「ところでこれは、何なんですか？」

茄子、レンコン、トウモロコシに混じって並んでいる赤い白菜みたいな野菜が、さっきから気になっていた。少しほろ苦くて、そのほろ苦さと、焼いたことで増した野菜独自の甘味がなんとも美味しく、やたら後を引く。

「ラディッキオっていうんだ。イタリアの野菜らしいけどね。長野の里山を歩いていたら洋野菜を作

っている農家があってね、珍しいし、美味そうなんで、ついあれこれ買ってきてしまった。歌子さんなら上手に料理してくれると思ったからね」

「正確にいうと、ラディッキオの一種でトレビーゾっていうの。焼いたり、リゾットに使ったりするんだけれど、イタリアじゃ、よく使う野菜よ」

こういうとき歌子さんは、専門家っぽく鼻をちょっともたげて説明する。

「知ってる。カリウムが豊富で、アンチエイジングにいいって、最近注目されているのよね」

そして厚子さんが、負けずに知識をひけらかすんだ。

「長野に行ってらしたんですかぁ？」

頬杖をつき、首を傾げて瑞恵さんが聞いた。色っぽく見えると信じているのか、瑞恵さんはよく、こんな風に首を曲げる。

「霧ヶ峰《きりがみね》に登ってきたんですよ。学生時代、ワンゲルをやっていたもんで、つい懐かしくてね。ついでにあの辺をブラブラして、温泉に浸かってきた」

「山道で、熊に遭ったと思って、必死でガオーッて怒鳴ったら、小さなタヌキだったんですって。その話聞いて、歌ちゃんと笑いころげちゃったわよ。ね！」

「ほんと、沼ちゃんって意外と臆病なんだから」

「そりゃあ、誰もいない山道で、ガサガサ音がして、黒い毛が生えたお尻を見たら、誰だってギョッとするさ」

「だけど、大きさが違い過ぎるじゃない」

「こういうの、なんて言うんだっけ。ほら、なんとかの正体がどうたらって……」

瑞恵さんが、しきりに首を傾げ、

「それを言うなら、幽霊の正体見たり」

厚子さんがおもむろに答え、「枯れ尾花！」と歌子さんと恒子さんが同時に叫んで、三人で顔を見合わせ、キャハハハと笑った。この人達は、いつもこんなことで笑う。

「カレオバナ……って？」

つい、聞いてしまったら、案の定、厚子さんが「え？」と大袈裟に驚いてみせた。

「ススキのこと。秋の七草にあるでしょ」

「翔ちゃん、秋の七草、言える？」

聞いたことはあるけど、そんなの言えるわけがない。

「ハギ・キキョウ、クズ・フジバカマ、オミナエシ、オバナ・ナデシコ、これぞ秋の七草」

恒子さんが得意そうに唱えて、「よくできましたぁ！」と歌子さんが拍手した。

「こうやって、五・七・五で覚えたのよね」

「昔は、親から必ず教わったものだけれど」

「それにしても私達、子供の頃習ったことは、妙に覚えているわよねぇ」

「でも、今じゃ、なんの役にも立たない」

「あら、そうかしら。こうやって翔ちゃんに教えてあげられるじゃない」

「教えるったって、今の若い連中は、覚える気なんか、ないんじゃない？　そんなの、いつ使うんですかって。ねぇ」

歌子さんに言われて、「いや、勉強になります」と慌てて答えた。でも、実際、いつどこで使うんだ？

「話を戻していいでしょうかね？」

圧倒されていた沼袋さんが、遠慮がちに口を挟んだ。そうだ、オバサマ達の話は、いつも本題から外れて、どこかに行ってしまうんだ。

「どうぞ、どうぞ。で、何の話をしてたんだっけ？」

「沼袋さんが、山歩きしたって話でしょ」

厚子さんが、沼袋さんのグラスにワインを注ぎながら、優しく補足した。

「ちょっといい話をしようとしていたんだけど……気が抜けちゃったな。どうせ皆さん、興味もなさそうだし」

「そんなこと、ないですよ。私は聞きたいですもの。霧ヶ峰でしたっけ？」

やけに殊勝に厚子さんが促す。

「そうそう。本当に久しぶりに山に登ったんだけれど、これがいいんだなぁ。空が大きくて、マイナスイオンなんだか、空気が違って、圧倒的な存在感が山にはあるんですよ。夜は夜でシーンと静まり返った文字通りの静寂の中で、零《こぼ》れ落ちそうに満天の星が瞬いてね。僕らは自然に包まれて、辛うじて生かされているんだってしみじみ実感する。そういう感傷って、若い頃は全然なかった。登ったぞ、という高揚感だけでね。なんというのかなぁ、老いてこそ身に染みる自然の偉大さってあるんだよなぁ」

その感覚を思い出すように沼袋さんは、遠くに目を向けた。

「自然に包まれるのも結構だけれど、気を付けてよ。最近、高齢者の遭難が多いんだから。そんなニュースのたびに、また年寄りが迷惑なこっちゃって、批判されているじゃない」

歌子さんがクギを刺す。

「僕は、自然に包まれて死ねるんだったら本望じゃないかって思ったよ」

「止めてよ、縁起でもない」

「そうよ、周りは迷惑なだけよ」

「一度、体験してごらんよ。世界観が変わるから」

お愛想でも「そうねぇ」ぐらい言えばいいのに、オバサマ達、知らん顔だ。

「私は、頼まれたって登山なんか、したくないわね。登るだけでも大変なのに、登った分、下りなくちゃならないんでしょ？　何が哀しくって、難行苦行をしなくちゃならないのよ」

歌子さんが、身も蓋もないことを言う。

「虫とか、蛇とかいるしねぇ」

「トイレもないんでしょ？」

「いや、結構ありますよ。山小屋も昔より大分、充実してきたし」

「だけど、オイルサーディンみたいに雑魚寝《ざこね》なんでしょ？　お風呂だって入れないし」

「頂上まで登って身も心も新鮮になって、達成感の中で、さあてと山裾の温泉に入る、それがまた、抜群にいい！」

「ウーン。私はパスかな」

「私も、遠慮かなぁ。マダニとかヒルとか、いるんでしょ。おぉ、やだやだ」

歌子さんと瑞恵さんが次々に言い、恒子さんも、

「そうよねぇ。私も温泉だけでいい。山は温泉から見るだけで十分」

と、頷いている。この人達に、そりゃあ、山なんか無理だろ。駅からの坂道だって嫌がってバスばっかりだ。沼袋さんも、そんなことは百も承知で、ちょっと誘ってみただけなんだろう。社交辞令っての？　『お近くにお出での際は、ぜひ、お立ち寄りください』と書くのと一緒だ。

ところがそれまで黙っていた厚子さんが「そうかしら」とスックと立ち上がった。そして、ジャンヌ・ダルクのようにキリッと前を向き、

「私は、沼袋さんの、その自然に包まれる感覚というの、体験してみたい」

決意表明のように片手を挙げた。


厚子さんの決意は、一時の気まぐれでも、酔いに任せたうわごとでもなかったらしい。周囲の（といってもカメ・ハウスの残りのオバサマ達だが）当惑をよそに厚子さんは、山歩き実現に向けて、着々と準備を進め出した。最初に始めたのは、毎朝のウォーキングだ。これまでも散歩はしていたが、「足腰をまずは鍛える」を沼袋さんからアドバイスされ、取り敢えず『一日五キロの速足』を目指して励んでいる。雨の日は、サボっているが。

登山グッズも揃えだした。厚子さんは個性的というかポリシーがあるというのか、モンペみたいな

ずんぐりした木綿のパンツや、藍や玉ネギの皮で染めた麻の直線裁ちワンピースといった自然素材で楽な、ズボッとしたデザインのものを愛用している。「人間、環境によくて、体に心地よい物を身に付けるべき」が厚子さんの力強い信条だ。

そんな人が「最近は、保温効果がありながら発汗にもいい化学素材が出ているのよね」と感心しながら、作業着みたいな、灰色のウィンドブレーカーを買い、「老人臭い」と嫌っていたリュックと木綿の帽子を買い、がっしりした山歩き用の靴まで買い込んできた。駅前ビルの三階の隅に、小さな「登山用品」のショップが入っていて、どうやらそこで調達しているようだった。

買ってくるたび「どう?」と得意そうにみんなに披露し、オバサマ達は、

「厚ちゃん、かっこいい!」

「ほら何だっけ? そう、山ガール。山ガールみたいよ。しっくり馴染《なじ》んでる」

と調子を合わせている。でも、厚子さんがいない陰では、

「どうしちゃったの?」

「ゼンゼン似合わないし」

とボロクソ言っている。

「厚ちゃんって、昔、みんなで奥伊豆に行った時も、遊歩道の散策にすら付き合わなかったじゃない。面倒とか言って」

「そうそう。あの子、どこ行っても、歩くよりロープウェイの方、選ぶよね」

どうにも、急な気の変わりようが理解しがたいのだ。

「お目当ては沼袋さんじゃないの？　厚ちゃん、沼袋さんには妙にデレデレするじゃない」

瑞恵さんが余計な推測をしたものだから、歌子さんが一瞬、キッとなったりもした。「沼ちゃんは私のボーイフレンド」という確固たる所有意識が歌子さんにはある。

その、なんとなく不穏な空気をものともせず、厚子さんはイソイソと体力増強に励み、手袋にストックに、分厚い靴下に磁石と、準備を整えていった。そして八月も終わりに近づいた頃、

「高尾山に登ってくる」

と宣言した。ロープウェイでなく、下から登るのだと。

「まずは手近な山から挑戦してみましょうって言うの。ゴウサンが」

年甲斐もなくはにかんでいる。ゴウサン！　なんだ、そりゃ、とみんなの目が丸くなった。

「ゴーサンって、五三・十五のゴーサン？」

瑞恵さんが、わざとらしく聞いても、

「やあねぇ、沼袋豪さんじゃない。沼袋さんよりも豪さんの方が馴染むからって」

嫌がらせに気づきもせず、さらに照れている。

「からって、なにそれ？」

歌子さんは大いに面白くない。

「だからぁ。沼袋さんは、沼袋さんと呼ばれるより、豪さんと呼ばれる方がしっくり落ち着くとおっしゃるわけ」

厚子さんが嬉しそうに口をすぼめた。どうやら、あの晩以来、厚子さんと沼袋さんは、急速に接近

しているらしい。

「豪さんだろうが、高尾山だろうが、どうでもいいけどさ、あんまり沼ちゃんを振り回さないでよ。彼には編集者の仕事があるし、私の本を売り込んでもらわなくちゃならないんだから。ど素人バーサンの登山の面倒なんか、みている暇ないのよ」

歌子さんには、絶対、どうでもいいことではないんだろうな、ということだけは僕にも分かった。

「振り回してないわよ。アドバイスしていただいているだけ」

「それなら、高尾山でもどこでも、一人で行けばいいでしょう？　厚ちゃんって、なんでも一人でやりたがる人だったじゃない」

「道連れがいると嬉しいって、豪さんが、言うんだもの」

空気が完全に、シラーッと冷えた。

「厚ちゃんは、何かを見つけようと、一生懸命なのよね」

ひょこっと恒子さんが呟いた。独り言風だけれど、みんなに届く絶妙な音量で。厚子さんがちょっと嫌な顔をし、歌子さんと瑞恵さんは、押し黙ってしまった。

7

ゲームセンターに行くか、ツバメ堂でものぞこうか。決められないまま駅前のロータリーを通りかかったら、背後に嫌な視線が突き刺さった。恐る恐る後ろを向くと、案の定、カフェの窓際の席で瑞恵さんが不気味な笑いを浮かべ、「おいでおいで」と手を動かしている。

ここは見なかったことにして、このまま、行っちゃおうか、と一瞬迷ったけれど、つい手を振り返してしまった。

「ちょうどよかったわ。どう返事をしていいのか、困ってたのよ」

隣の席に腰を下ろす間もなく、瑞恵さんはタブレットの画面を僕に向けて、ニッと笑った。待ち構えていたくせに。バイトがない日には、特にやることもなく目的もなく、僕がこの辺を無駄にうろついていることを、オバサマ達は百も承知だ。

「何、困っているんですか？」

こっちの気持ちが伝わるように、不機嫌っぽく答えた。

「ダニエルに返事を出したいのだけれど、どう書けばいいかしらって考えちゃって。彼ね、今、ギリシアの島に滞在しているの。代々所有している別荘があってね、夕方になるとテラスで海の向こうに沈む夕日を眺めながら、シャンパンを飲む毎日なんですって」

そこまで説明して瑞恵さん、ククと蛙《かえる》みたいに笑った。

「ミズエサンが横に居たら、この景色はより輝いて見えるでしょう。残念です。だって」

アメリカの牧場主とも、ロンドンの医者とも、いつの間にかご縁がなくなったみたいで、今、瑞恵さんがメッセージをやりとりしているのは、ドバイに住むレバノン人の学者兼実業家だ。研究者としてアメリカのマサチューセッツ工科大学に在籍していた時、特許をいくつか取って、今は世界中に事業を展開し多忙な日々を送っている。本当かどうかは知らないけど、ダニエルのプロフィールだ。仕事一筋でここまで生きてきて、はて、人生を振り返るといかにも寂しい。こういう時、優しくしとやかな女性がそばにいてくれたら、とニュー・ステージに登録したんだそうだ。

「見て。ダニエルのヨットですって」

瑞恵さんが開いたページには、真っ白な高級ヨットの前でポーズをとる五十代っぽい男が写っている。真っ白なラルフローレンのポロシャツにベージュの半ズボン、足元は素足に白革のデッキシューズ。開いた胸元から金のチェーンまで見え隠れして、定番セレブっぽ過ぎて何だかなあ、という気はするけれど、ロマンスグレイの髪に、サングラスを乗せた姿は、なかなかの男前だ。

「『日本も暑いです。クルージングにも飽きてしまったので、私は今、東京の奥多摩にある別荘に逗《とう》留《りゅう》中。海はないけれど山もいいものよ』って返したいのだけれど、どう書けばいい？」

言いながら瑞恵さんは、添付する予定の写真を開いた。カメ・ハウスのバルコニーから写した夕暮れの写真だ。手入れの行き届いた植栽とラタン風のガーデンチェアがお洒落に写っている。これだけ見ると確かに、高級別荘のバルコニーみたいだ。しかし、「どう書けばと言われても」と尻込みする。自慢じゃないけど英語で文章を書くのは虫歯の治療の次ぐらいに苦手だ。

「それより、娘さんの方は、いいんですか？　瑞恵さん、呑気にダニエルと交信している場合じゃないんじゃないですか？」

話をそらそうと話題を変えた。瑞恵さん、不満そうに口を曲げ、

「もう、勘弁して欲しいわ。やっと子育てから解放されたというのに、今度は孫のお守り？　離婚もいいけど、親を巻き込まないでよ、ってもんよ」

早口で一通りの文句を言って、フゥと、哀しげな顔をした。

「子供って、いつまでも心配かけるのよねぇ」

そうなんだ、家《うち》の親も同じことを思っているんだろうか。通りに臨んだ窓の向こうを、中高年の集団が通り過ぎていく。揃ってリュックを背負って、山歩きのサークルだろうか。最近、こういうグループが増えているような気がする。

「そういえば厚子さん、今日でしたよね、高尾山に登るの」

一日、快晴だった。取り敢えず天気には恵まれたわけだ。

「朝早くからおにぎり作ったり卵焼き焼いたり、大騒ぎして出掛けて行ったわよ」

その様子はありありと想像できた。

「歌子さん、ご機嫌どうでした？」

「さあ。まあね、沼袋さんを盗《と》られたみたいで、面白くはないんだろうけど、だからと言って登山す

る気もないんだもの、案外、割り切っているんじゃない？」

瑞恵さんにとって、歌子さんと沼袋さんの仲なんて、どうでもいいことらしい。「そうなのかなぁ」と納得しないような返事をしたら、

「歌ちゃんは、若い頃に一生分の大ロマンスを体験したんだもの、もう十分なのよ。欲張っちゃいけない。当人もその自覚はあるんじゃないかな」

ズズズーとアイスコーヒーの残りを吸い上げて、一人、頷いた。

「大ロマンスなんてあったんすか？　相手って歌子さんのダンナさん？」

歌子さんの家族の話というのを、とんと聞いたことがない。最初の面接の時、シングルマザーの先駆けだと自慢したがそれっきりだ。不思議に思いながら、なんとなく聞きにくい空気がいつもあった。

「やだ、知らないの？　もしかしてミッちゃんのことも？」

短大を出て、歌子さんは親戚の会社に腰かけ就職をし、優雅な花嫁修業をしていたのだそうだ。

「歌ちゃんの家はお金持ちだったでしょ、お給料なんか全部お小遣いで、あの頃、歌ちゃん、ぶっ飛んでいたのよ。歌舞伎にお芝居に、コンサートにお食事に。私なんかうっかり結婚しちゃったから、不自由で、歌ちゃんがほんと、羨ましかった」

瑞恵さん、思い出すだけで悔しいのか、口をとがらせた。

そのうち歌子さんはある声楽家に熱を上げ出した。軽い一ファンだったのが、楽屋に入り浸るようになり、いつの間にか個人的に付き合うようにもなっていった。

「岡崎俊郎《おかざきとしろう》って知らない？　当時、新進気鋭のテノール歌手として有名だったの。私だって知っていたくらい凄く人気があったのよ。背が高くてハンサムで、抜群に歌が上手くってね」

その岡崎俊郎が、国費留学生としてローマで暮らすことになった。すると歌子さんは、突然仕事を辞め、後を追いかけてイタリアに渡ってしまったのだ。

「結婚を約束していたのかどうか、私達も知らないの。とにかく、追いかけていって、一緒に暮らし出して、岡崎さんのご両親も当惑したようなのだけれど、歌ちゃんの親も、すっごく怒ってね。でも、大事な一人娘じゃない、仕送りはずっと続けてくれたらしいの」

歌子さんからはよく手紙が届いて、随分とのろけられたんだそうだ。二人は、ヨーロッパのあちこちを旅行したり、貴族の人達と交流したりと、生活をエンジョイしているようだった。岡崎さんのためにと、歌子さんは料理の勉強にも励んだ。スペイン人の主婦に習ったり、イタリアの料理学校に通ったりと、熱心に学んだらしい。

「それで、歌子さんは外国の料理や習慣に詳しいんですね」

そういうことだったのかと、ようやく合点がいった。

「歌ちゃんってね、もともと勉強好きなタイプじゃないのよ。ほら、ああいう世話好きだから学級委員なんかはやってたけど、成績は私や恒ちゃんと、どっこいどっこい。でも、岡崎さんのこと、大好きだったんでしょうね。語学も料理も、彼のためにものにしなくちゃ、って、すっごく頑張ってた。それがねぇ……」

甘く楽しい日々は、長く続かなかったそうだ。岡崎さんは声帯を傷め、高音が出にくくなってしまった。高音はテノールの命なのに。有名な医者に診《み》てもらったり、声のトレーニングを受けたりしたのだけれど、一向によくならない。岡崎さんはふさぎ込み、うつ状態が続くようになり、生活も荒れていった。そうなるとますます思うように歌えなくなる。悪循環だ。当人も辛《つら》かったろうが、歌子さんも途方に暮れたらしい。

「ゆっくり休んでストレスをなくせば、きっとよくなるからって、友人の勧めもあってシチリアの、その友人の別荘でしばらく療養することにしたの。海の傍《そば》のきれいな町だったそうよ」

昔を思い出したのか、瑞恵さんの目が少し潤んだ。

「なんとか回復させたいと、歌ちゃんも必死だった。実際、空気がよかったからか、岡崎さんの表情も明るくなっていたんですって。そんな時よ。用があって歌ちゃんが数日ローマに戻った留守に、岡崎さん、一人で海に出て亡くなったの」

思いっきり頭を殴られたような衝撃だった。

「溺死という診断でね。単なる事故だったのかもしれない。でも、周りの人は、思い詰めて自殺したんだろうと噂したの。確かに回復傾向ではあったのだけれど、まだまだ感情の起伏は不安定だったし。岡崎さんの繊細過ぎる心は、もっと深いところで侵されていたのかもしれないって。芸術家だったからね、岡崎さん」

スターまで上り詰めると、人は普通に戻れないのかもしれない。でも、残される歌子さんの気持ちをその岡崎さんは考えなかったのか？

「歌子さん、辛かったですね」

「これは後から聞いたことなんだけど……言っちゃっていいのかなぁ」

今更ながら、言葉を濁している。

「どうしたんですか?」

そっと促す。

「うん。用があってローマに戻る前にね、歌ちゃん、岡崎さんとちょっとやり合ったんですって。その朝、岡崎さんの機嫌がよくなくて、朝食に文句言われたらしいの。歌ちゃんも疲れていたんでしょうね。ついカッとなって、『辛いのは分かるけど、私に当たらないでよ、こっちだって、もう限界なんだから』ってテーブルのナプキン、岡崎さんの顔めがけて投げつけたらしいの」

岡崎さんって、歌子さんに甘えていたんだろうなぁ。朝の食卓の風景が見えるような気がした。

「そのまま口も利かずにローマに発《た》って……留守の間に岡崎さん、亡くなってしまったでしょ。歌ちゃん、ショックで随分と自分を責めたらしい」

「そうだったんですか……」

言葉がない。

「一緒に暮らしていれば、口喧嘩《くちげんか》なんてよくあることじゃない。いくら神経が繊細だって、その程度のことで自殺するとは思えないし、自殺かどうかだって分からないわけだけれど。でも、歌ちゃんは、自分を責めて、責めて。あんなことを言わなければ、岡崎さんは死ななかったはずだって」

グラスに残った氷が、カチンと小さく音を立てた。

「私の憶測だけど……『もう、うんざり!』とどこかで歌ちゃんが思っていて、その本音が岡崎さんを死に追い込んでしまった。岡崎さんは歌ちゃんだけが頼りだったのに、その糸を冷たい言葉でバシッと切ってしまった。そんな風に歌ちゃんは自分を責めたんじゃないかな」

感情を抑えるように瑞恵さんは、コップの水を一口飲んだ。それから、ゆっくりと紙ナプキンを取って、テーブルに残った水滴の輪を丁寧に拭く。

「そんな歌ちゃんを、日本から駆けつけた岡崎さんの両親は責めたの。こうなったのも歌ちゃんのせいだって。俊郎が歌えなくなったのも、心を病んだのも、あなたがしつこく付きまとったからだって。未来ある息子の人生をめちゃくちゃにした疫病神だって」

疫病神……。

「親なら、誰かを責めたくなる気持ちは分かるけどね。歌ちゃん、遺体に触れることも許してもらえなかったの」

「だって、歌子さんは、その岡崎さんの奥さんだったんでしょう?」

承服できない。思わず声が大きくなった。

「岡崎さんと歌ちゃん、籍を入れていなかったのよ。歌ちゃんって、そういうとこのんびりしているし、岡崎さんも、入籍するのはもっと後でいいと軽く考えていたのじゃないかな」

岡崎さんを亡くして少しして、妊娠していることが分かった。歌子さんは大いに悩んだらしい。このままローマで産むか、頭を下げて実家に戻るか、それとも、お腹の子を諦めるか。

結局、親に頭を下げて日本に戻り、歌子さんは光輝さんを産んだ。経済的に自立しなきゃと、料理を教え始めたのもその頃だった。まだ、外国帰りの料理の先生は珍しい時代だったから、評判になったそうだ。生徒も増え、自分の収入で生活していけるようになったし、本を出したり講演に呼ばれたりもするようになった。

「私達から見ても、必死で働いて、ミッちゃんをそれは大事に育てていたわよ。翔ちゃんには、いいとこの奥様として優雅にホワンと暮らしてきたように見えているでしょうけど、そうでもないの。私も苦労してきたけれど、歌ちゃんも結構、苦労しているの」

カメ・ハウスに、岡崎さんの形跡が全くないのは、それだけ辛い思い出だったってことなのよと瑞恵さんは語った。「だから、私達も岡崎さんのことには触れないし、歌ちゃんも一切、口にしないでしょ」と。

「ま、いずれにせよ、昔、昔の話よ」と瑞恵さんは物知り顔で頷き、長い話を終えた。

「でも歌子さん、大事に育てた光輝さんの話題も避けていませんか？」

ずっと不可解だったことを口にした。

「まあね」

一言言って、瑞恵さんは、深くため息をついた。

「話すとこれもまた長くなるのだけれど、ミッちゃんともいろいろあってね」

「一緒に暮らすために、あの家を二世帯住宅にしたんですよね」

少なくとも、建てた時までは、母と息子はいい関係だったはずだ。

「そうよ、かわいいお嫁さんを連れてくる日を、楽しみにしていたのよ。それがねぇ……」

それが、なんなのか、いつも話はそこで終わるんだ。

「ちょっと、違っちゃったのよね」

「同居なんか、絶対嫌です！　というお嫁さんだったとか」

「ウーン。それなら、よくある話じゃない。家《うち》の桜だって、結婚前から、同居は無理ですからって宣言してたわよ。今時の子って、なんでも容赦なく言うのよねぇ。幸い、向こうの親御さんは、期待なんかしていなかったから揉めずに済んだわけだけど。なのにねぇ……」

いつの間にか、瑞恵さんの愚痴になってしまった。

「じゃあ、歌子さん親子には、何があったんですか？」

その時、瑞恵さんが、目の前の窓ガラスに向かって「あ、厚ちゃん」と驚きの声を上げた。登山服姿の厚子さんが、改札口を出てバス停に向かい歩いている。もう、そんな時間なんだ。厚子さん、清々《すがすが》しい顔をしている。心地よい山歩きだったのだろう。

「厚ちゃ〜ん！」

他の客がいるのに、瑞恵さんったらガラス越しに思いっきり大声を上げ、気づいた厚子さんが手を振り、こちらに向かって歩いてくる。

「翔ちゃん、今の話、聞かなかったことにしてよ」

慌ててクギを刺す。

「だって、皆さん、承知のことなんじゃ……」

「そうだけれどぉ。私がなんでもペラペラしゃべっちゃうみたいじゃない」

だって、おしゃべりじゃん。そうは思ったけれど、「大丈夫です」と素直に答えておいた。瑞恵さ

んはタブレットの蓋をパタンと閉じて、

「ダニエルのこともよ。翔ちゃん、脇が甘いから」

怖い顔して念を押す。なんだよ、自分から話しておいて。僕の不満なんぞ完全無視で、瑞恵さんは、入ってきた厚子さんに「どうだったぁ？」とかわいく声を掛けた。


月日というのは、年を取るほど速く流れていくんだとか。

「だからね、私達はうかうかと、毎日を過ごしちゃいけないのよ」

厚子さんの叱咤《しった》激励《げきれい》も空《むな》しく、暑い、まだ暑い、とグダグダしていたオバサマ達だったが、秋の色合いと共にエンジンが掛かってきたようだ。

「八百平に栗《くり》を注文しておいたから、受け取ってきて。栗料理、ジャンジャン作っちゃうわよ〜。あ、質のいい栗でしょうねって、ちゃんと親父さんに厳しく確認してよ」

との指令を受け、栗の大袋をえっちら、カメ・ハウスに運んだ十月半ばのその日、歌子さんは、かなりはしゃいでいた。有頂天過ぎてうっとうしいほどだった。

「どう、翔ちゃん、私って凄いと思わない？　テレビに出るのよ〜、テレビに」

今にも踊り出しそうに、歌子さんは顔を見るなり報告した。今朝方、突然の電話があった。なんと東日本テレビのプロデューサーからで、今度、夕方の番組『トキメキ・食タイム』で数人の料理家の競演をやることになり、歌子さんにも参加をお願いしたいという出演依頼だったのだそうだ。

「なんかね、出演者を探すのに昔の料理本を見ていて、この人だ、奥村歌子さんがいる！　と閃いたんですって。まだまだ捨てたもんじゃなくってよ、ワ・タ・ク・シ」

舞い上がっちゃって、救いようがない。でも、歌子さんの哀しい過去を知ってしまった後だから、舞い上がれるような話が飛び込んできたことに感謝したい気になった。歌子さん達はウザったいくらいがちょうどいい。

「どうしよう、有名になっちゃうかも。やだ、テレビに出る前にもう少し痩せておかないといけないわよね。やだやだ、お洋服、何着よう？　そんなに持ってないし」

『トキメキ・食タイム』なんて聞いたこともない番組だったけれど、凄いっちゃ凄い。親戚、家族、友人知人全部見回したって、テレビに出演した知り合いなんか、一人もいない。

「洋服のことより、どんな料理を紹介するかよ、そこを戦略的に考えないと」

「そうそう。ほうっと感心させるようなレシピを紹介して、司会者と気の利いたやり取りをして、なんだか面白い先生だと視聴者に印象付けられたら、一躍、人気料理家よ。歌ちゃん、ここは勝負よ！上手くいけばＮＨＫの料理番組のレギュラーにだって、なれるかもしれない」

「私達も大いに手伝おう。歌ちゃん売り込み大作戦！」

カメ・ハウスのみんなも、はしゃいでいる。

「必要なら私、マネージャーやってあげてもいいわよ」

いやいや、厚子さんがしゃしゃり出たら、上手くいくものもいかなくなるんじゃないか。

「スタイリストとメイクは、じゃあ、私と恒ちゃんでやる？　芸能人と会えちゃったりして」

「ダメよ、瑞恵ちゃん達じゃ。テレビなのよ。公民館の催しとは違うんだから。最先端センスを持ってこなくちゃ。ほら、翔ちゃんのカノジョ、美果ちゃんだっけ？　ファッションの専門家だよね。美果ちゃんに頼んだらどうだろう？　ねぇ、翔ちゃん」

厚子さんがこっちを向いた。僕に振らないで欲しい。

「無理だと思います」

即座に答えた。「なんで、私が関わんなきゃいけないわけ！」と美果に怒られるに決まっている。

それにしても、と気が付いた。厚子さんの眼差しが柔らかい。高尾山に登った頃から、厚子さんからきつい言葉が減って優しくなった。これまでだったら、テレビ出演話に、皮肉の一つ二つ、飛び出しそうだけれど、今だって歌子さんと一緒になって喜んでいる。

登山が性に合ったのかもしれない。あんなにキリキリしていた就職活動すら、頭から消えたみたいに山登りに夢中だ。沼袋さんが、初心者でも登れる山を選んで、安全に登れるよう細かく計画してくれるらしく、二人で仲良く出掛けていく。

「豪さんがね、日本百名山を全て踏破したいって言うの。私にはハードル高いけれど、無理せず一歩一歩やっていけばいいんだよ、って言ってくださるから」

甘い声でのろけたりもする。「何が一歩一歩よ」と歌子さん達は陰で白けていたが、早朝から一生懸命、ウォーキングに励んで、コツコツ登山の準備を整えている姿に、文句も引っ込み気味だ。

瑞恵さんも、どうやらダニエルとあのまま上手くいっている様子だ。娘さんのことで時々、愚痴っているし、相変わらず子守りに駆り出され、そっちの悩みはあるみたいだけれど、ダニエルとの愛の交信がよほど楽しいのか、近頃やたら機嫌がいい。恒子さんも、自信が付いてきたんだと思う。あんまり上手じゃないけど、クロスステッチも仕上げたし、今や、バルコニーの草木の世話を一手に引き受けている。このまま、認知症が進行せずに済むのじゃないかと希望を持ち始めた感じすらある。

人間、自分の人生が充実していると、他人の幸運にも寛大になるものなんだ。

「今日の夕飯は、グリーンカレーを用意しちゃったからあれだけれど、前祝いに、たまにはみんなで美味しい物食べに行こうか」

歌子さんが上機嫌で提案した。なんだ、今晩は、栗ご飯じゃなくてグリーンカレーか。でも、それもいい。歌子さんのグリーンカレーは、思いっきりスパイスが効いたチキンカレーで茄子がたっぷり入っている。辛いのだけれどココナツミルクが口に柔らかく、茄子はトロッと溶けて、抜群に美味しい。ご飯で食べるのもいいけど、ソーメンで食べると、このカレーはより魅力的になる。

「食べに行くのもいいけど、私は、ここで歌ちゃんの料理を食べる方がいいかな」

恒子さんって、人がいい気分になるツボを、実にさりげなくピンポイントで突く。

「何が食べたいのよ?」

案の定、歌子さんの口元が緩んでいる。

「そろそろ牡蠣《かき》がでてくるじゃない。いい牡蠣取り寄せて、牡蠣フライ!」

大ぶりの牡蠣のフライ。揚げ立ての熱々にレモンをキュウと絞って口に入れる。皆で想像して、うっとりする。

「牡蠣フライもいいけど、私は鯛のせいろ蒸しかなぁ。ほら、たっぷりのネギを敷いて蒸して、最後に白髪ネギをのせて熱いゴマ油をジャッて掛けるアレ。もちろんパクチーを忘れず掛ける」

厚子さんも提案する。それもいいなぁ、と再びうっとりする。七味を効かせた出汁醤油かポン酢醤油で食べるんだ。鯛のモチッとした身が白髪ネギとよく合って……。

「私はね、ホタテ貝のソテー」

瑞恵さんも負けてはいない。

「生でいけるホタテ貝を、表面だけサッとバターでソテーして、ルッコラとかベビーリーフと一緒に、バルサミコで食べるアレ。以前、殻付きのホタテ貝を頂いた時に、歌ちゃん、作ってくれたじゃない。火を入れることで身は甘くなって、でも中は生で、ほどよく掛けた岩塩が、ホタテの身とオリーブオイルと合わさって、口の中で溶けるのよ、スーッと」

ああ、あれね、と歌子さんが頷いた。

「ようし、順繰りに食べていこう！　なんか、生きているっていいよね。美味しい物を食べるって、想像するだけで元気になるよね」

「そうそう。人間、いつ死んじゃうか分からないんだもの。一食一食、大事に食べておかないと」

今日はやたら和やかだ。その時、家の電話が鳴った。「こんな時間に誰かしら？」怪訝《けげん》顔の歌子さんが部屋の隅の受話器を取る。

「はい、え？　ミッちゃん？　やだ、あなた、どこから掛けているの？　ホテル？　どこの？　東京⁉　なんで……そりゃ、そうだけど……え？　何、意味がよく分かんない」

歌子さん、チラとこちらを見て、そっと廊下に出てドアを閉めた。ミッちゃんというのは、息子の光輝さんだろう。これまでなんとなく謎の存在だった光輝さんが、どうやら東京に来ているらしい。

でも、この家に寄らずにホテルに宿泊しているから来にくいオバサマ達が占領しているから来にくいだろうけれど……僕は不穏な予感で、耳をそばだてる。そりゃあ、

「そりゃあ、行けるけど……一体、どうしたってのよ？　電話じゃ、言えないこと？　うん、うん……分かった。そこは分かった。それで、ミッちゃん、あなた一人なの？　その……一緒じゃないの？」

三人のオバサマ達が「余計なことは聞くな」と言いたげに、僕の視線を避け、そっぽを向いた。


電話の後、歌子さんは多くを語らなかった。

「なんかね、事業の資金調達で帰国しているんですって。何にも連絡してこないくせに、たまに帰国するとこれだもんね。ちょっと明日、会ってくるわ」

それだけそそくさと口にして、「さ、夕飯の支度、しなくちゃね」とキッチンに消えたけれど、その晩の食事は、なんだか皆が、触れてはいけない言葉を避けながら慎重に会話をしているといった感じで重かった。そんな空気の中でも、グリーンカレーはやっぱり美味しくて、茹でた山盛りのソーメンも、カレーもきれいに平らげ、皆で満足したのだけれど。

数日後、頼まれたキャベツを持ってカメ・ハウスに行ったら、厚子さんと瑞恵さんと恒子さんの三人がキッチンでアタフタしていた。

「あれ？　今日は皆さんが食事当番？　歌子さんは？」

「もうじき、帰ってくると思うけど。ここんところ毎日、歌ちゃん、忙しそうなのよ。だから今日も

私達が夕飯、作っているってわけ」

厚子さんがおどけて、ピエロみたいに両手を広げてみせた。

「そのキャベツを待っていたのよ」

「今日は、お好み焼き。いいアイディアでしょ、簡単で、美味しくて。翔ちゃんも食べていく？」

そりゃあ、食べていくけど。でも、歌子さんが毎日出掛けるなんて、珍しいことだ。

「あのぉ。息子さんの件、どうなったんですか？」

恐る恐る、聞いてみる。

「久しぶりに顔を見て、嬉しかったみたいよ。ここに連れてくればいいのにね。私達がいると、若い子は遠慮するのかしら」

「ともかく、歌ちゃん、大変そう。毎日、税理士さんや弁護士さんに会って相談しているみたい」

想像以上に、深刻な事態らしいことは察せられた。

「いくら一人息子だからって、もう、四十になる大人じゃない。母親が資金繰りを手伝う必要もないと思うけど……歌ちゃん、息子に甘いから」

「親にちょっとお金があると思うと、子供は頼るのよね。歌ちゃん、資産家だし」

「資産家ったって、私達より、少し財産があるって程度でしょ」

「確かに。私はともかく、慰謝料ふんだくった瑞恵ちゃんの方が、お金持ちかもね」

「止めてよ、二束三文の財産分与で出てきた薄幸《はっこう》の身だってこと、知っているでしょ」

厚子さんも、瑞恵さんも、不安を振り払うみたいに軽口を叩《たた》き合っている。ずっと黙ってエビの殻

を剥いていた恒子さんが、

「この家、大丈夫かしら？　私達、住んでいていいのよね？」

ずっと考えていたのだろう。突然、重い石を吐き出すように言った。「エッ！」とびっくりして、
厚子さんも瑞恵さんも黙ってしまう。

「そりゃあ……大丈夫でしょ。ねえ！」

「うん！　大丈夫でないわけ、ないじゃない。恒ちゃん、変なこと言わないでよ」

否定しながら二人共、表情が暗い。

「そうよね。うん、そうよ」

恒子さんが自分に言い聞かせるように頷いた。何だ、この空気？　胸がザワザワした。

歌子さんが帰ってきたのは、お好み焼きの準備がすっかり整って、しびれを切らしながら三十分ぐらい待った頃だった。リビングに顔を出すなり、

「わぁ！　嬉しい。お好み焼き！　じゃあ、今日はビールでいきますか。お好み焼きにはやっぱ、ビールでしょう。あ、紅生姜、忘れてないよね、あと、天かすも。この二つは必需品だからね」

疲れた顔ではしゃいでいる。歌子さんの無理が見えた。

「個人的な意見を言わせてもらえば、マストはネギと生エビ。エビがコロコロと口に当たるあの食感！」

「そうかなぁ、マストはおかめソースとマヨネーズだと思うけど」

僕もマヨネーズ派だと、口を開きかける。

「ともかく、全部揃っているわよ。紅生姜も天かすもネギもエビも山芋もおかめソースもマヨネーズ

も。それと冷えたビールもね。だから安心して、さっさと手を洗って着替えてらっしゃいな。みんな、待ちくたびれているんだから」

厚子さんが、不自然に明るい声でビシッとまとめ、歌子さんは唇だけで笑って、着替えにいった。


ホットプレート上のお好み焼きがジュウジュウ音を立てている。厚子さんがそっとヘラで持ち上げて焼き具合を確かめる。ソースを持って待機していた恒子さんが動こうとすると、

「まだまだ。中のキャベツが十分蒸されてない。ここを失敗すると台無しになる！」

厳しく止めた。鍋奉行というのは知っていたけれど、お好み焼き奉行というのもいるんだ。僕は新種の恐竜を発見したような気分で厚子さんを見てしまう。どんな文句にも雑音にも耳を貸すことのない信念の顔だ。

「ここで、お好み焼きをギュウと押す人、いるじゃない。あれはダメなの。フワッとした食感が台無しになる。お好み焼きにせっかちは禁物」

この中で一番のせっかちは厚子さんなんだけど……とちょっと思うが、おとなしく従い、しばらく、皆でじっと鉄板を睨む。

「そろそろ、いいかもね」

厚子さんの一声を待って、手分けしてソースを塗り、その上にマヨネーズを上塗りする。

「こうやって、表面でソースとマヨネーズを合体させるの。美味さが倍増する」

誰も文句は言わない。お店じゃ、マヨネーズは最後に飾りみたいに掛けるのにな、と思ったが、も

ちろん余計な口は挟まない。奉行殿が慎重に青海苔と鰹節を掛ける。鉄板に垂れたソースがジュワジュワ音を立てて甘辛い匂いを四方に放つ。削りガツオが嬉しそうにヒラヒラと舞った。

「さあ、いいわよぉ。召し上がれ」

ようやくありつけるらしい。厚子さんがヘラで切り分け、取り分けてくれた。完全に生徒を指導する教師の顔だ。でも、そういうことは気にせず口に入れる。熱々でふっくらしたお好み焼きは、山芋の香りが活きて、中に混ぜ込んだ紅生姜がこれまた効いて、なるほど、たっぷり入れたキャベツが抜群のいい具合だ。

「美味しいっすね、これ、駅前の『お好み焼き・竹ちゃん』のより、数倍美味しい」

感心したら、

「そりゃあ当然よ。材料と焼き手の年季が違うからね。教員時代にはね、生徒達が来ると、必ずお好み焼きをやったの。他に得意なの、ないしね」

自嘲気味に笑った。

「それより、歌ちゃん、そろそろみんなに報告するべきじゃないの?」

厚子さんの言葉に、瑞恵さんも恒子さんも一斉に歌子さんに顔を向けた。みんな、お好み焼きを睨みながらも、ずっと気になっていたんだ。「そうよね」と歌子さん、観念したように箸を置いて姿勢を正した。

「本当はちゃんと会議を開いて、話さなくちゃいけない案件なんだけれど、話が出ちゃったから、まあ、食べながら聞いて」

歌子さんの話によると、アムステルダムにいる息子の光輝さんは、パートナーと共同でグラフィックデザインの会社を経営している。これまではずっと順調で、事業も広げ社員も増えていた。ところが最近になってトラブルがいくつも重なり資金繰りが怪しくなってしまった。向こうの銀行や友人知人を頼り奔走したが、それだけでは足りそうもなく、今回、光輝さんが金策のために帰国した。

母親として知らん顔はできない。そこで弁護士や税理士とも相談し、資産を整理することにした。その相談や手続きで走り回っていたのだけれど、ようやく今日、なんとかまとまったお金を送金することができた。

「やれやれなんだけれど、このマンションの二戸分の権利も売り払ったし、株券や国債もほとんど処分しちゃった。なんか、やたら身軽になっちゃったわよ」

歌子さんは、やけっぱちのように笑った。

「いくら、用意したのよ?」

低い声で厚子さんが聞いて、歌子さんは困ったように肩をすくめ、小さく右手の人差し指を上げた。

一千万？　え？　まさか一桁上？

「一億……？」

苦しそうに厚子さんが口にした数字の恐ろしさに僕は息を呑んだ。でも、そうだよな、マンションだって二戸も処分しちゃったんだから。

「ほぼそんなところかな。最後の方は頭が混乱して、よく覚えてないわよ」

そんな呑気な態度でいいのか、歌子さん。大金だよ、巨額だよ。僕ら庶民から見たら、途方もない額だ。

「だけど大丈夫、この六階部分は手放さなくて済むよう、やりくりしてもらったから。みんなに迷惑は掛からないから、安心して。ただ、ほぼ、すっからかんになっちゃったから、これまでみたいな贅《ぜい》沢《たく》はできないかもしれない」

そこまで言って、皆を見回した。一同、固くなったままだ。お嬢様学校出の四人だけれど、みんながお金持ちってわけではない。詳しいことは話してくれないから、推測するだけなのだけれど、厚子さんは苦労して大学を出て、教職を全うした人生だし、瑞恵さんの財産と言えば、離婚の時に分けてもらった幾ばくかのお金だけだ。恒子さんだってずっと普通の主婦だったから、財産といえば熱海のマンションを売った残金ぐらいだろう。その中で一人歌子さんは、ずっと経済的に余裕のある人生だった。だからお金にも鷹揚《おうよう》で、あとの三人から家賃も取っていないし、生活費も足りなくなると、歌子さんが補充している。年金生活者のシェアハウスながら、カメ・ハウスの生活が優雅に映るのは、多分に歌子さんの資産のおかげだったのだ。

「大丈夫よぉ。また頑張るし。ほら、テレビに出てスターになれば、マンションの五戸や六戸、すぐに買えるわよ」

そんなに簡単にいくもんか！　と思うけど、それでも歌子さんの明るさに、緊張していた空気がようやく和らいできた。

「私達、贅沢なんかしたくもないし、もう、そんな体力もないしね。四人の年金を寄せ集めれば、十分、やっていける！」

「そうそう。この家さえあれば、何の心配もない。厚ちゃんの退職金もあるし、恒ちゃんだって、貯金結構あるらしいしね」

「元金持ち医者の奥様だった瑞恵ちゃんが溜《た》め込んでいる分もね」

「だからぁ、私はそんなに持ってないって」

いつもの軽口が出だして、僕も少し、ほっとする。

「やれやれ、一件落着というところで、次の分、焼こう」

急に食欲も出てきたみたいで、厚子さんがせっかちに油を引きながら、

「で、ミッちゃん、元気だった？」

と話題を変えた。

「うん、それなりに中年になっていたけどね。もっとも、こっちもそれだけ年取ったわけだけど」

「何年振りになる？」

「十五年、いや、六年？」

「ようやく戻ってきたんだもの、ちょっとだけでもここに連れてくればよかったのに。私達だって会いたかったわよ」

うんうん、と皆で頷く。

「金策の目途が付いたら、さっさと戻っちゃったわよ。ヤンのことが心配なんだって」

ふっと一瞬だけ、座がシンとなった。

「相変わらず、仲いいんだ」

「堂々たる夫婦だもの」

歌子さんがかすかに苦く笑う。

「そうよね」

「うん。そういうことだ」

「でも、ミッちゃんとは以前のように話ができたんでしょ」

「まあね」

自分のグラスにドクドクとビールを注ぎ足して、

「ほぼ全財産を提供してもらって、少しは母親のありがたみを思い出したみたい。まあ、年取ってお互い、穏やかになったしね。次、いつ会えるか分からないけど、おかげさまで、いい雰囲気には戻れたわよ。マンション二戸分なんて安いもん、家賃、入らなくなっちゃったけど」

歌子さん、少し寂しげに肩をすぼめた。厚子さんが低く「そう」と答え、その後、皆、黙ってしまった。鉄板の上で、チリチリと油が音を立て、遠く、かすかに虫の声が聞こえていた。

なんだか、疲れちゃったから、悪いけど早めに寝るわ、と歌子さんが部屋に引き上げた後、みんなで片付けていたら、

「もう少し、飲もうか」

厚子さんが珍しく提案した。

「飲む、飲む!」

「じゃあ、ちょっと気取ってバルコニーで飲む?」

普段、オバサマ達は食事の片付けを終えると、さっさと自室に戻ってしまう。食べるだけで疲れてしまうのか、眠くなるのか、あれだけ賑やかだった人達が、潮が引くみたいにスーッといなくなり、僕が玄関を出る時にはもう、リビングの灯りが消えていることだってあるくらいだ。

「翔ちゃん、大丈夫でしょ? 自転車は置いて帰りなさいね」

厚子さんが抜け目なく言い足した。元先生は、自転車の酔っ払い運転についても厳しい監視の目を配る。「もう少し飲む」については、異存はない。というより聞きたいことがいっぱいで、頭が破裂しそうだった。

「じゃあ、僕、用意します」

元気よく答えて、バルコニーにグラスや、氷を運ぶ。この家に通うようになって、いろいろやらされているから熟練のウェイターみたいに手慣れたものだ。ウィスキーにワインにレモンチューハイと、各自、飲みたいアルコールを手にして、「改めて乾杯」と小さくグラスを合わせた。

「この家が無事で、ともかくよかった」

そこが一番、ほっとしたところなんだろう。

「私達、行くとこ、なくなっちゃうものね」

「そんなことない。この家に住めなくなっても、また、みんなで探せばいいんだから」

「でも、ここに居たいよね」

「そりゃあ、そうよ」

みんな、声が弾んでいる。

「一つ、聞いてもいいですか？」

気になっていたことを、やっと僕は口にした。

「あのぉ……光輝さんとパートナーのヤンさんって……」

そこで言葉に詰まった。なんて表現すればいいんだ？　三人は顔を見合わせて「どうする？」「言っちゃう？」と合図を送り合っているようだった。自分の役目と思ったか、厚子さんが口を開いた。

「そう。翔ちゃんの想像通りよ。ヤンは、若い頃、ラグビー選手だったごっつい男なの。背も高くってね。そのヤンとミッちゃんは正式な夫婦なの。オランダは、世界で最初に同性婚を認めた国だからね」

やっぱりそうか。

「初めてミッちゃんがヤンを連れてきた時、歌ちゃん、びっくりというか動揺してね。熱出して寝込んじゃったのよ」

「そりゃあ、無理もないのよ。歌ちゃんとしたら、かわいいお嫁ちゃんを紹介されて、ここで孫に囲まれて一緒に暮らすつもりでずっといたんだもの。突然、ごっつい男が現れて、結婚するんだと言われたら、そりゃあ、熱も出るわよ」

恒子さんがリビングの戸棚の引き出しから、写真を持ってきた。華奢《きゃしゃ》で優しそうな青年と、ウェイトリフティングでもやっていそうな筋肉質の、髭《ひげ》モジャな外国人が、肩を寄せ合い写っている。

「これ一枚しかないけど。ミッちゃんがアムステルダムに行っちゃう前の写真。だから、まだ二十代だった頃かな」

「誤解のないように言っておくけど、歌ちゃん、理解はあるのよ。ゲイの友達もいたし。ただ、一人息子が、ごっつい外国人の、十《とお》も年上の男と結婚すると言い出した時は、さすがにショックだったわけ。しばらく、口も利けない状態になっちゃって……。でも、その歌ちゃんの動揺ぶりはミッちゃんをものすごく傷つけたの」

その時を思い出すかのように、厚子さんは曇らせた顔を、真っ暗な夜の闇の向こうに向けた。日頃、張り合ってばかりの厚子さんと歌子さんだけれど、相手がいない時はこんな我がことのような顔をするんだ。

「それで、アムステルダムに行ったまま、戻ってこなかったんですか？　その……光輝さん」

歌子さんの動揺も分かるし、光輝さんが傷ついたのも分かるような気がした。もし、僕がそういうことを打ち明けたら、家《うち》の親がどれだけあたふたして大騒動になるか、手に取るように分かる。

「歌ちゃん、ミッちゃんを傷つけてしまったことで、ずっと苦しんでいたわよ。なんで『おめでとう』と言ってあげなかったんだろうって。でも、その後も歌ちゃんの方から何も言わなかったし、行動もしなかったの。どうしていいのか、分からなかったというより、余計なことはしないと決めたんだと思う」

「だから、今回、ミッちゃんから連絡があって、きっと嬉しかったのよ。そして、これまでの気持ちを全部、態度で示そうとしたんでしょうね。どんだけの財産処分したのよ。老後があるっていうのにさ」

瑞恵さんの言葉に、後の二人も黙って頷きそっと目を落とした。グラスの中でウィスキーが静かに揺れ、暗闇の中、消え入りそうに細い月がぶら下がっている。

「ま、そういうことよ」

「翔ちゃんにも、事情を知っておいてもらおうと思って話したんだから、面白がったり、あちこちで吹聴《ふいちょう》なんかしちゃだめだからね」

失敬な。そんなこと、するわけがない。僕は口が堅い男だ。

8

「いいんじゃない?」

珍しく、しばらく考えている風だった美果が、判定を下すみたいに重い口を開けた。

「え?」

「だからさ。ほっとけばいいってこと。いい大人なんでしょ、その息子」

光輝さんのことだ。

「で、ごっついオランダ男と……エート、そうだ、ヤンだ。そいつのことが好きで一緒に暮らしているんでしょ? だったら歌子さんができることは、どうぞ、どうぞってほっておくことだけだよ」

誓ってもいいが、面白がってペラペラと美果に話したわけではない。ただ、カメ・ハウスの現状を報告するとなると、光輝さんのことも、歌子さんが財産を整理したことも、触れないわけにはいかないじゃないか。

「でも、母一人子一人の仲良し親子だったんだよ。それが行き来がなくなるって、なんかさぁ、悲しいよな」

久しぶりに何もすることがなく、する気もない休日で、美果と二人、西日の当たる僕の下宿で、向き合いながら遅い昼食を取っている。カップ麺のカレー味。甘い物しか食べない美果が、何故かこれだけは喜んで食べる。カレー専門店のカレーも、高級レトルトカレーも食べないくせに、「ママのカレーとカップ麺のカレー味だけは別物」なんだそうだ。

「家《うち》のママは、お姉ちゃんが出て行ってくれて、これで一人分の食費が浮く、ラッキーって喜んでいるけどね。子供なんて、育っちゃったら、もう赤の他人だと割り切る方が、お互いのためにもいいんだって」

美果のお姉ちゃんは、つい最近、元暴走族のカレシと暮らすんだと、家を出て行ってしまった。あんなろくでなしと関わったら苦労するだけだと、ママは一応、忠告したらしいけど、美果曰く「盛りの付いた」お姉ちゃんは、耳を貸そうともしなかった。ママは、「ほっとけ、ほっとけ。それにしてもバカだね、あの子は。血筋かね」と呆れて、それっきりなんだそうだ。

「それよりさ、問題なのはお金を工面したことだよ。大丈夫なの？　歌子さん。子供なんて親のお金は全部、自分のもんだと狙っているならず者だよ」

生意気に、知ったようなことを言う。

「それも承知なんだろ。息子と以前のように話ができるなら、マンションの一戸や二戸、安いもんだって言ってた」

ハァ～？　と美果が大げさに驚いてみせた。

「甘いね、元お嬢様だかなんだか知らないけれど、あそこの住人は皆、人生を甘く見過ぎだよ。なんとなく上手くいくように思っているんだろうな。上手くいく人なんてほんの一握りだよ。大抵の人は、ちょっとの油断で底辺に落ちて二度と這《は》い上がれない。しかも老人でしょ、やり直しなんかできないじゃん」

呆れたね、と首を振り、美果は食べ終わった容器をポイとゴミ箱に捨て、冷蔵庫から、買っておいたカップアイス・チョコクッキー味を取り出して、一つを僕の前に「ホイ」と置いた。

あれ以来、財産の処分について誰も触れない。オバサマ達は光輝さんの借金騒動なんてなかったみたいに、以前と変わらず一日を過ごしている。歌子さんは料理研究に余念がないし、厚子さんはウォーキングに励み、時々、沼袋さんと山に登っている。瑞恵さんはダニエルと上手くいっているようだし、恒子さんは、イス一脚分のクロスステッチに取り掛かっている。そして夜になるとワインを開け、歌子さん主導で作った何品もの料理を並べて賑やかに夕飯をとり、バルコニーからの風景を前に「満足、満足」と言っている。少しは倹約しているのかもしれないけれど、ご相伴させてもらっている僕に、その差はどうにも分からない。

「それより、テレビに出る話はどうなったのよ？　なんにも準備してないんでしょ、あの人達のことだから」

出演が本決まりになり、歌子さんは番組の人と、打ち合わせを繰り返している。

「準備は進めているみたいだよ。なんかね、テーマは『お家スィーツ』なんだって。歌子さんはタルトタタンを作ることにしたらしいよ。フランスのリンゴのケーキ。知ってる?」

ふうん、と唸って、美果は軽く舌なめずりをした。

「美味しいけどさ。ちょっと古臭いよな。まあ、お家スィーツだからそうなるのか。それで競演相手は何を作るの?」

三人の料理家が腕を競うのだと聞いている。

「知ってるわけ、ないじゃん。それ、重要なこと?」

「当然よ。負けるわけにはいかないいんだから」

そうなんだ、考えもしなかった。

「厚子さんが助手役で、瑞恵さんがスタイリスト役をやって、恒子さんがメイクを担当するらしいよ。みんな、はしゃいじゃって、大変だよ」

カメ・ハウスの目下の最大の関心事は、テレビに出ることだ。歌子さんは有名になって、これからはどんどんお金を稼ぐんだと、すっかりその気になっているし、後の三人も画面に映るわけでもないのに、自分のことみたいに張り切っている。

「ダメだよ~!」

美果が大声を上げた。

「あの人達に任せて、まともなメイクや衣装になると思う？」

そりゃ、そうなんだけれどぉ。あの四人が選ぶと、ステラおばさんみたいになるに決まっている。でも、プロに頼む余裕なんて、今はないし……。

「私が、やったげる」

カップアイスの底をさらって、美果は手にしたままのスプーンを高く掲げた。

「料理のことは分かんないけどさぁ、メイクと衣装は、私がやったげる。だって……ほっとけないじゃない」

ほっとけと言ったり、ほっとけないと言ったり。僕はポカンと美果の顔を見る。


そして気が付くと、美果はカメ・ハウスに深く入り込み、『歌子さんテレビデビュー』チームの指揮官みたいに居座っているのだった。

他人のことには無関心だったはずが、メイクの指導をし、衣装の相談に乗っている。今日も、網戸の修理を言いつかって顔を出したら、歌子さんのお花畑のように色とりどりの服をリビング中に広げて、みんなで「これだ、あれだ」と言っている真ん中に、絶対君主のように美果が君臨していた。

「翔ちゃんなら、どれがいいと思う？　テレビに出る時の洋服」

歌子さんが顎に手を添えて聞いた。歌子さんの服は、高級素材なのかもしれないけれど、似たようなヒラヒラフリルの付いた花柄ばかりだ。正直、どれでも同じだろ、としか言いようがない。でも、そんなことを正直に言えるわけもなく、

「そうですねぇ」

と一緒になって顎に手を添え、カラフル過ぎて目がチカチカする布地の山を眺めた。

「やっぱり、このシフォンのワンピースよ。明るいし胸元が華やかだし。顔が引き立ってテレビ映りがいいんじゃない？」

瑞恵さんが、鮮やかなピンクの花柄ワンピースを胸に当て、

「そうかなぁ。こっちの方がスッキリ見えるし、歌ちゃんには似合うと思う。これに真っ白なパンツを合わせるの」

濃緑色のVネックブラウスを恒子さんは歌子さんの前にかざした。確かにスッキリしているけど、なんかアマガエルの着ぐるみに見えなくもない。

「いっそ、渋い着物にしたらどう？　他の出演者は歌ちゃんより若いんでしょ。だったら、逆に渋く着物というのがインパクトないかしら」

厚子さんが、余計面倒になりそうな提案をする。ずっと黙りこくっていた美果が、ススと洋服の山に近寄り、ほとんど白に近い浅緑色のシフォンのブラウスを引っ張り出した。紫色の花模様がほんのり入っていて、胸元にフリルがついているが、オバサマ達が選んだ服より大分地味だ。

「これにしましょう」

「それ、随分昔のよ」

「歌子さんにはこういう上品な色が似合うんです。フリルの所は取って、ボウタイにするんです。それに真っ白なデニムのエプロンを合わせます。若々しく垢抜けたお婆ちゃまって印象になります」

「お婆ちゃま？」

歌子さんはそこが引っかかったらしい。

「誰がリメイクするのよ？」

「もちろん、私がします。これでもファッション専攻の学生ですから」

美果の洋服のセンスは抜群だ。その美果が断言するのだから、きっと、歌子さんに似合うんだろう。

それは皆、感じているようで、口うるさい人達が他の服と見比べて、

「そうねぇ」

「美果ちゃんが、そう言うならねぇ」

なんて言い合っている。

「収録の日までに間に合わせます。メイクのコツはこの間教えたから、大丈夫ですよね。ヘアは、ウィッグ使ってふわっとさせること」

「あら、美果ちゃん、付いてきてくれるんじゃないの？」

「収録の日はテストがあるし、その後バイトです」

ここから先は自分達でやってよ、甘ったれないでよ、と言いたいのだろう。気まぐれみたいに世話はしても、それ以上、巻き込まれるのは用心する。完全に振り回されている僕を見ていれば、賢明な判断だ。

「大丈夫！　これだけ入念に準備しているんだから、上手くいくわよ！　歌ちゃんの料理の腕は保証付きなんだし」

厚子さんが力強く言った。「そうよ、そうよ」と瑞恵さんと恒子さんが大きく頷き、

「私達の実力を見せてやろうじゃないの」

歌子さんが握りこぶしを振り上げた。美果がこそっと肩をすくめ、僕は一人、不穏な予感で胸がざわつくのだった。

収録の日は、瞬く間にやってきた。オバサマ達は前日から断酒をし、「最高の状態の肌に」と全員でパックをして、キャリーバッグ三つに料理道具や衣装や化粧道具を詰め込み、何度も点検し、用意万端整えてやたら気合が入っていた。むしろ入り過ぎで、益々《ますます》心配になったくらいだ。幼稚園の時、劇の発表会で主役の桃太郎に選ばれたことがある。もの凄く張り切って、緊張でカチカチになり、劇が始まる直前にお漏らしをしてしまった。小さい頃のことだけど、あの屈辱は鮮明に覚えている。以来、僕は晴れ晴れしく人前に出ることが苦手だ。晴れ晴れしい機会が、その後全然ないってこともあるんだけれど。

午後の講義を終え、収録はうまくいっただろうかと、なんとなく気になりながら駅に向かって歩いている途中でスマホが鳴った。瑞恵さんからだった。

「悪いけど翔ちゃん。『岡安《おかやす》』でお弁当を買ってきてくれない？　翔ちゃんの分を入れて五つ」

『岡安』は、駅前商店街の裏手にある料亭だ。昔は法事にお祝い事にと繁盛していたらしいけれど、商店街に引きずられるように寂れてしまい、店の隅で始めたお弁当コーナーで、なんとか繋《つな》いでいる。「料亭の味を気軽に」が売りで、ちょっと高いけれど、まあまあ美味しいということに、この辺では

なっている。もっとも、「スーパー『ミナミ』のお弁当よりは多少はマシ」というのがオバサマ達の評価で、たまに、歌子さんが熱を出したり、みんなで疲れてしまって、料理なんかしたくないという時ぐらいしか、利用することはない。オバサマ達は、かなり強固な手作り派だ。

テレビ局に行って、よほど疲れてしまったのだろうか？　「今日は、出勤日じゃないのに」と思いつつ、「たまには『岡安』のお弁当もいいかも」と意地汚い計算もあって、僕は言われた通り千二百円のお弁当を五つ買い、カメ・ハウスに持っていった。

リビングに顔を出すと、瑞恵さんと恒子さんが捨てる前の古雑巾みたいにクターッとソファでのびていた。

「歌子さんと厚子さんは？」

二人の姿が見えない。

「部屋で寝てる。疲れちゃったって」

よほど緊張したのだろうか？

「あの二人は後で食べるそうだから、私達だけで、先にいただいちゃいましょう」

珍しいこともあるもんだ。何があっても『夕飯はみんなで楽しく食べる』がこの家の掟《おきて》ではなかったか？　今日なんか、打ち上げだと、盛大に宴会やったってよさそうなのに。

ダイニングテーブルにお弁当を三つ並べ、あとの二つはキッチンに重ねておいた。恒子さんがお茶をいれてくれる。

「今日は、みんな疲れちゃったから、夕飯も簡単にね」

瑞恵さんが「ヨッコラショ」と気だるそうに席に着き、三人でお弁当を開けた。タラの西京焼き、コンニャクと京人参とがんもどきの煮しめ、レンコン入りの肉団子にご飯は栗ご飯だ。隅には小さなわらび餅まで入っている。なるほど、スーパー『ミナミ』の弁当とは格が違う。

「どうだったんですか、収録」

「どうもこうもないわよ。完全に異次元の世界、参ったわよ」

瑞恵さんの話によると、競演した他の二人はプロのスタイリストとメイクさんと、何人ものお弟子さんを引き連れて来ていたのだそうだ。

「そんなに有名な料理家さんじゃないのよ。そりゃ、テレビに出ていることもあるし、本も何冊も出しているけど、そんなに、すっごく有名、超一流って人達じゃないの。見かけだって普通のオバサンって感じで」

横で恒子さんが「うんうん」と頷きながら、お弁当のがんもどきをつついて「これ、美味しいわ」と言った。

「そんなオバサン達がね、凄腕社長か大物芸能人みたいに自前のスタッフ使って、手抜かりなしなの。ホント、若い人達がテキパキ動いているの。披露するスィーツも気取っちゃって。一人は『天使のヨーグルトババロア』よ。どうする、このネイミング。何が天使よ。ただのヨーグルトババロアにフルーツとお花を飾っただけなのに。で、もう一人のは『フルーツサンドのお花畑』。笑っちゃうでしょ。ただのその辺にあるフルーツサンドなのよ。贅沢にいろんなフルーツを使っているってだけ。なのに、仕上がってみるとどちらもパーティ料理みたいにやたら見栄えがするの。不覚にもわぁ！　って声出しそうになっちゃったわよ。だけど、話が違うでしょ。テーマは『お家スィーツ』で、家族で楽しむ気楽なスィーツを、って話だったんだから」

瑞恵さんは、思い出すだけで腹立たしくなるみたいだ。恒子さんがクスクス笑って、

「そりゃあ、歌ちゃんのタルトタタンは負けちゃうわよねぇ、茶色いだけだもん」

しかたないわねぇ、と首をすくめた。

「もう、そういう時代なのかもね。ていうか、料理の紹介一つでも、スタッフ引き連れて組織的にやる人が勝ち残る世界なのかもしれない。私達四人じゃ、最初から勝負にならない」

へぇ、そうなんだぁ、とびっくりだ。

「歌ちゃんも厚ちゃんも圧倒されて、歌ちゃんは手が震えるし、台詞はトチるし、助手役の厚ちゃんは、手順間違えるし。ね！」

やんなっちゃったわよ、と瑞恵さんが恒子さんに同意を求める。

「でも、歌ちゃん、上品だったわよ。美果ちゃんが用意してくれたブラウス、凄く似合っててどこかのセレブの奥様って雰囲気だった」

「衣装がよくても、料理と押しで勝たなくちゃ、意味ないのよ」

西京漬けのタラをパクッと口に入れ、瑞恵さんは、「甘ったるくない？　このタラ」と文句を言った。

「それで、歌子さん……」

「そう。がっくりして、部屋に閉じ籠もっちゃった」

「厚子さんまで？」

「あの二人って昔からそうなの。どうでもいいことは、やたら張り合うくせに、いざ、どっちかがピンチとなると、俄然、一心同体みたいになっちゃうの。変な仲なのよ」

今頃二人は、部屋で何をしているのだろう。膝でも抱えてしょぼくれているのか。しっかり食べてお酒でも飲めば、少しは気分も晴れるのに。

二人の心を映すように、薄暗がりの中でお弁当が冷えていく。


放送された『トキメキ・食タイム』は録画しておいて、週末、美果と二人で見た。空恐ろしくてとても一人で見る勇気がなかったからだ。

テーマソングが終わって、三人の料理家がにこやかに登場した。ここまではよかった。襟元のフリルを取っ払ってボウタイにしたブラウスは、淡い浅緑色が上品で、歌子さんの顔によく映えていた。真っ白なデニムのエプロンも若々しく、垢抜けたマダムって感じだった。

でも、その先がまずかった。瑞恵さん達が言っていたように、歌子さんの指は震えていた。顔が強《こわ》張《ば》って引き攣《つ》っている。笑顔が出ないどころか、妙な汗までかいている。しかも声はうわずって、司会者の質問が聞こえていない。聞こえていないから、突然、トンチンカンなことを言い出したりする。極め付きは甘く煮たリンゴにシナモンを加えるのを、すっとばしたところだろう。最後にシナモンの器が残り、司会者がまた不用意に、

「これは、どうするんですか?」

などと聞くものだから歌子さん、完全に焦ってしまった。

「あら、なんでシナモンがあるの？　やだ、入れるの忘れちゃった」

なんて声まで流れてしまった。おいおい、歌子さん、大丈夫かぁ？　助手をやっているはずの厚子さんもしっかりしてくれよぉ、と声を出したくなる。

そして仕上がったタルトタタンは、確かに地味だった。『天使のヨーグルトババロア』と『フルーツサンドのお花畑』と並ぶと、ウェディングドレスの花嫁と、式場の裏方スタッフぐらいの差があった。

場慣れした二人の料理家は、自信たっぷりに愛嬌を振りまき、司会者と気の利いた会話を交わし、スタジオの笑いまで取って、歌子さんの余裕のなさと素人っぽさをより露《あら》わにした。確かに、見ていて居たたまれないくらい、大失敗だった。

「やっちまったね。歌子さん」

見終わって、美果がボソッと一言感想を述べた。

「あとの二人とは場数が違うんだよ。でも、逆に初々しかったじゃない、歌子さん」

せめて僕ぐらいはフォローしてあげないと、と言葉を探す。あと、なんて言おう。歌子さん、かわいらしかったよ、シナモン忘れるところなんか、愛嬌があるじゃん……。

「なんとなく、いろいろ分かったよ」

美果は「ウーム」と唸って、腕を組んだままだ。珍しく目の前のドーナツに手も触れない。

「もっと緻密で強《したた》かでなくちゃいけなかったんだ。テレビに出るっていうのはさ。歌子さん程度の経験じゃ太刀打ちできないし、専門学校の生徒なんて、完全に素人だ」

「だけどさ、歌子さん、ブラウスが似合って上品だったじゃない」

美果は十分貢献したじゃないか。

「そんな甘い見方でいるから翔太はダメなんだよ」

え、矛先がこっちに来る？　僕の動揺なんてまるで無視で、美果は大きな目を見開き、やたら強い視線を向けた。濃いまつ毛が音を立てそうだ。

「今さ、孫悟空みたいに、じわっとしみじみ悟ったよ」

なんで、ここで孫悟空なんだ？　と思うが、美果の次の言葉をじっと待つ。

「あの中で一番、食べて美味しいのは、歌子さんのタルトタタンだよ。あとの二つは見せかけだけ。食べてみたら、なんだってなもんだよ。それは誓ってもいい。スィーツのプロとして断言する」

プロのところで、美果は形のいい鼻をツンと上げ、長い髪をスィと払った。いつの間にか、スィーツのプロになっている。

「本当に美味しいスィーツって、もっと素朴な顔をしてるんだよ、そこを分かる人が、なかなかいない。作る方も食べる方もみんな、映えばっかり気にしちゃってさ。スィーツ界の大問題だと思うんだよね。こういうこと、翔太に言っても分からんだろうなぁ」

話がスィーツ界にまで広がっている。そんなこと分かるかい！　と思うが、美果には刃向かえない。

「だけど、テレビじゃ、匂いも味も伝わらないだろ。その中で勝とうとしたら、結局、見栄えで勝負するしかないんだよ。人も食べ物も」

ちょっとひねって、哲学っぽいことを言ったかも。

「そりゃ、そうだ。一理はある。まあ、どっちみち終わっちゃったんだし……。今回のことを教訓にしてリベンジを狙うしかないね」

美果は、ようやく吹っ切ったように、ドーナツを手に取りかぶりついた。


子供の頃、お婆ちゃんがよく言っていた。

「翔太、人間は浮かれたらダメだ。必ずしっぺ返しに遭うからね」

しっぺ返しって何？　と聞いたら、悪いことが起こることだと教えてくれた。でも二十年そこそこ生きてみて分かったことは、人生、浮かれることなんて滅多になくて、浮かれなくても悪いことは遠慮なく起こる。そして悪いことの後には、大抵、もっと悪いことが続くんだ。

テレビでの失態で相当にショゲていた歌子さんだったが、それでも少しずつ立ち直っていった。みんな、気を遣ってその件に触れないようにしていたし、美果の言うとおり、終わってしまったものをグジグジ引きずったところで、誰の得にもならないからだ。そして歌子さんは、これからは新しいことをやらなくては、と考えたようだ。

世間がクリスマスだ、忘年会だと落ち着かなくなっていた師走の夕飯時だった。外の木枯らしが嘘のように、ホカホカと暖かいリビングの、皆がじっと見守る真ん中で、クックツといい音を立てる鍋に牡蠣を入れながら、

「お節料理なんだけれど」

いきなり歌子さんが切り出した。十二月に入るとカメ・ハウスの夕飯は俄然、鍋料理が多くなる。

僕の栃木の実家では、鍋といえば小さな出汁昆布を申し訳程度に入れ、白菜と豆腐と春雨の入った鶏《とり》の水炊きと決まっていた。それをスーパーに並んでいる一番安いポン酢で食べる。いつも同じ味で、だから母親が「今晩は鍋よ」と用意していると、「また鍋かぁ」とがっかりした。

歌子さん達の鍋は違う。まず、しっかり丁寧に出汁を取る。今晩は鍋と決めると朝から大量の出汁昆布を水に漬けておく。取り合わせも味付けもいろいろで、毎回「今日は、どんな鍋料理だ?」と期待で胸が弾む。

今晩は、牡蠣と豚バラ肉のレモン味噌鍋だ。生姜汁を加えた味噌味の煮汁に、メインの具は黒豚のバラ肉と牡蠣。他に白菜と水菜と葛切りとエノキと豆腐とちくわぶが入っている。特徴は輪切りにしたレモンを仕上げにたくさん入れることで、レモンの酸味と皮から出る渋みが、味に深みを与えてくれる。

白菜は、固い芯の所を細く切って最初から入れておく。とろけるように柔らかく煮えた芯は、柔らかい葉っぱの所と一緒になって、豚バラに絡まりスルスルと口に入っていく。それらを七味で食べる。味噌味には七味唐辛子、というのが歌子さんの鉄則だ。

「好みなんだけれどね、私達は、白菜は柔らかい方がいい派なの」

いつも言い訳っぽく付け足すのだけれど、僕も白菜はシャキシャキよりもトロトロ派なので、何の不満もない。

「今年は思いきって、創作お節に挑戦してみようと思うの。どうかしら。伝統のお節も悪くはないけど、現代の生活スタイルに合わなくなっているような気がするのよね。上手くできたら、それをまとめて本にする。古いレシピを辿っているようじゃ、ダメだと思い至ったってわけ」

鍋から具材を皆に取り分けながら、歌子さんは新たな決意を披露した。

「歌ちゃん、それいいアイディアだと思う。お節料理って、毎年、手間が掛かる割に、心弾まないじゃない。そんなに美味しいわけでもないし、結構残っちゃうし。新たなお節料理の提案って、ベストセラーになっちゃうかも」

恒子さんがすぐに賛同した。

「うん、意外といいアイディアかもね」

フハフハと熱々の牡蠣を口に入れながら瑞恵さんも賛成した。

「じゃあ、協力してくれる？ ゴマメがないとか、伊達巻《だてまき》がないと新年を迎えられないとか、文句言わないでくれる？」

「了解！」と三人が手を挙げ、恒子さんが「なんか、楽しみ！」と言葉を添えて、どうやらこの件は決定となった。歌子さん、俄然やる気が出てきたみたいだ。

「じゃあ、腕によりを掛けて、挑戦しちゃおう。お正月らしく見た目が華やかで、日持ちがして、野菜もたっぷり摂《と》れて、味にバリエーションがあるの」

「いいね。私も手伝う！　上手くいったら、また料理番組から声が掛かるんじゃない？」

恒子さんは励ますつもりで言ったのだろうけれど、場が凍り付いた。そうだよ、治りかけの傷口がまた、開いちゃうじゃないか。空気を察知した歌子さんが、

「そうだね。そうなったら、今度こそピシッとやらないとね」

と少し苦笑して、「白菜って美味しいわねぇ」と瑞恵さんが慌てて言い、「翔ちゃんったら、さっきから牡蠣のところばかり狙っているでしょう」と付け足した。その時だ。

「一つ、いいかな？」

それまで口数が少なかった厚子さんが硬い表情で手を挙げた。

「どうぞ。何か提案？」

「三が日が過ぎたら、少し長めの旅行をしようと思っているのだけれど……いいかな？」

遠慮がちに聞く。

「そんなの、いちいち断る必要、ないじゃない。なに？　お一人様シニアのハワイツアーにでも参加しようっての？」

「そんなんじゃないわよ。登山、今の私はひたすら山登り。ただ、今回は足を延ばして九州の山に挑戦しようかって、話しているの」

厚子さんの登山熱は冷めることなく、月に二回は出掛けている。初心者の厚子さんに合わせて、近場の易しい山を沼袋さんが選んでくれているんだ。

「ほら、雪山はまだ無理だし。九州まで行けば、こんな季節でも私が挑戦できる山はあると言うのよね」

「言う」の主語は「豪さん」つまり沼袋さんなんだろう。そういえば､最近、厚子さん、「豪さん」ともあまり言わなくなった。

「せっかく遠出するなら、のんびり観光もしたいね、って」

なんだか言いにくそうだ。

「それって、沼袋さんと、ってこと？」

瑞恵さんが、素っ頓狂な声を上げた。

「まあ……、そうなんだけど……」

皆、沈黙し、恒子さんが不安そうに目をキョトキョトさせる。

「いいんじゃない？」

少しの間をおいて、歌子さんが返事した。声に確かなトゲがあった。トイレにでも行こうかと、僕は腰を浮かしかける。

「厚ちゃんの自由なんだもの。私達の許可がどうこうの案件じゃない」

「もちろん、そうなんだけれど……この際だから、はっきりしておこうかと思って」

「何を？」

「豪さんがね」

申し訳なさそうに上目遣いで、歌子さんをチラと見る。

「パートナーとして、残りの人生を一緒に過ごしたいって言ってくださって」

鍋から立ち上がる湯気の向こうで、歌子さんの眼鏡の奥の目が、光ったような気がした。

「へぇ～。そういう話になっているんだ」

厚子さんに目を向けず、歌子さんは箸に上手く絡まない葛切りを苛立たしげに取った。

「沼袋さんは、歌ちゃんのボーイフレンドじゃない。厚ちゃん、それって、ちょっとルール違反なんじゃない？」

瑞恵さんにしては、常識的な筋道論だ。

「でも、カレシとか恋人ではなかったわけでしょ。そんな関係じゃないって歌ちゃん、はっきり言ってたわよね」

「だけどぉ。何もよりによって一緒に暮らしている親友の、大事なボーイフレンドを横取りするみたいなこと、しなくたって」

「横取りしたつもりはないわ。気が付いたら、私達、惹かれ合っていたというか……」

やっぱり、さっきトイレに立っておけばよかったと後悔した。どういう顔してここに座っていればいいんだ？「恋人」ではなかったかもしれないけれど、歌子さんと沼袋さんが長年の仲良しで、歌子さんにとって沼袋さんは特別な存在で、大いに頼りにしていることは、この家に出入りしていれば誰だって分かる。厚子さんと沼袋さんが一緒に山登りするのだって、共通の趣味だと言われれば黙っているしかなかったけれど、決して愉快ではなかったはずだ。それを一番、承知していたのは他でもない厚子さんだろう。恐る恐る横目で見ると、歌子さんの顔が青白い。

「なるほどね、そういうことなんだ」

しばらく沈黙があって、歌子さんがやっと呟いた。

「沼ちゃん、最近、顔を見せないし、料理本のことも何にも言ってこないし、何か変だと思っていたけど、そういう風に進展してたんだ」

「ごめん」厚子さんが小さく囁いて下を向いた。

「謝る事なんかないわよ。沼ちゃんとは仲良しだけれど、そういう、恋愛とかって仲じゃないもの。遠慮することなんかないのよ」

無理が透けて見える。

「で、結婚するの？　沼ちゃん、離婚はしたけど三人の子持ちよ。しかもあの風来坊よ。きっと、あれこれ面倒なことが起こるわよ」

「そういう具体的なことは、まだ、何にも話し合っていないの。ただ、今度、一緒に旅行しましょうということになって、歌ちゃん達には、やっぱり、仁義を切っておかなくちゃ、と思って」

「だからぁ、私に遠慮することなんかないって。『いい年して浮かれるのは構わないけれど、料理本のことはちゃんとやってよ』ってクギ刺しておいて」

急に食べる気が萎《な》えたように、恒子さんが黙って箸を置いた。真ん中で白菜や牡蠣や豆腐が美味しそうにクックツ煮えているのに。その時だった。瑞恵さんが、そっと手を挙げた。

「この機会だから……私も言っちゃおうかな」

こんな大事件の最中に、と皆が一斉に、怖い顔で瑞恵さんに顔を向ける。

「実は私、結婚しようかと思って」

エエ～！　三人の甲高い声が重なった。

「みんなには黙っていて申し訳なかったけれど、大分前からお付き合いしている人がいてね、プロポーズもされていて……いろいろ考えたんだけど、とうとう決意したってわけ」

「どこの誰よ？　いつの間に……」

「うん、まあね。ご縁ってあるのよ」

瑞恵さんは、ぽっと顔を赤らめてる。

「もしかして、あの、それ……」

「そう。翔ちゃんは、写真見たことがあるのよね」

爆弾発言で、沼袋さんどころではなくなった。


瑞恵さんが楽しそうにダニエルとやりとりしているのは感じていた。娘の桜さんのことを口では心配しながら、どこかウキウキと弾んでいたし。でも、まさか結婚という段階まで話が進んでいるとは想像もしなかった。だって、瑞恵さんとダニエルは、会ってもいないし、やりとりだってタブレットの翻訳機能を介したいい加減なものじゃないか。

「あのダニエルとですか?」

責任を感じて、つい口を出した。

「誰よ、そのダニエルって」

「確か、瑞恵ちゃん、ネットで知り合った人と文通みたいなことしていたわよね」

久しぶりに、厚子さんの顔が厳しい先生顔になっている。

「やぁねぇ、文通じゃないわよ、会話、ううん、チャット。新世代の会話ツール」

得意そうにネット用語を使って、瑞恵さんは軽く笑った。ちょっと高みに立っている?

「で、どういう人なのよ、そのダニエルって?」

「うーん。レバノン人なんだけれどね、アメリカの大学で取った特許で事業を起こして、今はドバイを拠点に世界中で仕事しているの。あ、正真正銘の独身よ。仕事が忙しくって、結婚しそこなっていたの。人生、ようやく落ち着いたところで、しとやかな東洋の女性との出会いを求めていたんですって」

一人で照れて瑞恵さんは、手元のナプキンで顔を隠す。

「ネットの会話で、正真正銘だのなんだの、どうやって分かるのよ」

歌子さんが、呆れている。

「私達、もう半年も会話しているのよ。分かるわよぉ、それくらい。彼、ヨットが趣味でね、ミズエサンを早く、僕のヨットに乗せたいって。そのヨット、ギリシアの別荘に置いてあるのよね」

少女のように肩をすくめてウフフと笑う。そうやって笑うと、ミズエサンは右頬にえくぼが出る。

「ミズエサン⁉」

「ああ、彼ってかなりの親日家で、日本語もちょっと分かるのよ。名前の後にはサンを付けるものだと理解しているのよね。だから私のことも、ミズエサン」

タブレットの中の、これ見よがしに金持ち風なダニエルの写真を思い出した。

「その金持ちのレバノン人が、瑞恵ちゃんと結婚すると言い出しているってわけね。なんか、話がうま過ぎない？」

「そうよ、会ってもいないのに結婚を言い出すなんてあり得ないじゃない。瑞恵ちゃん、お金要求されたりしてないでしょうね？」

こういう時、厚子さんのクールさは頼もしい。

「大丈夫だって、そんなんじゃないから。ちゃんとしたマッチングアプリだし。ダニエルは誠実な紳士よ。それにね、私達、ちゃんと会うのよ。会ってお互いの気持ちを確かめ合って、その上で最終的な結論を出しましょう、って決めてるの」

ふうん、と唸りながら皆、不審顔だ。

「お金だって、無心どころか、僕が全部持ちますって言ってる。男は愛する女性のためにお金を出すのが誇りなんですって」

歌子さん達が、顔を見合わせた。

「ねぇ、その『全部僕が持つ』って、何を持つって話？　会うって、いつどこで会うのよ？」

「だからぁ。今度、一緒にクルーズ船ツアーに参加するのよ。もちろん最初は、部屋は別々だし、私はシンガポールから乗って、彼はドバイから合流するの。彼、仕事で忙しいし。でも、船の中では毎日、一緒にお食事して、カジノを楽しんで、ダンスもして、夕日眺めて、思いっきり話をするの。そうやってお互いの気持ちを確かめ合いましょうって言うのよぉ」

夢見るように、瑞恵さんはうっとりと語った。

「なんでいきなりクルーズ船ツアーなのよ？」

「だって、クルージングが趣味だって、私がプロフィールに書いたから……」

「クルージングが趣味だったことなんて、瑞恵ちゃん、あなた、あったっけ？」

「いずれ、やりたいとずっと思っていたもの」

「で、クルージング代は、その、なんだっけ？　ダニエルとかが払ってくれるというのね？」

厳しい顔で厚子さんはしつこく聞く。

「そうよ。ミズエサンの分は全部、僕に任せてください、だから安心して準備だけしておいて、って。ただ」

瑞恵さんが、ちょっと口ごもった。

「ただ、なによ？」

「ダニエルのコネで、特別にいい部屋を隣合わせで確保してもらえるのだけれど、いろいろややこしい人間関係があって、ダニエルの名前をうっかり出せないんですって。だから、契約はミズエ・イケガミの名前にしておきたいんですって」

「振り込んだの？」

歌子さんが叫んだ。

「やだ、大丈夫よ。まだ前金だけ。ちゃんと後から私の口座に返してもらうことになっているし」

「いくらなの、その前金」

恒子さんまで険しい顔だ。

「取り敢えず百二十万。残りの六百万は、来月でいいんですって。大丈夫だって。ダニエルは信頼できる男だし、振込先もちゃんとした会社だったわよ。領収書もメールで届いたし。なによ、みんな怖い顔して」

瑞恵さんは、キョトンとしてみんなを見回した。「ああ、これはまずい、これは確実にヤバイ！」

と僕ですら途方に暮れた。

「瑞恵ちゃん、そのダニエルとのやり取りと振込先、私達に見せなさい！」

現役時代、校則違反の生徒を、こんな風に呼び出したんだろうなという怖い顔で、厚子さんが低く声を上げた。


瑞恵さんのダニエル騒動で、カメ・ハウスはしばらく騒然としていたらしい。参加する予定のクルーズ船ツアーは実在していたけれど、前金を払った予約者リストにミズエ・イケガミの名前はないとのことだった。振込先の会社を調べ、ダニエルの素性を調べ、結局、歌子さん達の手に負えなくなって瑞恵さんの息子さんまで巻き込むことになった。桜さんという娘さんのことは、瑞恵さんからしょっちゅう愚痴を聞かされていたけれど、息子の話題は出たことがなく、存在すら知らなかった。そりゃ、別れたご主人が亡くなった後、誰かが医院を継いでいるわけだから、医者の息子がいそうなことは、想像できたはずだったけれど。

マッチングアプリへの登録を手伝ったことで、僕にまで「なんて余計なことをしてくれたの」と叱責の空気がフンプンとしていて、しばらく、奥村さんちに足を向けられなかった。

じゃあどうやって、息子さんまで出てきたことを知ったかというと、美果が教えてくれたからだ。相変わらず美果は恒子さんとつるんでいて、テーマによっては僕なんかより、よほど、あの家の事情に精通してたりする。

「瑞恵さんの息子って、別れたダンナさんにそっくりなんだって。傲慢で身勝手でケチなところが」

大判焼きのアンコの入り加減を確かめながら、どうでもいいことみたいに淡々と話してくれる。付き合うように僕も、チーズ入りの大判焼きに齧りついた。駅前に、年寄り夫婦が古くからやっている大判焼き店がある。今にも潰れそうな店なんだけれど、ここの大判焼きのファンは多い。皮の外側がカリカリに焼き上がっていて、口に入れるとパリッと音がする。でも中はモッチリでしかも粉っぽくなく、自家製アンコの味が素朴でいい。美果のお気に入りは白玉入り粒あんで、毎回必ず二つは買う。そしてついでみたいに僕にも、チーズ入りを買ってきてくれる。焼き立てのチーズ入りは、中のチーズがとろりと溶けていて美味しいけれど、これをお昼ご飯にするのかと思うと、やっぱり寂しい。美果は、大判焼きでお昼を済ますつもりなのだ。

「あ、恒ちゃんが言っているんじゃないのよ、昔から瑞恵さんは、息子さんのことが苦手で、本当にどうしてあんな子になっちゃったのかしらって愚痴っているんですって」

僕なんかが口出すことではないけれど、瑞恵さんのやるせなさが伝わってくる。

「でさ、振り込んだ百二十万円はどうなったわけ？　ダニエルとは連絡とれたんだろうか？」

「振込先の会社も、ダニエルも、特別枠での予約だから旅行代理店のリストには載っていないけれど、ちゃんと予約は取れているし、全額払い込めば、正式なチケットが届くから、とかいろいろ言ってきたらしいんだ」

いかにも詐欺っぽい手だ。

「瑞恵さんは、あくまでもダニエルを信じたかったみたいだけれど、厚子さん達が何回もダニエルにメッセージを送ってあれこれ問い詰めたら、突然、登録削除になってしまったんだって。で、息子さんが乗り出して、ダニエルのアカウントや振込先の口座を専門家に調べてもらったら、やっぱり手広くやっている詐欺集団だったらしいよ」

そうだろうなぁ。インテリで豪華ヨットの所有者で、夏は地中海の別荘でゆったりシャンパンを愉《たの》しむ金持ちが、無料のマッチングアプリで人生のパートナーを探そうなんて、思いつくわけがない。

「振り込んじゃった前金は取り戻せないの？」

「そこはもう、無理らしいよ。でも、前金だけで済んだだけでもよかったって恒ちゃん達は思っているんだって。高い勉強代だったけどね。これで全額支払ってシンガポールまで出掛けて、はい、船には乗れませんって事態になったら最悪じゃん」

そりゃ、そうだけど、今だって十分最悪だ。百二十万なんて大金過ぎる。

「瑞恵さんは、どうしてる？」

「しょげ切っているって。お金のことより、ダニエルに騙《だま》されたことの方がショックだったらしいよ。女ってさ、お金を盗られるより男に裏切られる方が傷つくものなんだって」

「恒子さんがそんなこと言ったの？」

生々しさにドキドキする。恒子さん達でも「女って」とか、意識するんだ。

「そう。私は、お金盗られる方が、絶対頭にくるけど」

美果はそうだろな、と妙に納得した。

弁天堂で桐箱《きりばこ》入りの羊羹《ようかん》二本セットと、見てくれが高そうな和菓子を買ってきて！　と歌子さんから指令が届いたのは、美果から状況を聞いた数日後だ。

「見てくれが高そう」だと、大福やどら焼きじゃないし……悩みながら、金粉がちょこっと付いた練り切りを買って、カメ・ハウスの玄関を開けたら、厚子さんと恒子さんが待ち構えていて「シーッ」と人差し指を口に当てた。

「今ね、瑞恵ちゃんの息子が来ているの」

声を潜めて言う。なるほど、ピカピカに磨かれたイタリアの有名ブランド靴がエラソーに玄関の真ん中でふんぞり返っている。これか、と思った。どんな男なんだろう？　その元ダンナさん似の傲慢で身勝手でケチな息子って。

「羊羹とお菓子だけれど」

こちらも囁き声で紙袋を差し出す。

「そっと上がって。話が終わるまで音立てないようにね」

厚子さんに言われ、脱いだスニーカーを目立たぬよう、棚の隅に押し込んでいたら、

「まったく。みっともないったらありゃしない」

廊下伝いに、男にしては甲高い声が聞こえてきた。

「いくら出ていった人だろうと池上の名前は付いて回るんだから、いい加減にしてもらわないと迷惑なだけで」

「まあ。当人も大いに反省してますし」

歌子さんの声も聞こえる。お茶菓子を出すため、忍び足でキッチンに入った恒子さん達を見送り、

僕は廊下で待機する。

「うっかり週刊誌の記事にでもならないよう、手は回しましたけど、本当に気を付けてもらわないと。皆さん方も一緒に住んでいる以上、責任ありますからね。とにかくこの人、何をやり出すか分からないんだから」

「すみません、以後、気を付けますので」

歌子さん、今日は妙に下手《したて》だ。こっそりのぞいたら、高級スーツに窮屈そうに納まった太りじしの背中が見え、その向こうに、歌子さんと並んで、肩を落とし、今にも消え入りそうに縮こまっている瑞恵さんの姿が見えた。

「今度、こんなことがあるようだったら、こちらとしても考えないと」

母親に向かって、なんてエラソーな態度なんだ。

「どう、考えるんですか？　縛り付けておくとか、座敷牢に入れるんですか？」

皮肉っぽく、歌子さんがやり返す。

「出ていった人に、そんなことはしませんよ。でも、今度池上の名前に恥かかすようなことをするなら、それなりの対処を考えるということです。最近は、いろんな施設もあるし」

歌子さんが、瑞恵さんの手をそっと握るのが見えた。

「本当に、まったく。恥の一言ですよ。いい年した婆さんが色ボケして」

お茶菓子を出していた恒子さんが、突然、腰に手をあて、

「雄太郎《ゆうたろう》君。この小母《おば》ちゃんのこと、覚えている？」

思いっきりにこやかに口を挟んだ。雄太郎というのか、あのオヤジ。

「昔、家に来てね、あなた、ウンチ漏らしてくれたのよね」

「エッ！」雄太郎さんが、小さくひるんだ。

「いつまでもおしめ取れなくてねぇ。あなたのお母さん、随分苦労したのよぉ。言葉もなかなか覚えなくって。この子、大丈夫かって、瑞恵ちゃん、付きっきりで大変だったんだから。それがこんなに立派なお医者様になっちゃって……ま、お菓子をどうぞ」

横で厚子さんもニヤつきたくてウズウズしている。

「とにかく」

雄太郎さんは慌ててコホンと咳払《せきばら》いした。

「色ボケして詐欺に遭うようなみっともないことは、金輪際、ご免被ります。ったく、地中海クルージングだなんて、何考えてるんだか。どういうんだろうなぁ。最近の年寄りというのは、己の立場を勘違いして、浮ついているんじゃないですかね。人生これからとか、第二の青春とか、けしかける社会も困ったものなんだが」

憤然と言って、片手で湯飲みを摑《つか》み、アチチと手を引っ込めた。

「本当にご迷惑をお掛けしまして。厚ちゃん、あれ……」

厚子さんが、桐箱入りの羊羹をさっと用意する。

「何分、田舎なもので、こんなものしかありませんが。皇室御用達のお店の羊羹なんですけどねぇ、ご家族の皆さままでどうぞ……ってお口に合いますかしら。皇室御用達ですし」

しみじみ嫌ったらしく付け足して、歌子さんはホホホと笑った。なるほど、こうやって追い返すんだ、勉強になる。雰囲気を察したか雄太郎さん、大袈裟に左手の時計に目をやり、「もうこんな時間だ」と立ち上がった。ようやく見えた顔は、想像通り脂ぎっていて、ずんぐりとした鼻は父親似なんだろう。

「貴重な休診日を無駄に使ってしまった。こっちはね、大事なゴルフの約束を断って来てるんです。こういうしょうもないトラブルの後始末は、もう、二度とご免ですから……ちょっと、タクシー、呼んでもらえますか？」

苛立たしげに告げた。

「タクシーなら、下で立っていればすぐに捕まりますよ。バス停も目の前ですし」

歌子さん、とぼけて羊羹を包んだ風呂敷を押し付ける。タクシー、滅多に通らないけど。

玄関ドアを乱暴に閉めて雄太郎さんが去っていったあと、皆でふぅと息をついた。張りつめていた空気がようやく解ける。「ごめんね」泣き出しそうな顔で瑞恵さんが謝った。

「謝ることない。嫌な思いをしたのは、瑞恵ちゃんの方じゃない」

「被害者に向かってねぇ」

「色ボケだなんて」

「忘れる、忘れる。空気換えよ！」

厚子さんが窓を大きく開け、恒子さんがバタバタ走っていって、キッチンから塩の容器を持ってきた。

「瑞恵ちゃん、撒《ま》いちゃっていい?」

「僕がやりましょうか?」

「いや、いい。それ貸して。私が撒く」

瑞恵さんは塩を一摑み握って、玄関ドアに向かい力いっぱい投げつけた。

「ばかやろ〜!」

年の終わりが迫っていた。

9

年末年始を栃木の実家でのんびり過ごして、久しぶりにカメ・ハウスに出勤したのは、もう、お正月気分も薄れた一月も半ばだった。瑞恵さんがあれからどうしているのか心配だったし、厚子さんと沼袋さんの九州旅行も気になっていた。オバサマ達は平穏に正月を迎えたのだろうか?

玄関前でカミツキガメに挨拶する。昨年と同様、とぼけた顔で迎えてくれる。リビングに顔を出したら、食卓に写真を大量に並べて、歌子さんと恒子さんが混乱していた。

「なんですか、これ?」

写真には付箋が付いていて、牡蠣のスモークとか、黒豆のバニラ風味とか書いてある。

「歌ちゃんが作ったお節料理。売り込み用に写真を撮ったんだけれど、いっぱいあり過ぎて、それを今、整理しているの」

シーフードテリーヌ、キャラメルごまめ、干し椎茸の旨煮フライ、干し柿入りクリームチーズ……。なんか、どれも美味しそう。実家のお節は通販で買ったセットで、やたら甘かったり、しょっぱかったりで辟易《へきえき》した。残ったのを、結局母親はどうしたんだろう？

「凄いでしょ、二十七種類も作ったのよぉ」

「この干し椎茸の旨煮フライって？」

「干し椎茸って、いつも脇役じゃない。それ、残念だなと思って、薄味で煮しめたのをフライにしてみたの。やっぱり、定番の干し椎茸は欠かせないし、これなら日持ちもするし」

「うん、これは成功だった。カリカリのフライなんだけど、噛みしめると程よく味の付いた椎茸の旨味が、弾力付きで広がるの。十分、主役級になってた」

歌子さんと恒子さんが、自信ありげに頷き合う。

「これをまとめて売り込むんですね？」

「まだまだ。これから精査よ。上手くできたのもあるし、お節料理としてどうかなというのもあったし。もうね、とことん最高な内容に持っていかないと」

歌子さん、いつになく慎重だ。テレビ出演の失敗も、マイナスばかりじゃない。

「あ、翔ちゃん、明けましておめでとう。元気そうじゃない」

瑞恵さんが入ってきて、図書館から借りてきたらしい数冊の小説を、ドサッとテーブルに置いた。

「どうしたんですか、それ？」

そっと顔を窺《うかが》う。あれだけの騒動があったんだ。少しは元気になっただろうか？

「今度はカルチャーセンターの小説講座に通うんですって。定年退職したインテリオジサマが大勢いそうだからって」

「外国人はもう、懲り懲り。やっぱり、カレシは日本人に限るわよ。カルチャーセンターなら、変なヤツは来ないだろうし、実際に会って話して、見定めることができるでしょ」

懲りてないんだ、と口を開きかけたら、目が合った歌子さんと恒子さんが「余計なことを言うな」とばかり目配せした。そうか、懲りてないんじゃない、瑞恵さんも立ち直ろうと必死なんだ。

「厚子さんは？」

「九州に旅行中。明日帰ってくるって」

歌子さんがこちらを見ないで返答した。恒子さんと瑞恵さんも、スーッと潮が引くように聞いていないふりをする。

その時、恒子さんが「あ、いけない！」とキッチンに飛び込んだ。そういえば、さっきから香ばしい匂いが家中に漂っている。

「危なかった、焦がすところだった。一旦火を消しといたから」

戻ってきて、やれやれと座った。鼻をヒクヒクさせ「何だろう、これ」と呟いたら、

「玉ネギ。昨日から炒めているの。厚ちゃんが帰ってきたら食べさせてあげようと思ってね。どうせ、安宿のまずい食事ばっかりで、疲れて帰ってくるんだから」

母親みたいなことを歌子さんは言う。

「歌ちゃんのオニオングラタンスープ、最高なのよ。残念ねぇ、翔ちゃん、食べられるのは明日」

大量の玉ネギをゆっくりじっくり、あめ色になるまで何時間も炒めて作るんだそうだ。大鍋一杯の玉ネギが、両手に収まるぐらいになる。そこにブイヨンを加えてスープを作る。できたスープは、カリッと焼いたバゲットとパルミジャーノレッジャーノをたっぷり載せてオーブンで焼く。熱々、トロトロのスープは、玉ネギの旨味と甘みがバゲットに滲み込んで、口の中でフワッ、トロッ、モワッと広がるんだそうだ。

「わぁ、僕、明日も来ようかな」

「翔ちゃんの分、あるかなぁ」

「その代わり、今晩はカニ鍋だよ。食べていくでしょ。いいカニをいただいてね。厚ちゃんが帰ってくる前に食べちゃおう、ということになった！」

歌子さんがヒヒヒと笑った。


「よくやるよなぁ。あの年になっても、まだ、新しいことしようなんてさ」

いつもの公園で誰もいないブランコに腰掛け、カメ・ハウスの様子を長々、美果に報告した。災難続きだったのに、めげずに進もうとしている歌子さんの姿は、立派と言えば立派だけれど、前向き過ぎて痛々しくも見える。

「なんだっけ？　カメのようにおっとりゆっくり、最後に勝つぞ、カメ・ハウスだっけか？」

「それぞれ。歌子さん達のスローガン」

「負けるのは嫌だけど、勝つことばっかり意識すると、勝てないんだよね。気楽にやればいいんだよ」

隣のブランコで、美果がどうでもよさそうに、知ったようなことを言い、

「だけど、お節料理は美味しかったよ」

頬張っていたアンマンの餡をぺろりと舐めた。駅前商店街の『龍鳳《りゅうほう》』は、家族経営の地味な中華レストランだが、店先で販売している中華マンは人気で、いつも行列ができている。今日、たまたま二人でその前を通ったら珍しく誰も並んでいなくって、それで肉マンとアンマンを買って、公園でブランコ漕ぎながら食べている。もちろん僕が肉マンで、美果はアンマンだ。『龍鳳』のアンマンはゴマが効いていて、コンビニのとは味に格段の差があるんだそうだ。

確かに、ふかしたての中華マンは熱々で美味しいけれど、今年最初の美果とのデートが寒空の中のこんなんでいいのか、という不満はある。それより、聞き捨てならないのは美果の台詞だ。

「お節料理、食べたの？」

そんな話、聞いてない。

「うん。年末、恒ちゃんから、写真を撮ってもらえないかって相談があってね。家《うち》の学校のフォト科の子を連れてったんだ。ファッションフォトが専門だけど、料理の写真だって撮れるだろうと思ってね。よく撮れてたでしょ」

「へぇ」と皮肉っぽい声が出た。僕抜きでカメ・ハウスが動いている。なんか面白くない。

「たくさん作ったからお家で食べてって、撮影が終わったあと、お重に詰めて持たせてくれた。きれ

いだったし、この私でも食べる気になったし、美味しいと思ったよ。ママなんか、『こんなの食べたことない！』って感激しちゃってさぁ」

美果がまともな料理を食べたことにもびっくりしたが、まずはこっちの方が気になった。美果の冷たい視線がジロリと突き刺さる。

「翔太って、そんなことで嫉妬する小《ち》っちゃな男だっけ？」

「いや、嫉妬とかそういうのでは……」

シンプルに疑問だったというか、美果の友人関係に興味を持ったというか……無駄な言い訳が頭の中で絡まり出す。それに、なんで僕が実家に帰っている間に、美果が我が物顔で奥村さんちに乗り込むんだ？　しかもお節のセットまでもらっちゃって。こっちは写真でチラと見ただけなのに。

「撮影の後、お汁粉までゴチになった。死ぬほど美味しかったよ。あれ、どうやって作るんだろ？」

お汁粉だなんて、初耳だった。

「素朴で自然っていうのかな。小豆ってこんなにいい匂いがして美味しいんだって気づく味っての？和菓子の奥深さというのか、スィーツの原点がここにあるというか」

原点だの奥深さだの、意味不明な言葉を並べて、うっとりと思い出している。そんなことより、そのフォト科の子って、ともう一度聞こうと口を開き掛けたら、

「それはそうと、歌子さん、元気だった？」

突然美果は、話を変えた。

「だからぁ。張り切って企画書作っていたし、カニ鍋は美味しかったし」

「なら、いいんだけれど」

スッキリしない様子で、美果はブランコの上に立って漕ぎだした。

「年末に会った時さ、心配事でもあるのかなぁとふと気になったもんだから」

「まあ、いろいろあったからなぁ」

テレビの失敗もあったし、光輝さんのことでは、いろいろあった。いくら歌子さんでも、根っから元気溌溂《はつらつ》とはいかないだろう。

「なんか違和感があったんだよね。歌子さんの目の奥に不安の影を見たというか」

「おいおい、霊感かよ」

「アハハ。そうだよね、翔太が元気だったと言うなら、きっと安心なんだ」


美果の言葉は気になったけれど、カメ・ハウスでは何事も起こらず、二月、三月と穏やかな日々が過ぎていった。恒子さんは「冬の間に手入れしておくことが大事なの」と枯れた苗を植え替え、肥料を足して、春に向けた準備を進めていた。バルコニーの植栽は、今やすっかり恒子さんの担当になって、手入れの行き届いたすごくきれいな空間になっている。おかげで「苗木を買ってきて」だの、「肥料を運んで」と僕の仕事は増える一方だけれど、来た頃より、恒子さんがはるかに生き生きとしていることは、喜ばしいことだ。

厚子さんは益々、山登りにのめり込んでいる。二月の終わりに、沼袋さんが顔を出し、久しぶりにみんなで一緒に食事をした。最近ずっと、沼袋さんの足は遠のいていたのだ。歌子さんの本の売り込みはうまくいかず、厚子さんとのこともあって、敷居が高かったに違いない。でも、いざ顔を合わせ、誰も責めないようだと分かった途端、以前の図々しいオヤジに逆戻りした。その上、免罪符をもらったつもりか、当然のように厚子さんと並んで座る。二人で、視線を交わし合ったりして、周りは、居心地悪いことこの上ない。

「やあねぇ、いい年して。どうする、あのデレデレぶり」

瑞恵さんが、キッチンでこっそり悪口を囁いた。ダニエル詐欺事件を棚に上げてよく言う。

瑞恵さんは、熱心にカルチャーセンターに通っている。インテリのオジサマ探しが目的だったはずが、小説を書く面白さに目覚めてしまったらしい。さまざまなシーンが頭に浮かんで、困っちゃうんだそうだ。「私って、才能あるのかも」と厚かましく言って、部屋に籠もりタブレットに文字を打ち込む時間が増えた。目下、取り組んでいるのは、夫にも子供にも裏切られ、悲しみに沈んでいた貴婦人が、避暑先のギリシアの島でレバノン人の大金持ちと出会い、恋に落ちるという大ロマンスなんだそうだ。傑作になるとは思えないけれど、瑞恵さんが元気ならそれでいい。

歌子さんは、厚子さんと沼袋さんの仲をようやく認めたようだ。「二人で好きなようにすればいいけど、私の本の売り込みだけは忘れないでよ」と沼袋さんを冗談っぽく脅す、その脅し方にも余裕が出てきた。以前、渡した企画は諦めたようで、今は新たにまとめた「創作お節料理」に賭けている。沼袋さんも内容については厚子さんから聞いていたようで、パラパラと目を通した後、「取り敢えず、預からせて」と頼もしく返事していた。前の時の、迷惑そうな困った様子とは違っていたから、本になる芽はあるのかもしれない。

それ以外は、ずっといつも通りだ。毎朝、皆で体操する。テレビに向かって文句を言い、新聞を読んでは、世の中に憤る。それぞれ一日、自由に過ごし、何かを決める際は会議を開く。夜は皆で集ってガヤガヤと食事をし、お酒で少しいい気分になって、「疲れた、疲れた」と各自の部屋に戻って就寝する。少し退屈だけど、平和で穏やかな日々だ。

桜の時季を終え、新年度になった。僕の周囲では就職活動が本格化し、カメ・ハウスの秘書業も、やや滞りがちになっていた。そんなほの暖かいある日、歌子さんから「重要な会議をするから、出席してよ」との突然の指令が入った。

カメ・ハウスでの「重要課題」は知れている。バルコニーの木に実った三個のレモンの使い道とか、これまで朝のゴミ出しは交代だったけれど、毎朝、厚子さんはウォーキングに出掛けるのだから、厚子さんの担当にしたらどうかとか。レモンの案件は、「せっかく生《な》ったレモンだからじっくり味わって食べましょう」と砂糖漬けにすることに決定した。じっくりも何も、すぐに食べちゃって、お終いになったのだけれど。ゴミ出しの件は、厚子さんが渋々引き受け、今も毎朝、続けている。恋の勝利者はこれくらいやってもいいと腹を括ったらしい。と、これは瑞恵さんの解釈だけれど。

つまりいつもその程度の会議だ。でも、「重要」と言われた以上、秘書たる身で欠席するわけにもいかない。就職活動の会社訪問を早めに切り上げ、わざわざ下宿に戻って、普段のTシャツに着替えてから向かった。うっかりリクルートスーツで行ったら「それ、もしかして二着三万円の安売り?」だの、「似合わんねぇ」だの「雇ってくれそうなとこ、見つかりそう?」だの、思いっきりからかわれるに決まっているからだ。

リビングに顔を出した途端、「今日は空気が違う」ことに気がついた。平静を装っているけれど、みんな、落ち着かないし、なんだか家全体がピリピリしている。

「あれ、歌子さんは？」

肝心の歌子さんがいない。

「すぐ戻ってくるって。ちょっと外の空気、吸ってきたいんだって」

不安そうに厚子さんは、いつもの席に座ってノートを広げ、何も書いていない白いページにボーッと見入っている。

十分程遅刻して、歌子さんが鼻に薄ら汗を浮かべ、戻ってきた。

「なるほど、歩くのはいいわね。体の中の悪いものが入れ替わるような気がする。厚ちゃんに付き合ってもっと前から始めてたら、昔のナイスボディを取り戻せたかも」

モデルのようにポーズを取って、取って付けたようにアハハと笑った。でも、誰も付き合わない。空気はシンと沈んだままだ。歌子さんは「ごめん、遅れて」と真顔になり、テーブルに近づき、観念したように大きく息を吸った。

「この家を手放さなくちゃならなくなりました。ごめんなさい！　本当に申し訳ない」

一気に言って深く頭を下げた。予感していたのか厚子さん達三人は、じっと下を向いたまま何もしゃべらない。突然のことで僕にはチンプンカンプンだ。

「そんな話だと思ったわよ。でも、歌ちゃん、これはとても大事なことだから、ちゃんと説明して」

ようやく厚子さんが口を開き、歌子さんは遠慮がちに席に着いた。

「情けない話なんだけれど、光輝が来てお金の工面をした時、実は処分したマンションや株だけでは足りなくてね。でも、友人に投資した分は取り返せるので、今だけなんとかすれば切り抜けられるという話だったの。それでこの家を抵当に入れてお金を融通してもらった。この家は絶対、大丈夫だからという話だったのよ。それが……期限を過ぎても何にも言ってこないし、メールで問い詰めても返事は来ないし。なんかね、入ってくるはずのお金を取り戻せないらしいの。人がいいにもほどがあるというか。ホント、バカ息子で申し訳ない」

歌子さんは、辛そうに再び頭を下げた。

「親の代だったら、資産ももっとあったんだけど……私がねぇ。使うばっかりだったから。息子のこと、言えない」

消え入りそうにしょげている。

「そういうこと、言わないの」

厚子さんが叱って、恒子さんが歌子さんの肩にそっと手を置いた。

「私達はどうなるの?」

低い声で瑞恵さんが肝心なことを質問した。そうだよ、ここの日常はどうなるんだ。

「私達で出し合えば、ここを買い戻すこともできるんじゃない?」

恒子さんがすがるように訴える。

「借金の抵当でしょ、私達のお金を合わせてなんとかなるような額じゃないのよ。それに、恒ちゃんは……」

厚子さんがちょっと口ごもった。

「恒ちゃんは、これからのことを考えて、自分のお金はしっかり確保しておかなきゃダメ」

冷静な厚子さんの言葉に恒子さんは黙ってしまった。

「じゃあ、私達はどうなるのよ！」

瑞恵さんが絶望の声を上げた。

「このシェアハウスを作った責任者として、どうすればいいか、いろいろ本当に考えたの」

皆、じっと次の言葉を待っている。

「一緒に暮らせる家を探すことも考えた。でも、私の財産なんて雀《すずめ》の涙しか残ってないし、借りるにしても、私達の年金じゃ、小さな家しか借りられない」

「小っちゃな家だっていいじゃない。もっと田舎だって私、全然、構わない」

いつになく恒子さんが譲らない。

「うん、それもいいかなとも考えた。でもね、厚ちゃんはできれば沼袋さんと暮らしたいのよね。そういう話になっているんでしょ。私もその方がいいと思う」

厚子さんが動揺して「いや、それは……」と口ごもった。

「瑞恵ちゃんも、本音は桜ちゃんと暮らしたいんでしょ。桜ちゃんがシングルマザーになるなら、一緒に暮らして孫達の世話を引き受けてサポートしてあげたいと思ってる」

「そんなこと……全然」

瑞恵さんも焦った。

「いいのよ、無理しないで。瑞恵ちゃんを見ていれば分かるって」

「私は？」恒子さんがそっと聞いた。

「恒ちゃんはね。以前から娘さん家族は、家にいらっしゃいと誘ってくれているのだから、娘さんの所に行くこともいいのかなとも考えたの。でも、きっと肩身の狭い思いをすることになる。だから、恒ちゃんは私と、小さなアパートを見つけて一緒にやっていこうか？」

恒子さん、少しほっとしたみたいだ。

「この家、本当に取られちゃうんですか？」

悪い夢を見ているようだ。

「残念だけど……カメ・ハウスは解散」

みんなで大事に暮らしてきたのに。「じゃあ、僕はどうすれば……」気が付いたら、言葉が出ていた。

「翔ちゃんはだって、これからの人だもの。いつまでも私達なんかに関わっていちゃダメよ。いい就職先を見つけて、世界に羽ばたいていきなさい」

鼻の奥がツンとした。一通り話して気が楽になったか、歌子さんの表情に柔らかみが戻っている。

「あー、全然気に入らない！　私、ミッちゃんに談判してやる！　母親のなけなしの家まで奪って、そんなの通らないわよ！」

厚子さんが髪を掻きむしって叫んだ。

「ごめん。本当にごめん。あの子もきっと、凄く苦しんでいると思う」

こんなことになっても、息子を庇《かば》おうとしている。歌子さんの丸い体が小さく見えた。瑞恵さんが深くため息をつき、恒子さんがハンカチを出し、後ろを向いて涙を拭った。

「すぐに立ち退けって話じゃないのよ。まだ、明け渡しまで猶予があるから、今後についてはよく考えよう。人間到る所に青山ありよ。もしかして、これが飛躍の出発点になるのかもしれないし」

僕まで泣きそうになって、必死で唇を噛んだ。

恒子さんがいなくなったのは衝撃の発表があった二日後だ。夕方になって、

「ねえ、恒ちゃん、どこに行ったか聞いてない？」

歌子さんから電話があった。恒子さんがふらりと出ていくのはよくあったし、美果とつるんで甘い物巡りをしているのも、皆、知っていた。今日もそんなことだろうと気にもしなかったが、夕方になっても帰ってこない。必ず明るいうちに戻ってきて、バルコニーの草木の世話をし、歌子さんを手伝って夕飯の準備をするのが常だったから、さすがに心配になって何度も電話をしたが、出もしないのだという。

「いやぁ、僕も何も聞いてないっす」

恒子さんがカメ・ハウスに来たばかりの頃の行方不明事件を思い出した。あの時は、ツバメ堂でガイドブックを見て、弁天堂のどら焼きを買いにフラフラと行ってしまって迷子になったんだ。今回も、そういう類《たぐい》のことなんだろうか？

「美果と一緒とか？」

二人でどこか遠くのスィーツバイキングに出掛けているのかも。

「そう思ってね。真っ先に美果ちゃんに電話したんだけれど、今日は会っていないって嫌な感じがした。

「探してみます、また連絡します」

キッパリと返事した。立ち退き問題でオバサマ達は動揺している。こういう時こそ頼りになるところを見せないと。すぐに美果に電話する。

「うん。私もね、さっきから恒ちゃんが行きそうな所をあれこれ考えていたんだけれど」

「美果、今、どこ?」

「まだ新宿。午後の授業終えて、友達とダべっていたら連絡が来たんだ」

どうせ学校の横の公園だろう。柵に寄っかかってアイスクリームを食べている姿が思い浮かんだ。

「ちょうどよかった。こっちは渋谷。取り敢えず新宿駅で合流しよう」

朝から会社説明会の梯子《はしご》でメゲていた。最後の会社なんか、説明会の会場からして一流大学と三流大学を分けてあった。最初から、採用する気ないじゃん。その屈辱の中だったから美果に会えるのはちょっと嬉しい。

待ち合わせた新宿駅の改札口のそばで、美果は、電話を掛けまくっていた。

「思い当たるお店を一通り当たってみたんだけれど……恒ちゃんらしき人は現れていないみたい」

ここに来るまで、解散宣言の日に見た恒子さんの涙を思い出していた。

「今の恒子さん、スィーツどころじゃないと思うんだ」

美果が大きな目で、ギロッと睨む。

「恒ちゃん、病院で何か言われた？」

「いや、そういうことじゃない……と思う」

「じゃあ、なに？　娘さんと喧嘩したとか」

しかたなく、カメ・ハウスで起こっている立ち退き問題、あの仲間がバラバラになってしまいそうだということをかいつまんで説明した。

「なるほどねぇ」

美果が深く息を吐いた。

「なんかショックで泣きそう。でも今、考えるべきはそこじゃない」

腕を組んで目を瞑って、さかんに何かを思い出そうとしている。

「翔太が恒ちゃんの立場だったら。こういう時どうする？」

うーん。それをさっきから考えていたんだ。

「恒子さんはあの家が大好きなんだ。バルコニーの草木なんか、恒子さんが世話するようになってからいつも花が咲いているし、枯れないんだよ。植物って、丁寧に世話してくれているかどうか、分かるんだって」

そこよ、と美果はテレビに出てくる探偵のように指さした。

「大事な家をどうしたら守れるか、考えるわよね」

「そうだけど。もう、にっちもさっちもいかないんだよ」

「翔太はすぐに諦める男だからなぁ。でも、恒ちゃんは違う。思い詰めるの」

以前迷子になった時もどら焼きのことで頭がいっぱいになって、他のことが見えなくなったんだ。

その時、厚子さんから連絡が入った。

「今ね、恒ちゃんの部屋を調べてみたら、通帳とか印鑑を入れてある袋がないのよ。それ持って出かけているんだと思うのよね。あれだけダメだって言ったのに」

「厚子さん、思い当たる所、ないんですか?」

「あったら、翔ちゃんに聞かないわよ」

そりゃ、そうだ。「もう少し、ヒントがあるといいんですが」と言おうと息を飲み込んだ瞬間、電話はブチッと切れた。本当にせっかちなんだから。

「どうすんのよ、もう五時だよ。銀行もどこも、とっくに閉まっちゃってるよ」

横で聞いていた美果が怒っている。そんなこと、僕に言われても……。

また、けたたましくスマホが鳴った。今度は歌子さんからだ。

「思い出したんだけど。あの子、株も持っているらしくって、いつだったか、『ほったらかしにしておいたら、いつの間にか増えちゃったらしいのよぉ』って、呑気に言っていたのよねぇ。その線の可能性があるような気がして」

瑞恵さんから聞いた話だが、恒子さんが認知症の前段階だと診断された時、家族信託や成年後見人といった、僕にはよく分からないそういう制度を利用しようかと家族で検討したのだそうだ。でも、「そんなことをすると余計、ボケちゃうかもしれない」と娘さんが心配し、恒子さんは今でも、自分の財産は自分で管理している。

だからといって、どこを探せばいいんだ？　少し、考えます、と答えて電話を切った。辺りはどんどん暗くなっていく。その時、美果が、「アッ！」と声を上げた。道行く人達がびっくりして振り返っていく。

「なんだよ、一体？」

「大分前にね、恒ちゃんと日本橋にあんみつを食べに行ったことがあるの。有名な甘味屋さんがあるんだよね。その帰り道、証券会社の前を通った時に恒ちゃん、ウフフって笑ってさ。内緒だけれど、私、株で儲《もう》けちゃったのよ、って教えてくれたんだ」

若い頃は、証券会社にも出入りして、担当のオニーサンに相談したりもした。最近は、ネットでの売買が主流になって、訳が分からないからほったらかしのままだけど、懐かしいわぁ、って語っていたんだそうだ。

つまり……。

「あの家を守りたい、歌子さんを助けたいって思い詰めた時に思いつくのは、どら焼きを買うことでも、デパートをうろつくことでもない」

「儲けた株を売って、なんとかできないかと、恒子さんは考えた！」

じゃあ……。

「日本橋！」

二人で同時に声が出た。

美果と地下鉄に駆け込んで日本橋に向かった。そのあんみつ屋さんの近くの、恒子さんが「ウフフ」と笑った証券会社まで行ってみよう。なんの確証もないわけだけれど、考えあぐねていても埒《らち》が明かない。「まずはそこを探そう」ということで、二人の意見がバッチリ合った。

似たような灰色のビルがそびえる中で、目当ての証券会社はとっくに営業時間を終えていて、入り口の辺りは人影もなく、静まり返っていた。

「どうする?」

「こんな所に一人で来たら、絶対迷うよね」

僕達だってスマホのアプリで地下鉄の出口を確認しながら、ようやく辿り着いたのだ。恒子さんでなくたって、わけが分からなくなる。「取り敢えずこの辺、探してみよう」途方に暮れるが、じっとしているわけにもいかない。手分けしてビル群の林の中を駆け回る。

「ねぇ、疲れたから、あんみつ屋さんで休んでいる、なんてこと……ないよなぁ」

「そんな呑気な心境ではないでしょ」

だとしても、日本橋にいる保証もないのだ。辺りは暮れ始め、すぐに真っ暗な夜になる。段々、空しく時間を無駄にしている気がしてくる。やっぱり、警察に届けた方がよくはないか?

その時だった。オフィスビルの裏手に、取り残されたように小さな広場があって、その植え込みの陰に、ポツンと座る小さな背中が見えた。肩を落として、路頭に迷った家出人みたいだ。

「ね、あれ」

あれは……恒子さんだ。二人で駆け寄り、「恒子さん！」と声を掛けた。キョトンと上げた顔は、何が起こっているのか分からないようだった。

「探したんですよ」

「何やってるんですか、こんな所で」

恒子さんは、ゆっくり首を傾げて、僕らをじっと見た。

「ああ、翔ちゃんと美果ちゃん。どうしたの？」

どうしたのじゃない。それは僕らの台詞だ。

「恒子さんが戻らないって、みんな、心配していたんですよ」

何かを思い出すように眉をひそめていたが、「ああ」と小さく呟いた。

「私、どこに行っていいのか分からなくなっちゃって」

「そういう時は、電話してください。持っているでしょ、スマホ」

「スマホ？」恒子さんが、ボヤッと呟く。スマホが何か分からない？　美果が慌てて恒子さんのバッグを探り、スマホを取り出し「ほら」と見せた。

「ああ、スマホ。そうよね。電話すればいいのよね」

「恒ちゃん、証券会社に来ようと思ったのよね。お金を工面しようと考えたのよね？」

恒子さんの手を包むように握って、美果が必死に聞く。

「証券会社？　そうだったかしら」

多分、恒子さんは一日迷って疲れ果てて、何が何だか分からなくなっているんだ。

「もう、いいの。もう大丈夫だから。恒ちゃん、お家に帰ろう！」

ハッと思い出したように美果が「翔太、歌子さん達に電話！」と振り返った。そうだ、カメ・ハウスでは皆、居ても立ってもいられない心境のはずだ。急いでスマホを取り出し、恒子さん発見のいきさつを簡単に伝えた。顔を寄せ合い聞いているのだろう。声もなく息づかいだけが伝わってくる。ほっとして緊張がほどけていく息づかい。三人の顔が目に浮かぶ。

「恒ちゃんにかわって！」

恐る恐るスマホを握った恒子さんが、うん、うんと答えている。お腹、空いているんでしょう、と聞いているらしい。もしかして恒子さん、朝から何も食べていないのかもしれない。うん、うんと答える恒子さんの顔に、少しずつ生気が戻ってきた。

「炊き立てのご飯にあったか〜いお味噌汁。あとシラス干し食べたい。大根おろしも」

分かった、分かった。あったか〜いお味噌汁用意しとく。大根がいいかな、トロトロの玉ネギもいいよね。そうだ、恒ちゃんの好きなカニクリームコロッケ、あるのよ。すぐに食べられるように用意するから急いで帰ってらっしゃい。歌子さんの声が漏れてくる。カニクリームコロッケか。衣がサクサク、カリッで、箸を入れると赤いカニの身を絡ませて、バターの香りが効いた濃厚なベシャメルソースがトロリと出てきて……。コロッケに思いを馳《は》せていたら恒子さんがスマホを突き出した。

「翔ちゃんにかわってって」慌てて電話に出る。

「翔ちゃん、タクシーを捕まえて帰ってらっしゃい」

歌子さんの大声が耳に飛び込んできた。

「でも、ここからだとタクシー代、すっごく掛かりますよ」

今、カメ・ハウスは緊縮財政じゃないか。

「こういう時はいいの。そんなこと気にしなくていいの。到着しそうになったら電話して！　お金用意して下で待っているから。とにかく早く帰ってらっしゃい。すぐによ！　あったかくて美味しいご飯、用意しておくから。とにかく、急いで帰ってくるのよ！」

歌子さんの声が、耳にビンビン響いている。

10

恒子さん行方不明事件は、なかったことにしたみたいだ。その後、誰も触れなかったし、恒子さんの家族に報告もしなかったらしい。カメ・ハウス解散というあまりにショックな事態に動転して、恒子さんはお金を工面しなくちゃと思い詰めた。ビルの谷間で迷子になって、一時的にわけが分からなくなってしまっただけ、という解釈にしたのだと思う。

そうでもしないと、恒子さんは解散のタイミングにどこか、施設に入れられかねない。多分、歌子さん達はそれを心配したのだ。でも、恒子さんの症状が、決してよくなっているわけではないという現実だけは今回の騒動ではっきりしてしまった。今の不安定な空気が続くと、恒子さんの病気は、より進んでしまうかもしれない。そんな不安があの日からずっと、奥村家に澱《おり》のように沈滞している。

「大丈夫。恒ちゃんは、私と一緒に、今までどおりに暮らすんだから。家はずっと小さくなると思うけど、ベランダに植物、いっぱい置こう」

ことあるごとに歌子さんはそう言って力づけているが、恒子さんに以前の明るさはなかなか戻らない。

恒子さんには、ユキさんと悟《さとる》さんという二人の子供がいるが、息子は母親のことに無関心で、様子を見にきたこともない。母親の認知症が進んだ場合は、専門の施設に入ってもらえばいいと割り切っている節もある。ユキさんは定期検診にも付き添うし、何かと気にして連絡もくれる。ここにくる前には、自分の家で一緒に暮らそうと誘ってもくれたらしい。でも、ユキさんはご主人の家族と二世帯同居で、いくら誘ってもらったとしても恒子さんには敷居が高い。そんなこんなで、カメ・ハウスが解散すると一番、行く当てに困るのが恒子さんなのだ。

「歌ちゃんの邪魔にならないように、私、ボケないよう頑張るから」

悲壮な決意を口走ったりする。その都度、みんなは哀しげに目配せし合って、

「余計な心配はしないの。私達に任せなさい！」

と励ましている。そう言っていた瑞恵さんも、最近は浮かない顔だ。

「なんかねぇ。子供達を見てもらえるのはありがたいけれど、お互い、同居は避けた方がいいと思うのって、桜は言うのよねぇ」

夕飯の席で、ウドの辛子酢味噌和えの一切れを、軽く音立てて食べながら、瑞恵さんが打ち明けた

のは数日前だ。本当は苦しんでいたんだろうに、他人事のようにあっさり口にした。

厚子さんが山歩きの帰りに買ってきた山菜を使って、山菜尽くしの夕飯を食べている時だった。筍の若竹煮にタラの芽の天ぷら。タラの芽だけじゃ足りないと、人参のかき揚げと鶏のささ身のシソ巻きも並んでいる。人参は細切りにして長ネギも加え、強火でさっと揚げる。菊の花みたいにきれいに揚がってサクサクと口当たりがいい。それとウドの辛子酢味噌和えにジュンサイ入りのお吸い物。採れたての山菜は、スーパーに並ぶそれとは、味の深みが全然違う。しかも地元で買うと、ぐんと安いらしい。登山が趣味の家族が一人いると、こういう特典が時々ある。

「どういうことよ、それ？」

桜さんへの戦闘態勢をのぞかせながら、歌子さんはささ身の天ぷらに、器用にたっぷりの大根おろしを載せる。

「文字通り、孫の世話はしてもらいたいけれど、一緒には暮らしたくないってことでしょ」

さらっときつい現実に厚子さんが触れた。相変わらずクールだ。

「一旦、母親と同居しちゃうと、母親の介護まで背負うはめになるって警戒しているのよ。それにあの子、離婚したらすぐにまた、いいお相手を探すつもりらしいの。コブ付きでも厳しいのに、その上ババ付きとなったら、私の商品価値最悪じゃないって」

あらまぁ！　と皆が一斉に声を上げた。

「雄太郎よりはましだと思っていたけれど、計算高いところは、池上家の血そのもの。私の育て方が悪かったのかしらねぇ」

瑞恵さんは、諦めた風にふぅと息をつく。

「血だとか他人事みたいに分析している場合じゃないでしょ。そもそも、桜ちゃんの離婚話は、その後どうなってるのよ?」

「それもねぇ。なんか、よく分かんないのよ。ほら、ようやく就職できたでしょ。仕事が楽しいらしくって、そうなると気持ちにも余裕が出てくるんでしょうねぇ。伸也《しんや》さんに対する不満もなんか、どうでもよくなっているみたいで」

伸也さんというのは、桜さんの夫だ。家庭を全然顧みないと、桜さんは「離婚だ」と怒っていたのだけれど、どうやら風向きが少し変わってきているらしい。

「離婚しないで済むなら、それはもちろんいいことなんだけれど、なんだかねぇ、振り回されるだけ振り回されて、こっちは何なのよって思うじゃない」

愚痴りながら、タラの芽の天ぷらをパクリと口に入れて「やっぱり天然物はコクが違うわねぇ」と幸せそうな顔をする。

「じゃあ、瑞恵ちゃんは、どうするの?」

「歌ちゃん、私も仲間に入っていいかな。よく考えると、母親のこと、体のいい子守りにしか思っていない娘に気を遣って、孫の世話三昧で過ごすことないのよ。歌ちゃんや恒ちゃんとこうやってワイワイやりながら暮らす方がよっぽど、気楽で楽しいもの」

「よく考えなくったって、そうよ」

「だから、シェアハウスを始めたんじゃない」

「そうよねぇ。家族の血よりも、分かり合える友よねぇ」

そうそう！ と大きく頷いて、歌子さん、ふっと厚子さんを横目で見た。

「厚ちゃんは、沼袋さんだもんね」

「ごめんね。私一人が抜けちゃうみたいで」

厚子さんがしおらしく、頭を下げた。

「いいの、いいの。厚ちゃんは沼袋さんと幸せになって。もっとも、結婚イコール幸せというわけでは全然ないけどね」

「しかも年寄りとなんてね。介護するために結婚するようなもんじゃない」

恋をしたいとあんなに騒いでいた瑞恵さんまで、冷たいことを言う。女って怖い。

はて、厚子さんはどう反撃するんだ？ 興味津々でそっと見たら、

「結婚はしないのよ、私達」

少し寂しそうに皆を見回した。「エッ」びっくりしてむせそうになった。

「一緒に暮らすというより、隣同士で暮らすって感じかなぁ」

「何、それ？ わけ分かんない。残りの人生を共に過ごしたいって話じゃなかったっけ？」

歌子さんがこっちの話にも凄みを見せる。

「うん。そうなんだけれど、結婚となると躊躇するみたい。豪さん、娘さんを傷つけたくないのよ」

ふう〜ん。一旦、箸を置き、腕を組んで歌子さんが唸った。

「つまり、一緒に暮らしたいけど、娘達の手前、結婚するとは言い出せない。できれば、同居でもな

く、隣同士ぐらいにしておきたいってこと？　なんだか随分と男に都合いい話に聞こえるけど」

「いくら奥さんとは別れたといっても、豪さんには三人も娘さんがいるんだもの。そう簡単にはいかないのよ。そこは察してあげないと」

「なんとまあ、寛大でらっしゃること」

瑞恵さんの強烈な嫌味が飛ぶ。

「厚ちゃんは、それでいいの？」

黙っていた恒子さんが、遠慮がちに口を開いた。

「しかたないじゃない。親子の縁は切れないもの。それに私、一人は慣れているし」

淡々と語るが、声に切なさがにじみ出ていた。

「正直になろうよ。本当はちゃんとした夫婦になりたいのよね？　厚ちゃんが初めて本気で好きになった人だもの」

今日の恒子さんは、やたら鋭く切り込む。

「厚ちゃんって、肝心な時に優等生ぶるから」

「女なら当然、ちゃんと結婚したいわよ。世間の目もあるし、相続のこともあるし。紙切れ一枚のことだけれど、籍を入れるのと隣同士で住むのとでは天と地ほど違うんだから」

歌子さんと瑞恵さんは、納得しがたいのだろう。籍を入れないままお相手に死なれた歌子さんは、紙切れ一枚の重大さが身に染みている。でも厚子さんはいつもの先生顔をキュッと見せて、

「いいの、もともと結婚にはこだわらないタイプだし。子供を作る年でもないしね。豪さんと一緒に

山に登って、そんな時間を共有できれば、私はそれで十分。別に優等生ぶっているわけじゃあないのよ。だからみんな、これ以上心配しないで」

そうして観音様みたいに微笑んだ。何か言葉を掛けたいが、何と言えばいいのか、分からない。

「どうした、翔ちゃん？　喉でもつかえた？」

「いえ、そんなんじゃなくて……。僕にできることは何かあるかなって」

「翔ちゃんは、ちゃんと恒ちゃんを探し出してくれたじゃない。いてくれるだけで十分」

「そうそう。私ら年寄りの心配はいいから、しっかり就活を頑張りなさい」

「まあ、くよくよしたって始まらないから、今日はもう一本、ワイン開けちゃおうか。天ぷら、美味しいし」

歌子さんが言い出し、「いいね、いいね」と厚子さんがさっと立って、三本目を開け、「ご飯いる人？」と恒子さんがみんなを見回した。今日はもう一つ、筍ご飯が控えているんだ。「ハーイ」と皆が手を挙げ、そんな呑気な状況じゃないのに、と気になりながら、僕も慌てて手を挙げた。

開け放したバルコニーの向こうで、街の明かりがチカチカと瞬いていた。


就職活動で忙しく、なかなかカメ・ハウスに立ち寄れないまま、日々は過ぎていった。オバサマ達は誰も深刻な顔を見せないから、ふっと、このまま変わらず生活は続いていくような気がしたりもするのだけれど、でも、静かに確実に、解散の準備は進んでいるのだった。

それはカメ・ハウスに行くたび、実感するしかなかった。家の中が次第にこざっぱりとしていく。

家を引き払う前に身軽になっておくつもりなのだ。壁にあった絵が消え、イタリア製のチェンバロが、引き取り手のもとに去って、分厚い画集も行き先が決まり、本棚がいつの間にか隙間だらけになっている。

でも、歌子さん達は、三人で暮らす家をまだ、見つけていない。

「なかなかないのよ。なんだか歓迎されてないって感じ？」

「年寄りってだけで不安がられるのよ。ほら、孤独死とか、家賃滞納とか、火の不始末とか」

「どう見たって、信用できる私達なのにね」

「逆に、女三人だから怪しまれているのかもしれない」

「妙な宗教団体と疑われたりして？」

なるほど、十分にそれはあると思うけど、当人達は呑気に、アハアハ笑っている。

「安くていい所は空いてないし、素敵だな、と思うと家賃高いし」

「公営は、条件が面倒くさいし」

「それにどうしても、ここと比べちゃうのよね。そうすると決める気にならないんだもの」

もう少し真剣になろうよと心配になる。厚子さんは、沼袋さんと同じアパートの一室を借りることにしたようだ。狭いワンルームの間取りらしい。

「取り敢えず一旦、収まって、それからゆっくり終《つい》の棲家《すみか》を探すわ」

こちらも悠長なことを言っている。

「絶対おかしいよ。歌子さんが事業で失敗をしたわけじゃない。何か悪いことをしたわけでもない。なんであそこを追い出されて、別の家を探さなくちゃいけない？　働き盛りの息子の失敗を高齢の母親が背負う必要ないんだよ。しかもその息子はオランダに行ったままで知らん顔なんだよ」

美果と原宿のパンケーキ屋さんにいる。テレビや雑誌に何度も出ている人気店で、ピンクと水色の甘い内装は、いかにも女の子好みだ。ここの売りは、今、目の前の美果が満足そうに食べている、アイスクリームとフルーツとラズベリーソースがたっぷり載ったパンケーキだ。

店内の客も、外の通りを行き交う若者も、なんだか、思いっきりかっこつけちゃってて、どうも疲れる。肩の凝りをほぐそうと、ぐるりと首を回して美果の返事を待った。着なれないリクルートスーツで余計肩が凝っているんだ。まあでも、就職活動をやっているおかげで、こうして都会の真ん中で美果とデートができたのだけれど。

「翔太は分かってないみたいだけど、人生ってさ、苦難の連続なんだよ。世の中、もっともっと苦しんでいる人ばかりでしょうが。恒ちゃん達は、アパート借りるお金はあるんだもの、世間から見れば、まだまだ、よっぽど恵まれている老人達なんだよ」

美果は満足そうに唇に付いたアイスクリームを舐めて「フレーバーはいいんだけど少し甘過ぎかな、このアイスは」と評論した。

「しかも客受け狙って、飾り過ぎ。こういうスィーツはもう少し品がないとね」

一番派手なのを注文しといて、よく言う。でも、そこには触れず、「そうだけどぉ」と話を戻した。

「人それぞれの困難があるわけだし」

「子供がつれないのは、どこも一緒だよ。期待する方が間違ってる。若い世代は、自分が生きるだけで精いっぱいで、親のことまで面倒見切れないんだよ」

そうだけどぉ、とまた呟いて、歌子さん達のことを心配している自分に苦笑してしまった。そのとおりだ。オバサマ達より僕の方がよほどピンチだ。就職活動は見事なくらい空振り続きで、涙も出やしない。今日も面接担当の根性の悪そうなオヤジに「東洋文化大学って、どこにあるの？」と冷たく聞かれた。面接担当ならそれくらい、調べておけってなもんだ。

「瑞恵さんは、その桜とかいう娘と暮らすより一人の方が絶対いいと思うよ。娘なんて、母親の最大の敵だったりするしね」

分かったような口を利く。

「厚子さんの、一緒に住まないっていう選択だって、私から見れば大正解だと思うよ。大体さ、七十年も別の世界で生きてきた男と女が、狭い家で鼻突き合わせて暮らして、上手くいくと思う？　それもさ、よりによってテキは南米をふらついていた曲者《くせもの》のオヤジでしょ」

「でも、厚子さんにとっては最初で最後の一途な恋なんだよ。老いらくの恋ってヤツ？」

瑞恵さん達が言っていたことが口に出た。

「何？　オイラクって？」

あ、美果のヤツ、知らないんだ。ちょっと優位に立ち、でもちゃんと説明できるか自信もなく、

「オイラクってのは、老後ってこと。年取ってからの恋愛って、やたら熱く燃えるらしいよ、特に免疫のない厚子さんみたいな人は」

ふうん、と美果はからかうように上目で見た。

「翔太、なんか免疫があるみたいな口ぶりじゃん」

小ばかにしてる。

「一応、ほら、こうやって僕らはさ」

「僕ら」の話題にはまるで興味がないようで、美果はパンケーキの塊にフォークを刺し、大口を開けて、さっさと話を戻した。

「大体、沼袋さんって、娘が三人もいるんでしょ。娘の後ろには別れた奥さんもしっかりいるわけじゃん。どう想像したって小姑《こじゅうと》がドーンと増えるだけだよ。厚子さん、そんな中に飛び込んで、大丈夫かいね」

大丈夫かいねと心配しながら、幸せそうにパンケーキの塊にかぶりつく。

「家《うち》のママは、テイシュなんてもう、懲り懲りだって。お姉ちゃんとこに孫ができても面倒見る気はないし、あんたも、さっさと独立しちゃってねって言ってる。一人でのびのび暮らしたいんだって」

美果のママは、ずっと一人で美果とお姉ちゃんを育ててきた。小さい頃から働き詰めのママを見てきているから、美果は、普通の二十歳《はたち》の女の子が持つような、結婚への甘い夢がない。男に対する目も厳しいいし、世の中を疑って考える傾向がある。

「ところで、翔太の就活は上手くいってるの？　どうも節操なく面接受けてるようにしか見えないけど、大丈夫なの？　今、ちゃんと頭使って考えないと後悔するよ」

なんで美果に説教されなきゃいけない。面接を受けまくっているのは、節操がないからじゃない。

どこからも内定をもらえていないからだ。僕だって、「こんな会社で働きたい」と大きな期待の絵を描いていた。あの大手商社とか、あの広告代理店とか。でも、現実は厳しくって、僕ら三流大学生は面接に辿り着くのだってやっとの有様なんだ。

「美果の方こそ、どうなの？　どこかアパレルにでも就職するの？」

こういう時は、話題を変えるに限る。

「うちに来ないかって言われている所はいくつかあるんだけどね。なんかさ、今、いろいろ考えているんだ」

そうか、美果にはオファーがあるんだ、余裕があるんだ。完全に負けている。

「いろいろ考えるって、何をさ？」

声のトーンにちょっと嫉妬がにじんだかもしれない。

「このままでいいのかとか、自分はこの先、何をやりたいのか、とかね」

さほど悩んでいる様子もなく、ヒヨコンとかわいく肩をすくめ、「翔太、それ食べないなら食べてやろうか」と僕のパンケーキを指さした。

カメ・ハウスに寄ったら、家の中は益々殺風景になっていた。まず、玄関に掛かっていたゴブラン織りの壁掛けが外され、変色していない壁紙が、壁掛けの形のままうら寂しくむき出しになっていた。廊下に並んでいた本棚の本も、きれいになくなっている。

「あの壁掛けも外しちゃったんですか？」

切なさがこみ上げそうで、だから無理して明るく聞いた。

「うん。欲しいと言う方がいてね。お譲りしたの。もらってくださる人がいてよかったわよ。どうせ、あんな大きなゴブラン織り、今後飾ることもないと思うし」

歌子さんが、歌うように返事した。

「本もなくなっちゃったけど」

「ああ、廊下のね。もう読まないし。古本屋に売ったんだけど、二束三文にしかならないのよね。腹立った」

腹立ったと言いながら笑っている。

「あ、翔ちゃん、お久しぶり。どこか内定もらえた？」

厚子さんが部屋から段ボール箱を抱えて出てきて、グサリと心臓を刺した。聞かないでよ、辛い日々なんだから。

「一進一退ってとこです」

あれ？　ちょっと違うか。

「進むこともあったの？」

見透かされている。

「一進一退じゃなくて、翔ちゃんの場合は四苦八苦でしょ」

「阿鼻叫喚《あびきょうかん》とか」

歌子さんと厚子さんが、二人して笑った。なんだよ、クソ婆《ばば》ぁ達は。こっちは夜も眠れないほど、苦しんでいるのに。

「それより、厚子さん、何してるんすか？」

部屋から持ち出した段ボールを、厚子さんはヨイショと廊下に積み重ねている。

「厚ちゃんはね、一足お先に引っ越しするの。沼袋さんの隣の部屋が空いたから、早めに行くことに決めたの」

だって、この家の明け渡しには、まだ時間があるじゃないか。

「未練がましいのはよくないでしょ。それに人生、長くないのだから、さっさと駒を前に進めることにしたのよ」

「なにしろ厚ちゃんは、これから新婚だもんねぇ！」

瑞恵さんが出てきてからかった。

「新婚じゃないって。ただの隣人」

厚子さん、赤くなっている。

「来週、山登りして、戻ったら引っ越しですって」

「取り敢えず荷物だけよ。残りのみんなの行き先が決まって、この家をきれいに引き上げるまでは、私がしっかり見てないとね」

相変わらず、級長みたいなことを言う。でも、確かに厚子さんがしっかり仕切ってくれないと、あとの三人じゃ、どうなるんだか、不安だらけだ。なにしろ歌子さん達は、まだ、引っ越し先を決めれずにいるのだ。あちこち、見て回ってはいるのだけれど、どうしてもここと比較してしまうらしく、契約に至らない。「だってねぇ、見晴らし悪いんだもの」「お部屋も狭いし」「なんか、自分ちじゃないって感じるのよねぇ」と贅沢ばかり言っている。美果が聞いたら、また「何を考えているんだ、あの人達は」と怒るに違いない。

「翔ちゃんにも随分とお世話になって。楽しかったわよ。ありがとね」

厚子さんが、ちょっと神妙な顔になって、僕の頬を軽く突いた。

「お別れはあとあと。まだ当分、この家には居られるんだし、厚ちゃんのお別れ会は、山から戻ってからゆっくりやるし」

その前に住む所を決めることだ。ルーフバルコニーでは、恒子さんが黙々と草木の手入れをしていた。

「あら、翔ちゃん。どう、このスミレ。もうじき、わっと咲くわよ」

連れていけないスミレかもしれないのに。そっと横のレモンの葉に触れてみた。

「しっかり肥料をあげたから、今年もいい実を付けるはずよ」

恒子さんも愛おしそうにレモンの葉っぱに触れる。このレモンの木もどうなるんだ？　とりわけ大事にしていた木だけれど、歌子さん達の新居に、収まるのだろうか？　かなり大きな鉢植えだから、誰かに引き取ってもらうしか、ないのかもしれない。

「そうだ、翔ちゃん、よかったらこのレモンの木、持っていかない？」

歌子さんがリビングから首を伸ばし、いいことを思いついた！　みたいに切り出した。狭い下宿暮らしに、そんなことできるわけがないじゃないか。憮然としながら、引き取る方法をモヤモヤと、思い巡らしてしまう僕がいる。

その知らせは稲妻のように舞い込んだ。

知らせが届いたのは、厚子さんが「豪さんと合流するの」と長野へ出発した三日後の晩だった。歯を磨きパジャマに着替え、ベッドに潜って、ツバメ堂で見つけた『面接突破の二十の戦略』を読みながら、ほぼ眠りに落ちていた。枕元に置いたスマホがけたたましく鳴って叩き起こされ、こんな夜中になんだよぉ、と不機嫌いっぱいに出たら、

「どうしよう、翔ちゃん、どうしよう」

歌子さんのむせぶような声が耳を突いた。

「沼ちゃんが死んじゃった。もう、やだ。私、どうしよう」

何を言っているのか分からなかった。聞き間違えだと思った。

「歌子さん、落ち着いて。何を言っているんだかよく分かんない」

「今、厚ちゃんから電話があったの。沼ちゃんが山で亡くなったって」

沼袋さんが死んだ？　やっぱりそう言ったんだ。嘘だろ、悪い冗談だろ？　あのヌケヌケと逞しいオッサンが簡単に死ぬわけがない。でも、歌子さんの動揺ぶりは尋常ではなかった。

「何が起こったんですか？　沼袋さんがどうかしたんですか？」

落ち着こう。大きく息を吸う。

「私もよく、分からないのよ。厚ちゃん、すっかり混乱しちゃって、どうすればいいかも分からない

みたいで……私、迎えに行こうと思うんだけれど、翔ちゃん、お願い！　一緒に行ってくれない？」

だって、真夜中だよ。でも、放ってはおけないと、それだけは分かった。

「歌子さん、落ち着いて。この夜中に出るのは無理だから、明日、朝一番で行きましょう。厚子さんにはそう言って、今晩はとにかく寝なさいと伝えてください」

沼袋さんと厚子さんは、今回、八ヶ岳《やつがたけ》連峰を登山する計画を立てていた。沼袋さんが先に行って赤岳《あかだけ》に挑戦する。厚子さんは少し遅れて麓の温泉宿に直行し、下山した沼袋さんと合流する。ゆっくり温泉に浸かって、その後、厚子さんでも登れる易しいルートを二人で登る。この登山旅行を終えたら、いよいよ厚子さんは沼袋さんのアパートの隣に引っ越しして、二人なりの人生を始める。その手はずだった。

僕は目覚まし時計を朝五時に鳴るように合わせ、とにかく寝ようと横になった。さまざまな思いが頭の中を渦巻いて、眠れそうもなかったけれど。


翌朝、歌子さんのカローラで長野へ向かった。車があるのに歌子さん達は、ほとんど乗らない。「だって面倒」なんだそうだ。運転するのも駐車するのも。マンションの立体駐車場の出し入れは特に苦手で、何度も切り返しをやって、それでも上手く入れられない。大して使っていないのに車のあちこちが凹んでいるのは、ほぼ駐車場の柱にぶつかった痕だ。「凹みを見るだけで疲れる」から、バスと電車ばかり利用している。僕の採用の際、運転手役も期待されたようなのだけれど、運転する機会が、そもそも滅多にない。

早朝の中央高速道路を、スピード違反気味ですっ飛ばした。助手席にいる歌子さんの「一分でも早く厚子さんの所へ」という強い気持ちが、痛いほど伝わってきていた。

道中、歌子さんが詳しく話してくれて、大分いきさつが分かってきた。温泉宿で厚子さんは沼袋さんの下山を待っていたそうだ。予定の夕刻になっても姿を現さない。でも、下山が一日ぐらい遅れることはこれまでもあったから、その時は、心配していなかった。それが翌日の夕方になっても沼袋さんは現れず、厚子さんの不安は一気に膨れ上がり、居ても立ってもいられなくなった。なにしろ難しい赤岳で、登山は危険と常に隣り合わせだ。でも、どうしたらいいのか。当人のスマホに掛けても繫がらない。ジリジリしながら待っていたら、突然、厚子さんのスマホが鳴った。発信者は『沼袋豪』とある。

もちろん厚子さんは飛び付くように出た。でも、聞こえてきたのは沼袋さんの声ではなく、若い女性のものだった。

「沼袋豪にお電話いただきましたでしょうか?」

電話の声にいきなり質問された。厚子さんはギクリとして、「いいえ、いや、ええ、ちょっと用事が……」などと、しどろもどろの返事をしたらしい。

「父は昨日、亡くなりました」

厚子さんは、声も出なかった。絶句したままの厚子さんに、娘と名乗る声は淡々と話を続けたそうだ。

「山で足を滑らせ滑落したという話です。たまたま、滑落の現場を登山家のグループが目撃して、すぐに捜索隊を手配してくださったんですが、発見された時にはすでに息絶えていたそうです。父はここ数年、登山に夢中で、よく一人で登っていたようなんですが、まさか、こういうことになるとは……」

「それで、お父様は今？」

豪さんと言いたいところを、厚子さんは必死に冷静になって「お父様」と言ったらしい。

「私の所に警察から連絡があって、遺体を引き取ってきたところです。登山届って言うんですか、緊急連絡先はいつも私の住所にしていましたから、それで真っ先に連絡をいただけたのだと思います。あのぅ、父に何かご用だったのでは？」

娘さんは、厚子さんのことで何か気づいていたのかもしれない。でも、厚子さんは「いえ、大した用ではないんです。大変な時に失礼いたしました」とお悔やみだけ述べ、娘さんもそれ以上、何も聞かなかったという。

「でも、沼袋さん、娘さんの所に無事戻れてよかったです、少しだけ安心しました」

それしか言えない。

「そうよね。本当にそう。もう、沼のヤツ、年寄りの登山は危ないって、あんなに言ったのに」

前を向いたまま、歌子さんは唇を噛みしめた。そして、フニャフニャと顔が崩れて、慌てて僕の視線を避け、外を向いた。恋という免罪符で沼袋さんを盗られちゃった感じだけれど、歌子さんと沼袋さんの繋がりは、厚子さんの何十倍も長くて深い。本当は歌子さんこそ、辛くて悲しくて、泣きたい気持ちに違いないんだ。

朝の早い時間帯だったせいか、道路も混まず宿には割とすぐに着いた。駐車する手間ももどかしく、走って玄関を入ったら、受付の横のベンチに、厚子さんはすっかりまとめた荷物を抱え、呆《ほう》けたように座っていた。

「厚ちゃん！」

歌子さんの声に気づいたか、ぼやっと顔を上げ「ああ」と力なく答える。

「翔ちゃんと迎えに来た。帰ろう、家《うち》に帰ろう！」

歌子さんが厚子さんの手をギュッと握ると、厚子さんは、堰《せき》を切ったように泣き出した。

「歌ちゃん、私、どうしよう。これからどうやって生きたらいいの？」

横に座って歌子さんは、厚子さんの肩を優しく抱いた。僕も慌ててハンカチを取り出し、厚子さんに渡す。

「とにかく、帰ろう！　家《うち》に帰って休んで、それからゆっくり考えよう」

うん、うんと子供のように頷いて、厚子さんはハンカチで思いっきり鼻をかんだ。それ、僕のハンカチ……。

「そうだ、翔ちゃん、おにぎり、おにぎり」

そうだった。歌子さんの荷物から紙包みとジャーを取り出す。歌子さんが朝四時に起きて作った塩《しお》鮭《ざけ》のおにぎりとお味噌汁だ。

「どうせ、夕べから何にも食べてないんでしょう」

辺りを見回すと、玄関前のスペースに丸太で作ったベンチがある。

「ここだと宿の人に迷惑だから、あそこでいただきましょ。私達も朝ご飯、まだなのよ」

嗚咽《おえつ》する厚子さんを促し、三人で外のベンチに並んで座った。朝の日差しがベンチを照らし、着いた時には気づきもしなかったけれど、空気が澄んで心地よい。紙コップを出してお味噌汁を注ぎ、一個一個、丁寧に包んだおにぎりを渡す。

なんだか、ピクニックみたいだ。宿の人も事情を知っているのだろう、玄関先でお弁当を広げる僕らを、そっとしておいてくれるみたいだ。

長ネギとわかめのお味噌汁は、まだ、十分熱々で、いい出汁と味噌の香りが空きっ腹の胃に滲みていく。おにぎりの具の鮭そぼろはカメ・ハウスの常備菜で、上等の銀鮭の切り落としで作る。歌子さん達は切り落としや野菜の端っこや、皮をよく使う。「実はこっちの方が美味しいの。安いし」と得意げだ。焼いて骨と皮を取り、すりこ木でゴリゴリと擂《す》って作る。味醂とお酒で味を調えてあって、ゴマ油で炒めたみじん切り長ネギとゴマが入っている。

「美味しい。歌ちゃんのおにぎりは、どうしてこんなに美味しいんだろ」

厚子さんが鼻をすすりながら、半泣きでかぶりついている。食欲が出てきたなら大丈夫だ。そんな気がしてくる。

「そりゃあ、そうよ。家《うち》のおにぎりは特別だもの。って、炊き立てを握ったってそれだけだけどね」

厚子さんはうん、うんと素直に頷いた。

「これ食べたら、帰ろうね。ほら、お味噌汁も、胃が温まるよ。恒ちゃんも瑞恵ちゃんも厚ちゃんの帰りを待っているんだから」

「うん……。早く家《うち》に帰りたい」

二人共、無理やり今は考えないことにしているんだ。沼袋さんのことも、帰ろうとしている家は、もうすぐ解散になるということも。

クシャクシャの泣き顔にほんの少し赤みが差して、三人で黙々とおにぎりを噛みしめた。塩加減が丁度よくて、お米が甘くて、そぼろの鮭が優しい刺激を添えてくれる。おにぎりって不思議だ。哀しい時も嬉しい時も、いつだって力をくれる。

少し気持ちが落ち着いて、そうだ、山の麓に来ているんだと思い出した。陽の光に温かさが増し、淡く包んでくれる。遠く薄灰色の山並みが、清々しいばかりに広がっている。うまく言えないけれど、空気の一粒一粒が清らかに澄んでいる。

そういえば沼袋さん、「自然に包まれて死ねるなら本望だ」と以前、笑っていたっけ。だけど、厚子さんと約束したんだろ、百名山を全て踏破するって。ダメじゃないか、約束は守んなきゃ。

やるせなさがせり上がってきて、僕は慌てて、紙コップの味噌汁を啜った。

沼袋さんの葬儀で、厚子さんは気の毒だったと、それは後になって美果から聞いた。長野に厚子さんを迎えに行った日以降、就職活動にますます余裕がなくなって、カメ・ハウスに行けなかった。大学の就職課で、もっと活動の範囲を広げるよう諭され、今の状況は「どうやらかなりやばい」ことが鮮明になっていた。クラスの連中からも情報を集め、「会社」と名の付くところにエントリーシートを送りまくる。厚子さんは元気になったのか、沼袋さんのお葬式はどうだったか、気にはなっていたけれど、それどころじゃなかった。

沼袋さんの葬儀には、四人揃って出掛けたそうだ。築地の有名なお寺で執り行われた葬儀は、おそらく仕事関係だろう、大勢の人が駆けつけて盛大なものだった。

喪主が長女なのは当然だったとしても、別れたはずの奥さんらしき人が、葬儀全てを取り仕切っていて、厚子さんは出る幕もなかったらしい。一般参列者として、四人は会場の隅にそっと座り、火葬場に向かう霊柩車《れいきゅうしゃ》を見送って、厚子さんはお骨《こつ》を拾うこともなく帰ってきた。

恒子さん達は、名乗り出なさいよとつついたらしいけど、厚子さんは「これでいいの」と口をキュッと結んで、斎場の隅で影のように控えているだけだった。

「しょうがないよ。結婚したわけじゃないし、婚約すらしてないんだもの。沼袋さんの家族からしたら、厚子さんは、知り合って間もない山仲間ってだけでしょ」

美果はドライに分析した。沼袋さんは、厚子さんのことを家族に話していなかったのだろうか？

自分だったらと考えると、言えないような気がした。

「厚子さんがわざわざ別の部屋を借りたのは、厚子さんが気を回したというより、沼袋さんの強い要望だったのかもね。つまり、一緒にはいたいけど、同居は家族の手前、絶対無理だよ、とか」

ずっとあった小さな違和感がやっと解けたような気がした。でも、だとすると厚子さん、あまりに可哀そうじゃないか。

「そんなところだろうね。男ってさ、二種類いるんだよ。肝っ玉が小さいのと、ずるいのと」

ドキリとした。僕はどっちだ？　いやいや、これは美果の偏見だ。むしろ大人の男の分別というものではないか。自分の人生も大事にしながら家族も傷つけないという。

「ま、結論を言えばさ、厚子さん、今は辛いだろうけどさっぱりと忘れて、前に進むことだよ。相手は死んじゃったんだし、家族の繋がりって、そう簡単にぶっ壊せないんだよ」

「美果んちも？」

「そう。啖呵《たんか》切って出ていったくせに、お姉ちゃんったら、しょっちゅう家に来るんだよ。来ると冷蔵庫まで漁って、なんでもかんでも持っていっちゃうんだから。この間なんか、大事に食べようとしまっておいたショートケーキまで盗られた。あいつ、今度やったらタダじゃ済まない！」

思い出すと腹立たしいのか、手をグーに結んで握りつぶす真似《まね》をした。こんな動作も美果がやるとかわいい。

「沼袋さんの別れた奥さんも編集者なんだって。だから、しっかりしているのねぇ、って恒ちゃんが感心してた」

葬儀はりっぱなもので、娘さん達の立ち居振る舞いも、キリッとしていたらしい。

「沼袋さんって、日本橋の老舗乾物問屋のボンボンなんだって。お育ちいいんだ」

へぇ〜、あの薄汚いオッサンが！　びっくりだけど、なるほどね、と納得もする。沼袋さんのあの飄々《ひょうひょう》さって、ハングリーに生きてきたら、身に付かないだろう。

「元奥さん、東大出なんだって。しかも美人なんだって。厚ちゃん、敵わないよねぇ、って瑞恵さんが言ってた。あ、これ、こっそりだけど」

美果は瑞恵さんともそんな話をしているのか？

「冷たいこと言うようだけれど、もっと深入りしてややこしくなるより、よかったんじゃない？　厚子さんにとって」

外野だから言えるんだ。あの温泉宿での憔悴《しょうすい》した姿を見たら、間違ってもそんなことは言えない。

「厚子さんはどうしてた？」

「うん、少しは落ち着いたんじゃない？　悟ったみたいに穏やかだって」

あの皮肉屋さんが穏やかだなんて、それはまだ、平常じゃない。

「あ、そうそう、いいこともあったんだ」

大した話でもないけど、思い出しちゃったというように美果は切り出した。

「歌子さん達、あのマンションの二階に取り敢えず引っ越すらしいよ。大分狭いけれど、近いからいいって」

そうか、いよいよ引っ越しなんだ。

「それと、歌子さんの創作お節、本になるんだって。葬式の後、沼袋さんの部下だった人から連絡があったんだって。みんな、沼袋さんが後押ししてくれたのねぇって感動してた」

先にそれを言えよ。それって、凄いニュースじゃないか。

「ところでさ」

さっきからずっと気になっていることを僕は口にした。

「美果さ、なんでそういうこと知ってるの？　恒子さんから聞くわけ？」

秘書の僕が知らないことを、なんで事細かに知っているんだ？　美果はスッととぼけた顔になり、

「それもあるけどね、ちょっと歌子さんにスィーツを教えてもらったりしたから」

そうそう、と今更思い出したふりをして、いつもの大きなバッグからアルミホイルの包みを出して広げだす。

「一緒に食べよう」

「何、それ？」

フワッとシナモンのいい香りがして、茶色の焼き菓子が出てきた。バッグの中で押されたからか、大分潰れている。

「タルトタタン。歌子さんと作ったんだ。ちょっと失敗しちゃったというか、お菓子って簡単じゃないんだよ。まだ大分下手なんだけれど、翔太にも分けてあげようと思って持ってきた」

そしてテヘヘとマンガの主人公みたいに笑った。美果が手作りケーキ？　それもよりによって、テレビ出演で歌子さん達が恥かいた怨念のお菓子じゃないか。

「タルトタタン、美味しそうだったじゃない。だから歌子さんに教わろうと」

「美果が？」

「いけない？」

「いや、そういう訳では……」

美果の澄ました横顔を、まじまじと見つめてしまう。

11

明けない夜はないし、止まない雨もないという。そんなの嘘だ。少なくとも僕の就職活動は、思いっきりハードルを下げたのに、いまだ連戦連敗で、最近は面接の機会すらない。止まないどころか、雨は強さを増し、線状降水帯のど真ん中の、土砂降り状態だ。

心が折れかけていた僕だったが、それでもほんのかすかな陽が差し始めたのかもしれなかった。ある日、突然、「面接を行いますので、ご来社ください」という通知メールが届いたのだ。

送付元をみると、垂水《たるみ》食品加工株式会社・社長室とある。こんな会社にエントリーシートを送ったっけ？　何しろ手当たり次第に送っていたから、全く記憶になかったけれど、社長室から直々に面接の通知が来るなんて、いたずらではないとしたら凄いじゃないか。

調べてみたら、従業員三百人ばかりの中小企業で、缶詰を主に作っているらしかった。

なんだ、缶詰会社かぁ、と心は弾まなかったが、会社の規模や事業内容に四の五の言える立場じゃない。面接を受けられるだけでありがたいことなのだ。

指定された日の指定された時間十五分前に、川崎にある会社の入り口に僕は立った。『垂水食品加工』。なんとも冴えない建物に、地味な表札が埋め込まれている。期待していたわけではないけど、やっぱりため息が出る。

いやいや、人の価値は顔じゃないし、会社のよさも見かけじゃない。気を奮い立たせ、ドアを押して入ったら受付のカウンターの代わりに電話が置いてあって「御用の方は電話をおかけください」と書いてあった。すでに朝の十時だというのに辺りはシンと静まり返って人の気配がない。

「大丈夫なんだろうか、この会社」と訝《いぶか》りながら、受話器を取って名前と面接にきたことを伝えると、中年のオバちゃんっぽいガラガラ声が出て、「ああ、面接の人ね。社長室にお向かいください。横にエレベーターがあるでしょ。五階まで行って突き当たりだから」と荒っぽく告げられた。

旧式のエレベーターに乗って五階に行く。節電なのか薄暗い廊下の奥に『社長室』とプレートの貼られたドアがあり、ノックをすると、いきなり「開いているから入って」と出前の蕎麦《そば》を受け取るみたいな、緊張感のない男の声が返ってきた。

恐る恐るドアを開けた。十畳ぐらいの部屋の奥に大きめのデスクはあるが、部屋中書類だらけで、社長室というより整頓が苦手な教授の研究室みたいだ。そこに、四十代かなと思われる凡庸な顔をした男が、ワイシャツの腕をまくったラフなかっこうで、なだれ落ちそうな書類の山を片付けていた。

「失礼します、面接に伺いました速水翔太です」

この人が社長なんだろうかと疑いながら、それでもドアを閉め、九十度のお辞儀をし、直立不動で名前を名乗った。何度、同じことを繰り返して来たんだ、と腹の底で苦く思いながら。

「ああ、そこ座って」

社長らしき男は、部屋の隅の汚い応接セットを指さして、

「書類が溜まっちゃってねぇ。なんとかしなくちゃと思うんだけど、何故か溜まる一方だ」

ゴミ屋敷の住人も、きっと同じことを言うんだろうと思いながら、「はぁ」と曖昧に返事して、所々擦り切れたソファの前に立った。社長が（多分、社長なんだろう）座るまで、こういう時は立って待つ、と面接マニュアルに書いてあった。

「遠慮しないで座って」

社長は、書類を持ってきて、僕の前にズンと座った。

「速水翔太さん。東洋文化大学、グローバル経営学科在籍」

どこにある大学？　とは聞かれなかった。

「我が社にどうして入りたいと思ったの？」

別に入りたいと思ったわけではないが、

「御社の社風と経営戦略に魅力を感じ、自分もぜひ、その一員として働きたいと思いました」

マニュアル通りの言葉がスラスラ出た。

「ふうん。どんな戦略？　缶詰、作っているだけだけど」

社長は書類から目だけ上げ、からかうようにニヤリとした。まずい。経営戦略なんて、そもそも考えたことがない。

「プラスチックによる環境汚染が問題視される中、私は、缶詰には大きな可能性があると考えております。御社は新たな缶詰に挑戦していらっしゃいます。食品以外にも目を向けていますし、秋の七草缶は斬新で面白いと思いました」

会社のホームページに新製品の『秋の七草缶』が紹介されていた。妙な製品を作るもんだ、こんなの売れるのかぁ？　とその時白けたので、記憶に残っていた。

「ほう。興味持ってくれた？」

嬉しそうに部屋の隅から大きめの缶詰を持ってきて、僕の前に置いた。

「これなんだけどね。缶を開けて水をやると芽が出てくる。夢があるだろ」

自慢そうに蓋を開けてみせる。

「はい！　そう思いました」

我ながら、よくもまあ、思ってもいない言葉が出てくるものだ。

「夢はあるが売れない。春の七草缶ってのを以前、作ってね。それは結構売れたんだ。家でミニプラントを育てて、収穫して七草がゆを食べるという。なかなかいいだろ」

「はぁ」

「春が売れれば秋も、と普通、思うじゃない。しかし、こっちはダメだった。秋の七草は、おかゆにして食べないからなぁ」

そんなこと、社員の誰かが指摘してあげなかったのだろうか？　でも、畏まって「それは、残念です」と頷いておいた。

「えーと、速水君だっけか。秋の七草って知ってる？」

ギクリとしたが、

「そりゃあ、もちろんです！　萩とか尾花とかですよね」

歌子さん達との会話の記憶を必死で辿って思い出した二つの名前を挙げた。

「へぇ。知ってるんだ。若いのに大したもんだ。最近のトウブンはレベルが上がっているのかね」

偏差値が上がったという話は聞いたことがない。でも、この社長、トウブンって言った。トウブンは東洋文化大学の略称で、在学生は使っているが、そもそも大学自体が有名でないから、世の中の人は知らないし使わない。

「偏差値が上がったとは聞いていませんが……」

モゾモゾ答えたら、社長さん、プフッと笑って、

「どうせ、まだどこからも内定、もらってないんだろ？　僕らの頃と一緒だ」

愉快そうに眉を動かした。

「は？」

「は？　って、社長がトウブン出身だから、エントリーしたんじゃないの？」

「先輩なんですか？」

声がひっくり返った。

「君さ、社長の出身大学すら調べてないわけ？」

呆れた、という顔をして、

「そういうところは、なるほどトウブン生だ」

妙なところで感心された。喜んでいいのかメゲるべきなのか。いや、当然、恥じるところだろう。

「あのぉ。後輩だから、直々に面接していただけたんでしょうか？」

だったらありがたいことだ。

「それもあるけどね。うちみたいに、そう大勢、新入社員をとれない会社は、僕の直感で決めた方が速いからね」

その直感で、どう判断されたのだろう？

「速水君。せっかくきたんだ。社内見学していくか？　規模は小さいが品質のいい缶詰を作っているんだ」

そして垂水社長は、音を立ててドアを開け、廊下に向かって「大場《おおば》君いるか？」と大声をあげた。


カメ・ハウスはどんどん寂しくなっていく。久しぶりに顔を出したら、ガランとした中で、歌子さん、瑞恵さんが、六階と二階を行ったり来たりしながら荷物を運んでいるところだった。

「大きな家具は引っ越し屋さんにお願いするとして、自分達でできるものは、やっちゃおうと思ってね」

自分達でやっちゃおう、という割には、あまり熱心でないし、作業は進んでいない。

「だって、向こう狭いんだもの。狭い所に物を運ぶと、もっと狭くなっちゃって」

「だからついつい運ぶの、後回しになっちゃう」

二階の家を見せてもらったが、２ＬＤＫで部屋は二つしかなく、大きい方の部屋を真ん中で仕切って二人部屋にするらしい。リビングも狭いし、キッチンがさらに狭い。六階のような広々としたルーフバルコニーはもちろんなく、その代わり付いているベランダは、洗濯物を干すのがやっとのサイズだ。これが普通の家庭サイズなのだから文句を言ってはいけないけれど、カメ・ハウスからくると、気分はどうしたって弾まない。

「どうするんですか？　六階のあの荷物、どうやったって全部、入らないっすよね」

荷物運びを手伝いながら、誰もが抱くだろう不安を口にしたら、

「そうなのよ」

「ねえ！」

二人は呑気に頷き合う。

「それで、困っちゃってるのよ」

「ね、分かったでしょ。だからついつい、運ぶの、後回しになっちゃう」

「どうしようねぇ」

「まあ、引き渡しまでまだ、時間あるし」

時間なんてない。三週間先にはきれいに明け渡さないといけないはずだった。

「ともかく、撮影を終えちゃわないと」

歌子さんの創作お節料理本の企画は、急速に話が進み、年末に間に合わせましょうということになって、早速にも料理の撮影に入るらしい。本のタイトルも『奥村歌子さんの《お正月こそ、美味しくて体にいいもの、みんなで食べたい！》』に決まったのだとか。家を失うのに歌子さんが割と明るいのは、そういうことがあるからだ。

「出版化おめでとうございます。本が出たら、僕、母親に買えって勧めますよ」

「ありがと。これも沼ちゃんのおかげよねぇ。そんな素振り、ちっとも見せなかったけれど、ちゃんと売り込んでくれていたのよね」

歌子さんは、少し目を潤ませ、窓の外の空を見た。

「厚子さんは、その後、どうですか？」

すでに引っ越しして一人暮らしを始めている。

「ああ、もう大丈夫みたい。泣いたりしてないし。なんかね、お葬式の時に見事にちゃんとした家族を見せつけられて、吹っ切れたみたいよ」

「知らなかったわよねぇ。沼袋さんにあんなしっかりした家族がいたなんて」

「そういえば恒子さんは？」

こういう時、必ずいる恒子さんの姿がない。

「用があるって、出掛けてる。もうすぐ帰ってくるんじゃない？」

この間の行方不明事件が頭に浮かぶ。僕の不安に気づいたんだろう、

「大丈夫よ。恒ちゃん、最近、妙にピリッとしてるの」

歌子さんが苦笑して、ポンと肩に手を触れた。そうか、うん、きっと大丈夫なんだ。ガランとしたリビングについ、三人で腰を落ち着けてしまう。「お茶でもいれようか」と歌子さんが立って、「そう」と瑞恵さんが冷蔵庫から栗羊羹を出してくる。

「なんで離婚なんか、したんだろうね？」

さっきの話の続きだ。

「でき過ぎの奥さんと娘達の手の中で窮屈だったんじゃない？　孫悟空みたいに」

「自由が欲しかった？」

「それで、またクソまじめな厚ちゃんと恋？」

「まあ、人生いろいろありよ。夫婦のことも、他人には分からないし」

歌子さんがズズとお茶を飲み、瑞恵さんに「ね！」と言った。

「あら、私の場合は、誰が見ても離婚して当然の分かりやすいケースだったと思うわよ。我ながらよく我慢したわよ」

「ともかく、厚ちゃんが少し元気になってよかった」

「長野に迎えに行った時は、ありがとね。翔ちゃんがいてくれて本当に助かった」

急に感謝されて、お尻がこそばゆい。

「いえ、運転は得意だし。でも厚子さん、やっぱり引っ越ししちゃったんですね」

一人でも欠けるとやはり寂しい。カメ・ハウスは四人揃ってこそのカメ・ハウスだ。

「うん。見て分かったでしょ。二階の家狭いもの。遠慮したんだと思う」

「ま、そのうち四人でまた暮らせる家を探すわよ。本がじゃんじゃん売れたら、すぐにもっと大きな家を探そ」

「売れる、売れる。だってお節料理、ほんとにきれいで美味しかったもの」

そうだ、僕は食べられなかったのだと思い出した。美果はお裾分けしてもらって、あの超偏食が絶賛していた。

「さてと。もうひと踏ん張りするか」

「厚ちゃんが来る前にこの辺だけでも片付けとかないと。また、怒るわよ、『なによ、このちらかしようは！』って」

なあんだ、来るんかい！　と気が抜けた。しんみりして損した。

「厚子さん、来るんですか？」

「ほぼ毎日」

「夕飯食べにね」

「あの子、料理得意じゃないし」

「翔ちゃんも、食べていくでしょ？　今日はシュークルートだからね」

キッチンでいい匂いがしていた。

「シュークルート？」

聞いたことはあった。

「ドイツ語だとザワークラウト。酸っぱいキャベツの塩漬け、知らない？　あれよ」

ドイツ料理店っぽい居酒屋に行くと、ソーセージの横に付いてくるあれか。

「あれをバラ肉の塊やソーセージやジャガイモとコトコト煮込むの」

目の前に映像が浮かんだ。きっとジャガイモはホクホクして、太いソーセージにナイフを入れるとプリッとはち切れそうな音がして、中からジュッと肉汁が出てくるんだ。

「ザワークラウトは肉の旨味を吸ってトロトロッとなって、肉はザワークラウトの酸味で崩れる位に柔らかくなって、こういうのなんて言うの？　相乗効果？　一挙両得？」

瑞恵さんが妙なところで考え込んでいる。

「どうでもいいわよ。それをね、粒マスタードで食べるの。アルザスの料理だから、ディジョンの粒マスタードでね。ちょうど切れかかっていたから厚ちゃんに頼んだんだけど……そうだ、忘れてた！」

歌子さんが唐突に大声を上げた。

「翔ちゃん、とうとう、やっとこ、ようやく内定もらったんだって？」

そうなんだ。とうとう、やっとこ、ようやく一社だけだけど、内定をもらえたんだ。今日、来たのはその報告をしたかったこともある。

あの面接の三日後、気取った女性の声で「最終面接試験の結果、速水さんを採用することになりました」と電話があった。このダミ声はあの受付のオバちゃんじゃないか？　と思いながら、余計なことは言わず丁寧に「ありがとうございます」と頭を下げた。相手には見えやしないんだけど。大体、最終面接試験ったって、あれだけだ。もしかして入社希望は一人しかいなかったとか？　多分に疑わしかったけれど、ともかく、垂水食品加工が、速水翔太を評価してくれた、正式な社員として採用してくれるということだ。重い肩の荷がスッと取れて、ひばりのように舞い上がりたい気分だった。

「おかげさまで。この勢いで、これからバンバン内定取りますよ」

ちょっと大人っぽく答えた。もう、ほぼほぼ社会人だ。

「あら、そこに決めるんじゃないの？　垂水なんとかだったたっけ？」

「社長が先輩だったんだってね。こういうのも学閥っていうの？」

「ちょっと違うんじゃない？　いうなれば身内救済みたいなもん？」

おいおい、と一言言いそうになって気が付いた。なんでみんな、知ってるの？　内定をもらえたと伝えたのは、栃木の親と大学の就活担当と、あとは……美果？

「あのぉ……内定の話、どこから？」

聞きかけたところで玄関が開く音がして、「ただいま」と恒子さんが入ってきた。なんだかいつもと様子が違う。「あれ？」と思ったら、後ろから美果まで紙袋を抱えて現れ「どうも」と軽く頭を下げる。なんで美果が？　と考える間もなく、

「あのね、今日の会議で私、一つ提案していいかな」

バンジージャンプに挑むような思い詰めた顔で恒子さんが目をパチクリさせた。


食卓に、シュークルートが盛られたキャセロールと、水菜と細切り大根とわかめのサラダ、レンコンのキンピラと、ブロッコリーとエリンギのガーリック炒めが並んでいる。サラダの上には、ゴマ油でカリカリに炒めたチリメンジャコがたっぷり載っている。バルコニーに面した戸を全開にして、少し涼しくなった夜の空気をいっぱいに入れる。イスを一つ増やして、何故か美果まで輪の中にいる。

「さあ、いただきましょう。引っ越し準備で忙しいから、当分は簡単な料理だけれど」

歌子さんが音頭を取って、ついさっき、粒マスタード付きで到着した厚子さんがワインの栓を抜く。凝った料理じゃないのだろうけど、僕には久しぶりのカメ・ハウスのご馳走だ。しかし、以前と変わらずこんなに何品も作っちゃって、財政事情は大丈夫なんだろうか。余計なお世話だけれど、心配に

なる。

「じゃあ、今日は翔ちゃんの内定祝いということで、乾杯！」

「沼袋さんに向かって献杯も」

みんなが僕に向けてグラスを上げ、空に向かってもう一度グラスを掲げた。そっと厚子さんの顔を窺う。かすかに唇が揺れて、すぐにいつもの顔に戻った。

「食べながらでいいから、確認と議題をひとつ」

厚子さんがノートを取り出したところで、みんなでグラスを置いて背筋を伸ばした。

「確認は、今後のスケジュール。今度の水曜と木曜にカメラマンが来て、お節料理の撮影。よって、その前に買い物と下準備を終わらせる」

「了解！」

揃って宣誓のように手を挙げる。

「撮影が終了したら、いよいよこの家の家具撤収。引っ越し業者が来る日までに私物は整理する」

「それが難しい」

文句をたれながら、それでも、やるしかないと頷いている。

「二階のマンションに入りきらないものは、業者さんが処分してくれるから、行き先が決まった本も家具も、できるだけその前に撤去しておくこと。以上」

ここで食事ができるのも、あと何回だろう。

「みんなごめんね。本当に申し訳ない」

歌子さんが、また深く頭を下げた。

「そういうことはもう、言わないの。歌ちゃんのせいじゃないし、歌ちゃんのおかげで私達、家賃も払わず、楽していたんだもの。で、次の議題だけど」

厚子さんが言いかけたところで「ちょっといいかな」と恒子さんが手を挙げた。

「そうだった、恒ちゃん、何か提案があったのよね」

歌子さんに促され、ゆっくりと恒子さんが立ち上がる。

「私、ず〜っと、ず〜っと考えていたんだけれど……やっぱりイヤなの。ここを離れたくないの。ねえ、もう一度なんとか暮らせるように考えてみない？」

突然の提案にあとの三人は、お互いを見合って当惑顔だ。

「恒ちゃんの気持ちはよく分かるし、みんな、当然そう思っているわよ。でも、それができないから……ね、そこは理解しよう」

厚子さんが優しくなだめた。そうだよ、無理なんだよ。恒子さん、訳が分からなくなっちゃったんだろうか。その時「はい！」と美果が手を挙げた。

「ごめんなさい。恒ちゃん、じゃなくて恒子さんをけしかけたのは私なんです。あ、私なんかが意見言っちゃっていいですか？」

外野が何を言い出すんだ？　不安でゴクンとツバを飲み込んだ。「どうぞ」と歌子さんが笑って促す。

「私、最初は贅沢だと思ったんです。こんな広くて居心地のいい家になんか、普通は住めないですよ。大抵の人は、狭くてゴチャゴチャして、日当たりも悪い家で暮らしているんです。だから、普通になるだけじゃん、何を贅沢言っているんだって思っていたんです」

弁論大会出場の高校生みたいに、真剣に嚙みしめるように、美果は話し始めた。

「でも、恒子さんがここにいたいのは、広くて素敵だから、だけじゃないんです。皆さんと過ごす時間、体操したり、料理作ったりバルコニーの花を手入れする時間。ここで過ごすひととき、ひとときが恒子さんの命の糧なんです。それが分かったから私、言ったんです。本当に大切なものは手放しちゃいけない。奪われそうになったら、しがみ付いてでも、取り返すべきだって。これから先、下手すると三十年はあるのに、その長い時間を鬱々と過ごしていいの？　って。諦めるのは簡単だけど、諦める前に戦うべきじゃないですか。戦いもしないで諦めるなんて、情けないじゃないですか」

クールな美果が、顔を紅潮させて弁じている。なんか、かっこいい！　うっとりと見とれてしまいそうになる。

「私ね、美果ちゃんの言うとおりだと思ったの。だから……美果ちゃん、あれ」

恒子さんが合図して、美果が部屋の隅から紙袋を持ってきた。家に戻ってきた時に大事に抱えていた袋だ。恒子さんが受け取り、ドンと食卓の上に置いた。お茶碗《ちゃわん》がカタカタ揺れる。

「ここに一千万円ある。ほったらかしにしておいた株がいつの間にか凄く上がっていてね。それを売って、今日、美果ちゃんに付き合ってもらって引き出してきた。これでここを買い戻すの」

一千万円！　みんなで怖々、袋の中をのぞいた。おもちゃのお金みたいにお札が束になって入っている。

「こんな大金、持ったことがなかったから、ドキドキし通しだった」

美果が柄にもなく照れた。

「恒ちゃん、これはダメ。言ったじゃない。きつい言い方だけど、恒ちゃんの場合、この先なにがあるか分からないんだよ。お金は大事にとっておかなきゃいけない」

厚子さんが諭して、袋を恒子さんに押しつける。

「大丈夫なの。熱海のマンションを売った残り分はちゃんと確保してあるから。これは、うっかり儲けちゃったあぶく銭」

「だからって……残り分だって、さほどあるわけじゃ、ないんでしょ」

「そうだけど……なんとかなるわよ。人生なんて、いつ、どうなるか分かんないじゃない。先々の心配ばかりして怖々生きるのって、哀しくない？　私ね、宝石も洋服もいらないの。旅行だってしなくていい。子供も孫も、自由に生きていて、私が余計な口出しをする必要もない」

恒子さんはここで、ふぅと息を吐いた。

「でもね。絶対、手放したくないものがあったの。それはみんなと一緒に暮らすこの場所なの。他所《よそ》じゃなくてここのバルコニーで、これからも花を育てて過ごしたい」

食事どころではなくなってしまった。歌子さんは腕を組んでウームと唸り、厚子さんは口をへの字に曲げ天井を睨み付けている。

「でも、一千万円じゃ、この家、とてもじゃないけど買い戻せないでしょ」

瑞恵さんがボソリと呟いた。そりゃ、そうだろう。新宿から電車で二十五分、駅から徒歩二十分も掛かる築十八年の中古マンションでも、一千万円では到底買えない。しかもこのマンションは人気物件で、六階部分は百五十平米もある、広く見晴らしのいいペントハウスだ。

「それはもちろん、分かってる……」

恒子さんが肩を落とした。

「私……退職金から一千万円出すわ」

いきなり厚子さんが言い出した。「エッ」と瑞恵さんが慌て出す。

「今後のためにと、とっておいたんだけど、みんなより年金多いから、それくらい出せる。これで二千万円」

空気がピーンと張りつめ、手に汗がにじむ。映画のクライマックスを見ているみたいだ。ずっと考え込んでいた歌子さんが、

「分かった」

バンと食卓を叩いて、立ち上がった。

「恒ちゃんや美果ちゃんの言うとおりだわ。簡単に諦めちゃダメよね。やれるだけのことはやるべきよ。ちょっと私に時間をちょうだい。どういう方法があるか、もう一度考えてみる。だけどまずは当面のお節の撮影を無事終えないと。行動開始はそれからにさせて」

そうだ、撮影があったのよね。まず、それよ。恒ちゃんが急に変なこと言い出すから、興奮しちゃったよ。いい本にして、ベストセラーを目指せ！――みんな、ほっとしたのか、急にあれこれしゃべり出した。

口を挟む余地もなかったのだけれど、ここで遠慮がちに手を挙げた。

「あのぉ。ようやく内定も取れたんで、僕、手伝えます。なんでも言ってください」

何ができるか見当も付かなかったけど、ぜひとも力になりたかった。

「あ、撮影のことなら、大丈夫。ちゃんと助手がいるんでね」

自信たっぷりに歌子さんがこっちを向いた。

「助手？」

首を傾げると、みんな、ニヤついている。

「黙っているって約束したんだけど、言っちゃおうか」

「翔ちゃんだけ知らないんじゃ、かわいそうだしね」

何なんだ、一体？

「あのね、美果ちゃんが手伝ってくれることになっているの。美果ちゃん、歌ちゃんに弟子入りしてスィーツ習っているのよ」

そこは知ってる。大分潰れたタルトタタンを食べさせてもらった。

「美果ちゃん、パティシエを目指すんですって。自分が本当にやりたいことが、ようやく見えてきたんですって」

「だから、助手はもう、ちゃんといるの」

パティシエって……。初耳だよ。

カメ・ハウスを出て、人気《ひとけ》のない坂道を美果とプラプラ下った。夜風が頬を撫《な》でていく。こんな爽やかな夜に美果と一緒に歩く安らぎ、安心感。人生なんて、そんなことで十分なんだって、そっと思う。いやいや、安らぎに酔っている場合じゃない。今は天変地異だ、狂瀾怒濤《きょうらんどとう》だよ。

「凄かったね、今日の展開。ドラマを見ているみたいだった」

「見通しはかなり厳しいけどね」

けしかけといて、その言い方冷たくないか。言おうとしたら、「あ」と声だけ残し、美果は坂の横の公園に走っていった。カメ・ハウスに辿り着く手前にかわいらしい公園がある。時々、若い母親が幼児を遊ばせているのを見るが、入ったことはなかった。

「一度、乗ってみたかったんだ」

隅の真っ赤なブランコまで駆け寄り、子供みたいに漕ぎ始める。

「それよりパティシエだなんて、びっくりだよ。なんで黙ってたんだよぉ」

美果はブランコを大きく漕ぎながら、知らん顔だ。

「こっちはなんでも真っ先に話しているのに」

しばらく黙って漕いでいたが、ようやくブランコを止め、「ああ、いい気持ち」と美果は息を弾ませた。

「悪い、悪い。内緒にするつもりはなかったんだけどさ。なんか、カッコ悪いじゃん。料理は大嫌いだったのに、パティシエを目指すなんてさ」

カッコ悪いとは思わないけれど、どういう風の吹き回しなのか、わけが分かんない。カップ麺のお湯を入れるのだって、間違えるくせに。

「デザイナーになるんじゃなかったの？」

美果のお洒落のセンスは抜群で、その道に進み出していたんじゃないか。就職先もいくらでもあるみたいだったし。なんでわざわざ、一番苦手な世界に変更する？

「そうなんだよね、ファッションのセンスは私、すっごくあるんだよ」

自分で言ってる。

「得意だし、好きだし。だけど、胸のこの辺？　心臓の真ん中辺りでずっとフツフツしていたんだ。なんて言うのかな、自分の行くべき方向は、こっちじゃないって」

「それがパティシエだったたっていうわけ？」

「まだ、分かんないんだ。パティシエかもしれないし、和菓子職人なのかもしれないし、もっと違う何かなのかもしれない」

「なんだよ、それ」

「だから、翔太にも言えなかったんじゃん」

言いながら、ポケットからチョコを出して、「ホイ」と一つ寄こし、もう一つを自分の口に入れた。

「歌子さんのテレビ見たじゃない。あの時、ピッとスイッチが入ったんだ。世の中、見てくれで動き過ぎだって」

だって、それが社会なんじゃない？　かっこいい男がモテて、見てくれのいい子がチヤホヤされて、政治家だって、洋服だって料理だって、見た目が悪けりゃ、相手にされないのが今の世の中だ。

「本当に美味しいのは歌子さんのタルトタタンだよ、みたいなことを俄然、訴えたくなっちゃったんだ」

それがどうして、ファッションデザイナーからパティシエに進路変更になるんだ？

「歌子さんのお汁粉がまた、異次元だったんだよね。優しくって、気持ちがホワッと満たされて……スィーツの原点がここにある、みたいな？　いや、幸せの原点というのかな？」

去年、年末に美果はお節の撮影の手伝いをして、その時ご馳走になったお汁粉が、とびきり美味しかったと熱く語っていた。

「なんか、よく分かんない」

正直な気持ちを言ったら、美果は見下すように、

「まあ、翔太には分かんないだろうなぁ」

冷ややかな視線を返した。

「どう言えばいいんだろ。呼び覚まされちゃったって感じかなぁ？」

小首を傾げる。一応、ちゃんと説明しようと考えているらしい。

「なにをさ？　何が呼び覚まされたってのさ？」

美果は「こいつ、頭悪い？」という顔をして、

「内なるトキメキ。胸の奥のマグマ……？　ほら、イケメンで金持ちの男が好きだと思っていたのに何故だか、身近にいた地味で冴えなくて、面倒くさい男の価値に気づいてしまった。苦労するのは分かっているけど後に引けないって、そんな感じ？　益々翔太には無理か」

どうでもよくなったのか、またブランコを漕ぎ出した。トキメキ？　マグマ？　身近な冴えない男

ってなんだよ？　ドギマギする。

「そ、それで、どうしたわけ？」

「恒ちゃんに相談したら、じゃあ、試しに歌ちゃんに習ってみたら、ってことになって、習い出したらこれが、面白いんだよね」

　へぇ。それがあの潰れたタルトタタン？

「まだ、下手くそで、ひどいもんなんだけどさ、本気でやりたくなっちゃって。歌子さんも、本格的にやるなら、やはり学校に行っておきなさいと言うんだ。バイトで貯《た》めたお金が少しあるから、それで入学費用を出そうと考えたんだけど……」

　お菓子には目がなくて、すぐに買ってしまう美果だけれど、他のことにはほとんどお金を使わない。僕とのデートだって、いつも公園でブラブラするか、駅ビルをうろつくかだ。そういうことが好きなんだと理解していたのだけれど、お金を貯めるためだったのか？

「思い切ってママに言ったんだ。パティシエの勉強するために学校行きたい。もうしばらく家にお金を入れられないけど、学費は自分でなんとかするからって」

　美果のママは、娘には一日も早く独り立ちしてもらって、楽になりたい、自由になりたい！　といつも言っている人だ。

「そうしたら？」

「うん。そうしたら、そうかって、じ～っと睨んでさ」

「うん」

「分かった。行きなさい。やる以上はとことんやりなさい。だけどママを見くびるんじゃないよ、学費は大丈夫、ママに任せんかい！　って」

へぇ～。なんか、感動だ。

「でしょ。私もびっくり、ウルトラびっくりだよ。だから就職は止めた。四月からまた学生だ」

圧倒されている僕を無視して、美果はブランコを大きく大きく漕いだ。このまま鳥になって飛んでいってしまうんじゃないか。急に不安になって、

「おいおい、危ないぞ」

慌てて止めた。聞こえているのかいないのか、美果は益々大きく漕いで「前進だ～！」と空に向かって吠《ほ》えた。

12

お節料理の撮影は、上手くいったらしい。らしいとしか言えないのは、やっぱり僕にはお呼びが掛からなかったからだ。

美果から聞いた話だと、フードスタイリストである恒子さんの娘のユキさんが、特別に手助けしてくれて、出版社が手配したカメラマンとテキパキ動いて、撮影は美果が出る幕もなく、スムーズに進

んだそうだ。

「プロって凄いわ。動きから目のつけ方から、ゼーンゼン違うんだよ。参ったよ」

電話の向こうで何度も唸っていた。撮影が終われば、立ち退き期限は目の前だ。あの晩オバサマ達は、家を買い戻すと熱く決意したが、その後どうなったんだろう？　力になりたいが、考えれば考えるほど、無理な話だと思ってしまう。

瑞恵さんからメールが入ったのは、撮影終了の翌日だった。「急で悪いけど、明日、ボディガードをお願い」とある。ボディガード？

翌朝、待ち合わせの練馬駅の改札口で瑞恵さんは鬼気迫る形相で待っていた。早めに来ていることも珍しいし、見たこともない地味なスーツ姿で、マニキュアまできれいに落としている。

「最初、誰だか分かんなかったですよ。こんなスーツも着るんですね」

思わず、口走ってしまったら、

「これ着るの、離婚届にハンコ押した時、以来かな」

瑞恵さんは、スーツの話はどうでもいいとばかり「行くわよ」とスッスカ歩き出す。駅前商店街を抜け、閑静な住宅街を数分歩き、角を曲がると『池上クリニック』の派手な看板が目に飛び込んできた。瑞恵さんの元婚家？　三階建ての豪華な建物で、駐車場にはピカピカのベンツとポルシェが並んでいる。

「悪いけど、ここで数分、待ってて」

僕の返事も待たずに、一回、大きく深呼吸をし、瑞恵さんは決闘に挑む戦士のように肩を怒らせ入っていった。チラと垣間見《かいまみ》えた待合室には人気《ひとけ》がなく、ああ、今日は休診日なんだとようやく気がついた。あの息子に会いに来たのだろうか？　五分も経たないうちに、瑞恵さんは逃げるように入ったドアから出てきた。手には大事そうに包みを抱えている。

「帰るわよ、翔ちゃん。私とこの包み、しっかり守ってよ！」

言い捨てて、足早に歩き出す。僕も慌てて後を追う。

「息子さんに会ってきたんですか？」

「そうよ。しっかりせしめてきた」

「せしめたって……ええ～！」

もしかして、その包み……。つい、大声になった。瑞恵さん「シーッ」と指を立て、辺りを見回し、声を落とした。

「変なヤツが襲ってきたら、死ぬ気で守ってよ」

ことの重大さに体が震えた。


無事、カメ・ハウスに着いて、道中、ギュッと抱いたまま放さなかった包みを瑞恵さんは食卓の上にドンと置いた。待ちかねていたらしい後の三人が包みを囲む。これってデジャ・ヴュー？　この間と一緒じゃないか。緊張した空気に、胃が痛くなりそうだ。開けた包みを、みんなで代わる代わるのぞき込んだ。

「一千万円ある、それは雄太郎の前で確認した」

強盗団の手先みたいに、瑞恵さんが鋭い目で報告する。

「よく、出したわねぇ」

「つまり、そういうことなのよ」

「息子さん、資金援助してくれたんですか？」

とんまな質問だったらしい。瑞恵さんがケッと吐き捨て、

「あのケチがそんなことをするわけないじゃない。大したことじゃないのよ。週刊真相《しんそう》から取材を申し込まれたんだけど、どうしよう、ってメールしたの。池上クリニックの不正経理についてらしいけど、知ってること全部しゃべっちゃっていいかしら、って」

不敵に笑う。週刊真相って、あの週刊誌の？

「大変じゃないですか、週刊誌の取材だなんて」

三人が「この子、何、寝ぼけたこと言ってるの？」と呆れた風に僕を見る。

「そんなの、来ないわよ」

瑞恵さんがさらりと言う。

「それって、もしかして、脅迫じゃあ……」

いや、紛れもなく脅迫だろ。

「やあだ、そんな大胆なことしないわよ。ただ、シンプルに、そういう場合どうしよう、と息子に聞いただけ」

「よく、すんなり出したわよね」

「叩けばいくらでも埃《ほこり》が出てくるのよ、あの家。情けない話だけど」

「これでいくらになった？」

四人は盗賊の仲間みたいに頭を寄せ合い、

「恒ちゃんの一千万円、私が一千万円出すとして、瑞恵ちゃんの一千万円を合わせて三千万」

厚子さんがメモに記す。

「買い戻すには、いくら掛かるんだろう？」

「弁護士さんの話ではね、この家の権利、今は山杉《やますぎ》産業に渡っているんですって。山杉産業はリフォームして高く売り出す計画らしい」

歌子さんの報告に、

「山杉かぁ。手強いなぁ」

空気が急に重くなった。山杉というのは南百合ヶ丘を本拠に手広く事業をしている会社だ。不動産業が主な業務だが、建築業とか金融、パチンコ店等いろいろやっている。線路を挟んだ駅の向こうに経営者の自宅がある。生け垣が長々と続く料亭みたいなお屋敷だから、この辺では有名で、「相当、強かに儲けている」と噂されている。

「もう少し、株が上がっていればねぇ」

「雄太郎に一億って吹っ掛ければよかったかしら」

恒子さんと瑞恵さんが独り言のようにボソボソ呟く。

「そこでね」

歌子さんがおもむろに立ち上がり、部屋から一枚の絵を持ってきた。

「私はね、これを出そうと思うの。いくらになるか分からないけど、他に出せる物がないし、聞くところによると山杉の会長って、骨董とか絵とかに興味あるらしいのよね」

かわいい少女が描かれている水彩画だ。こんな絵があるなんて、知らなかった。

「素敵な絵ですね」

絵画のことなんかちっとも分からないけど、率直な感想が出た。繊細で美しい、そよ風みたいな絵だ。

「岡崎が生前、ファンからいただいたものなの。その方、イタリアの大金持ちでね、カプリ島の別荘にもよく、呼んでいただいた」

説明しながら、愛おしそうに絵を撫でた。

「岡崎はね、この絵が大好きだったの。だから、これだけは私が持っていなくちゃって、ずっと大事にしていたんだけれど」

岡崎さんの名前が出て、少しびっくりした。歌子さんが岡崎さんの話をすることはなかったし、みんなも妙に気を遣っていたから、辛い過去は忘れたいのだと、だから封印したのだと勝手に思い込んでいた。そうじゃなかったんだ。歌子さんにとって岡崎さんとの思い出は、哀しいけれどとっても大切な宝物なんだ。だからこそ心にひっそりしまって一緒に生きてきた。

「歌ちゃん、それはしまっておきなさい。大切な遺品じゃない。だから、ずっと寝室に飾っていたんじゃない」

厚子さんが静かにいさめた。

「そうよ、そんな大切な絵、手放しちゃダメよ」

恒子さんも止めるが、「ううん」と歌子さんはきっぱり首を振った。

「所詮、絵は絵よ。物でしかない。恒ちゃんが言ったじゃない、一番大事なものを守りたいって。私もね、自分は何が一番大切なんだろうって考えたの。もちろん、料理の本は出したいわよ。でも、何よりも失いたくないのは、ここでのみんなと過ごす穏やかな生活。岡崎も絵なんかさっさと売っちゃえよって、きっと言うと思う」

みんな、黙ってしまった。だとしても、大した大きさでもない水彩画だ。そもそもお金になるのか？

「とにかく、ダメでモトモト。体当たりしてみよう」

「どこを突く？」

「そりゃあ、ストレートにワンマン会長、直撃でしょう」

「武者震いするぅ」

瑞恵さんが愉快そうに言って、

「その時は、翔ちゃんにも警護担当で来てもらわないとね」

ケロッと付け足した。ぼ、僕も？　言葉も出ない。

その日。僕はリクルートスーツに着替え、覚悟を決めてカメ・ハウスに向かった。

歌子さんと親しい市議会議員さんの口利きで、山杉産業の会長と面会できることになった。地元の名士だった奥村家の人脈はこういう時に役に立つ。当然、四人揃って赴くつもりだ。駅の反対側だから、バスに乗って行けないこともないけれど、勝負の時にチマチマ、バスに乗ってるようじゃ、足下を見られる。車でデーンと乗り込まないと。

とのオバサマ方の意見だった。つまり、「翔ちゃん、運転手役も頼むわ」ということだ。

デーンもなにも、傷だらけのボロカローラで、合わせて五人がギュウギュウに乗っての登場なんて、むしろ見くびられるんじゃないか。そうは思ったけれど、オバサマ達だけで行かせるわけにもいかない。テキはあの山杉産業だ。いざとなったら僕が守らないと。

恒子さん、厚子さん、瑞恵さんが、紙袋と共に後部座席に並び、助手席には、風呂敷包みをしっかり抱いた歌子さん。四人を乗せて山杉産業会長の屋敷を目指す。みんな、カラスに狙われたハムスターみたいに緊張して、一言もしゃべらない。

手入れの行き届いた生け垣が見えてきて、いかめしい門の前まで出る。「杉山」と墨で書かれた表札が目に入る。「山杉産業の経営者は杉山《すぎやま》さんなんだ」と妙な納得をしていたところに、重そうな門が静かに開いて、若い衆が中に誘導してくれた。

音立てながら砂利道を進み、武家屋敷みたいな玄関の前で車を止めた。外から見ていたより何倍も威厳に満ちた佇《たたず》まいで、気後れしてこのまま「失礼しました」と引き返したくなる。でも今更、引き返せるわけもなく、若い衆に案内されるまま、オバサマ達の後に付いていった。ピカピカに磨かれた廊下を進む。チラとのぞいた部屋にも、廊下のそこかしこにも、高そうな壺《つぼ》や絵が飾ってあり、威圧感に心臓は縮こまり、気持ちはひるんでいく。

廊下の突き当たりの部屋に案内された。大きなデスクが正面にあって、応接室というよりドラマで見る「政治家の執務室」といった風情だ。こういう場合、デスクに足を乗せ、悪徳政治家がふんぞり返っているのが定番だけれど、案の定、小柄で干からびたような老人がふんぞり返り気味に座っていた。足は乗っけていなかったけれど。

「この度は、お忙しい中、お時間をいただき、ありがとうございます」

歌子さんが丁寧に挨拶した。

「そのとおり、私は多忙なんです。普通ならお断りするんだが、奥村さんと言えば、南百合ヶ丘の名士でしたからな、昔のことだが」

冷ややかに言う。「お座りください」と勧めもしない。いけ好かない爺さんだと僕は外に目を向けた。美しい日本庭園が広がっている。この庭を維持するには、いくらお金が掛かるんだろうと余計なことを考える。

「恐縮です。それでは単刀直入に。あの六階を買い戻させてください」

歌子さんは、不愉快そうな顔も見せず、下手《したて》に下手に、話を持ち出した。

「ほう」

爺さんが、からかうように歌子さんの顔を見た。恒子さんと瑞恵さんが一歩、前に出て袋をデスクに置き、厚子さんが封筒をその横に置いた。

「ここに三千万円あります。二千万は現金、あとの一千万円は小切手です」

会長は小馬鹿にしたように顎を撫でている。現金を見せた方が相手の気持ちは動くんじゃないの、ということで二人のお金は今日まで金庫にしまっておいたのだ。でも、現ナマを前にしても、爺さんの心はフラとも動く様子はない。

「こんな少額であそこが買えると？」

「いえ、思っておりません。でも、年金で生活している身には、これでも大金なんです」

「話にならん。あそこは、大幅にリフォームして売る予定だ。最低でも八千万で売れる。こんな端金《はしたがね》で買えると思うなんて、バカげているとしか言いようがない」

厚子さんがツイと前に出た。

「お言葉ですが。それ、吹っ掛け過ぎではないですか？　確かにあそこはいい場所ですよ。私達がきれいに使っていますから状態もいい。でも、駅から急な坂道を徒歩二十分、バスがありますが、一時間に三本しか来ない。しかも築十八年でエレベーターも古いし、エントランスも時代遅れです。それに二世帯用に特別に作ってありますから、よほど間取りを変えない限り売れにくいと思いますね。百五十平米あるとしても、八千万円では無理、六千万でも厳しいはずです」

さすが、元教師。会長を前に滔々《とうとう》と語る。

「核家族向けには広過ぎますし、今時《いまどき》、二世帯住宅を探す家族なんて、めったにいません。リフォーム代を投資して、それでも売れないとなると、広告代や管理費の損失はバカにできない額でしょうね」

歌子さんも熱く説く。

「フン。ご存じないようだから申し上げるが、私は不動産のプロでしてね。あなた方に心配していただく必要はない。話はそれだけかな。だったら皆さん、お帰り……」

会長が後ろの若い衆に声を掛けかけ、フッと何かを思い出すかのように首を傾げた。

「あなた……そこの水色のあなた」

水色ワンピース姿の恒子さんを指さす。

「どこかで会ってますかな?」

「いえ、そんなことは……」

恒子さんが困っている。爺さんはじぃっと睨み顎をなで、また首を傾げる。

「どこだったかなぁ……」

その時、爺さんと恒子さんが「アッ」と同時に声を上げた。

「弁天堂!」とハモる。

「あの時の紳士?」

「そう。どら焼き、分けていただきました」

「私の方こそ、迷っちゃって途方に暮れていたのにお付き合いいただいて」

「スニーカーは慣れましたか」

会長がおかしそうに聞き、

「おかげさまで」

恒子さんがニコニコと返事した。

「私の方こそ、おかげさまで、久しぶりにどら焼きを美味しくいただきました」

僕もようやく、思い出した。恒子さんが来たばかりの頃だ。慣れない駅前で恒子さんが行方不明になって、僕と美果で探し回った。そうしたら、ちゃっかり弁天堂で名物のどら焼きを買っていて、そうだ、その時、お店の前のベンチでどこかの年寄りと仲良く話し込んでいたんだ。ってことは……あの時の老人がこのいけ好かない会長？

恒子さんが、

「ほら、引っ越ししたばかりの頃、私、道に迷ったじゃない。あの時、私がどら焼きを買い占めちゃって、こちらの会長さんが買えなくなって……」

と後ろの三人に説明する。

「四つ分けていただきました。あの店、いつ行っても、どら焼きは売り切れでね」

会長が笑った。ヤクザの親分みたいな顔に、ほんの少しだけ、好々爺《こうこうや》の片鱗《へんりん》が見えた。

「おーい、お茶が出てないぞ。座っていただかなくちゃダメじゃないか」

会長、今更ながら部屋の向こうの若い衆に声を掛ける。いい雰囲気になったと、オバサマ達の顔にもわずかだがゆとりが出てきた。デスク前の応接セットに恐る恐る座る。

「私達、弁天堂繋がりだったんですね、地元は大事にしませんとね」

活路を見つけようと歌子さんがにこやかに話を戻した。

「会長さんと恒ちゃんが、お友達だったなんてね」

瑞恵さんったら、無理矢理、お友達に仕立てている。

「だからといって、マンションを売る話はまた別です。皆さんだってどら焼きを譲ったぐらいで、値引きしてもらえるとは思わんでしょう」

そりゃ、そうだが……。ここで歌子さんが、

「もちろんです。ですから」

おもむろに風呂敷包みを差し出した。

「この絵を付けます。お気に召すと思いますが」

会長は「なんだ、これは？」とでも言いたげにジロジロと歌子さんと包みを見比べ、不承不承、風呂敷をほどき始めた。中から出てきた少女の絵を、じっと見る。

「藤田《ふじた》嗣治《つぐはる》の水彩画です。日本では滅多に手に入れられない物です」

フムと唸って、ひっくり返したり、隅のサインを凝視している。藤田嗣治って誰だ？　画家の名前か？　さすがにここで聞くわけにはいかないが、強欲そうな爺さんが目の色変えて見入っているというのは、きっと名のある画家さんなんだ。

「本物かどうか、怪しいものだ」

ブスッと言う。歌子さん、毅然《きぜん》と顎を上げ、

「分かりました。そうおっしゃるなら、持って帰ります。藤田の作品なら、どんなことをしてでも欲しいというコレクターは大勢いますから。長居いたしまして」

会長の手から絵をひったくり、包み直した。「さ、行くわよ」と僕達に顎をしゃくる。数歩、歩いたところで、

「待ちなさい」

と爺さんが止めた。

「預かりましょう。鑑定に出して真作かどうか確かめます」

思わず笑顔が浮かびそうになるが、歌子さんは厳しい顔で振り返った。

「それはどうでしょう？　偽物と入れ替えないと、誰が保証できます？」

「私を誰だと思っている」

「山杉産業の会長さんです。だからこそ信用できない」

フンと苦笑して、会長は石のように黙ってしまった。背もたれに寄りかかり目を瞑る。何分、そうしていたのだろう。みんなが息を止めて見守る中、ゆっくり目を見開いた。

「分かりました。手を打とう。あの家の権利は三千万とこの絵でお売りしましょう。明日、担当の者を伺わせます。正式な取引はその時でよろしいかな」

恒子さんが信じられないというように目を輝かせ、瑞恵さんがフッと息を吐き目を閉じた。歌子さんと厚子さんは硬い表情のままだったが、僕はしっかり目に焼き付けていた。四人がそっと手を伸ばし、ギュッと握り合っていたのを。


無事、契約書を交わしたと厚子さんの電話を受けて、その翌日、つまり会長宅を訪ねた二日後、僕は美果と共にカメ・ハウスに向かった。まずはおめでとうと言いたかったし、二階に運んだ荷物を、再びもとに戻さなくちゃいけないだろうから。

六階でエレベーターを降りると、玄関を開けっぱなしにして、オバサマ達四人が、いそいそと行ったり来たりしていた。空気が明るい。

「恒ちゃん、もっと大きな箱で運びなさいよ。そんな調子じゃ何年経っても終わらないわよ」

厚子さんが発破《はっぱ》をかけても、

「だって、重いんだもの」

恒子さんはすでにお疲れ気味だ。「恒ちゃん、手伝う」と美果がすかさず、手を貸す。

「ねぇ、歌ちゃん、この服、もう捨てなくてよくなったのなら、もらっていいかな」

瑞恵さんが、『古布』と書いた大袋の中からブラウスを引っ張り出している。狭い家に引っ越すのだからと、整理しておいた歌子さんの洋服だ。

「断捨離しようって、決めたばかりでしょ。あんたね、そんな未練がましいことしないの。それより、作業、作業」

厚子さんにとがめられている。

「レモンの木、始末しなくてよかったわねぇ」

レモンの木は引き取り手が決まらないまま、バルコニーの隅に放置されていたのだ。いろんな物が消えていったけれど、それだけはよかった。恒子さんがまた手入れして、大きく育てることだろう。

効率のよくないテンヤワンヤを展開している最中、ピーとキッチンで音がして、歌子さんが「炊けたみたい」と声を掛けた。皆が「オッ」と顔を見合わせる。確かにさっきからいい匂いがしていたんだ。

「せっかくできちゃったから、少し休憩で早めのお昼にしようか」

「いいね、いいね」

「じゃあ、恒ちゃん、おにぎり作るの、手伝ってくれる?」

了解、と恒子さんはさっさと持っていた段ボール箱を放りだし、美果が「私も手伝います」と手を挙げる。美果ったら、料理までやり出してるのか、とかなりびっくりする。

「美果ちゃんは……まだ、下手くそだからなぁ」

歌子さんがちょっと躊躇し、厚子さんが「何ごとも練習、練習」と笑った。結局、みんながぞろぞろキッチンに集まり、寛いじゃっている。

「ジャコご飯なの。そんじょそこらのと、違うのよ。干し椎茸の出汁でご飯を炊くの。椎茸は、醬油と味醂で煮しめて細かく刻んで一緒に炊く。そこにチリメンジャコをたっぷり入れて、そのチリメンジャコからもいい出汁が出て、本当に美味しいんだから」

「重労働の時ほど、美味しいもの、食べないとね」

みんな、はしゃぎ気味だ。そりゃ、そうだ。おとといの展開がいまだ信じられないけれど、この家でずっと暮らせることになったのだから。

山杉産業との契約後、同席してもらった税理士さんを介して、オバサマ達同士の書類も交換した。四人で出資したのでこの家は四人の共同名義にする。将来、この内の誰かが欠けたら、家の権利は残りの住人が引き継ぐ。つまり全員がこの家の持ち主で、生きている限り、住み続けることができるのだと。

「長生きした者勝ち、ってわけよね」

オバサマ達は、満足そうにほくそ笑み合った。一番長生きするのは自分だと、皆が皆、信じているのかもしれない。

「だけどさ、あの絵。私には相場は分からないけど、損してない？　もしかして億の単位で売れたんじゃない？　あの会長、慌てて引き留めたもんね」

おにぎりを結びながら、瑞恵さんが絵の話題を持ち出した。ずっとそこが気になっていたらしい。

藤田嗣治のことは家に帰ってすぐに調べた。パリで活躍した世界的な画家さんだ。そうだよ、もっとふっかけてもよかったんじゃないか？

「まあ、本物ならね」

エッ！　さらっと答えた歌子さんの言葉に、空気が凍った。

「もしかして……贋作《がんさく》なの？」

恐る恐る厚子さんが聞く。

「知らないわよ。調べたことないんだもの。本物かもしれないし、偽物かもしれないし」

いいのか、そんなこと言っちゃって。

「どうするのよ、もし会長が調べて偽物だとなったら、大変なことになるわよ」

「私達、ただではすまない」

「ドラム缶にセメント詰め……とか？」

僕まで不安になってきた。そうだよ、あの若い衆、気が荒そうだった。

「大丈夫よ、あの会長さん、調べたりしないと思うよ。贋作だってことになったらコレクターとして大いに恥だし、大損だし。あの手のタイプはね、そういうリスクは負わないの。どうせ、あの世に持っていけないんだし、自分が本物だと信じて、一人で楽しんで、時々人に自慢できればいいのよ」

歌子さん、勝手に決めつけてる。

「そうかなぁ」

「だからぁ。大丈夫だって。正式に鑑定してないってだけで、しみじみといい絵だったじゃない。見る人を癒やす力と品があった。私は本物だと信じているもの」

ケロッとしている。いやいや、決して大丈夫なんかじゃない。なるほど、歌子さんがあの場でなんとしても話を決めようとしたのは、そういう事情もあったんだ。今更ながら歌子さんの大胆さには恐れ入る。

その時だった。玄関で音がし、「すみません」と男の声が聞こえた。全員でドキッとする。

「誰だろう?」

そういえば玄関ドアは開けっぱなしだ。まさか、山杉産業? みんなの視線が僕に集中する。美果まで「あんたの出番よ」とばかり目で合図する。

「分かりましたよ」

仕方なくおずおずと出ていくと、開け放った玄関いっぱいに、入道みたいな大きな男が立っている。しかも外国人だ。なんだ、こいつは。半袖のポロシャツからぬっと突き出た腕には、チラとタトゥーまで見える。

「あの、どちらさまでしょうか?」

僕はそっと後ろ手で、壁に立てかけてあったモップに手を触れた。いざとなったらこれで。

「奥村歌子さんのゴジタク、間違いアリマセンデスカ？」

流暢《りゅうちょう》とはいえないけれど、日本語を話すらしい。

「そうだったら、何か？」

狙われているのはやっぱり歌子さんか？

「あのぉ。ワタクシ、ヤン・ヘーレンと申します。あなたは？」

逆に聞く。なんだ、一体？　でも、ヤンという名前に聞き覚えがあった。

「翔ちゃん、どなた？」

背後から歌子さんの声がして、その途端、目の前の入道は、直立不動になって九十度のお辞儀をした。

「ママさん。コノタビハ、モウシワケゴザマセンデシタ」

必死で覚えてきたらしいけど、ちょっと変な謝罪の言葉だ。

「ヤン……さん？」

歌子さん、呆然としている。ようやくまともに頭が回転した。そうだ、ヤンって、光輝さんのお相手じゃないか。

「ゴブサタでした」

「雰囲気変わっちゃって。何年ぶり？」

「あ、髭、もうないですし。前、オジャマしたのは十六年前？　大分太ったし。卵みたいです」

ツルッとした頭を撫でて笑った。

「どうして、ここに？」

「どうしてもママさんにお会いして、オワビイタシタイト」

そしてもう一度、深々と頭を下げた。

ガランとしたリビングに通して、座ってもらった。「お茶、お茶」と恒子さんがキッチンに飛んでいく。

「ワタシ、知らなかった。ミッキーが、資産を少し整理しただけ、心配ないと言うので、その言葉に甘えていました」

ミッキーとは光輝さんのことなんだろう。

「この間、ワタシとミッキー二人に手紙が届きました。エート」

アタッシュケースから手紙を出して、

「アツコ・イマイ、ミズエ・イケガミ、ツネコ・ミドリカワ……皆さん達ですよね」

厚子さん達を見回した。皆、ばつが悪そうに目をそらす。

「大変、オイカリの手紙でした。あなた達のママは、もうすぐ家から追い出されてしまう。事業の失敗はあなた方のせいなのに、私達年寄りの大事な住まいまで奪うなんてそれは人としてどうなのか、と書いてありました」

歌子さんは、「そうなの？」とびっくりしている。

「バレちゃった」

いたずらを見つけられた子供のように、瑞恵さんが舌を出した。

「なんか、悔しいじゃない。一言言ってやろうと思って」

「日本語と英語で。英語にするの、大変だったわよぉ」

「久しぶりに頭使っちゃった」

厚子さんが肩をすくめ、三人は「ねぇ！」と頷き合った。

「ワタシ、びっくりしてミッキーをトイ、トイ？」

「問い詰めたんですか？」

「そう、それ。トイツメたんです。ミッキー、全部、認めました。だって、ヤンの力になりたかったからって。ママさんは僕のためなら、なんでもしてくれるんだって」

歌子さんがふぅと、重いような、甘いような息を吐いた。

「それはダメ。ゼッタイダメ。それで慌てて、工面できるだけ工面して飛んできました」

アタッシュケースから薄っぺらな封筒を出し、歌子さんに差し出す。

「今はこれだけです。ゼンゼン足りません。でも、毎月少しずつでも必ずお返ししますので、今は、これでオネガイシマス。モウシワケゴザマセン」

歌子さん、封筒の中身をチラとのぞいて、

「光輝は元気です？」

少しはにかんだ。

「はい。僕の分も謝ってきてと。ほんとに、ほんとにゴメンナサイデス」

ヤンは床に跪《ひざまず》いて土下座みたいに何度も頭を下げた。ごっつい入道が網にかかったタコみたいに小さく見える。

「分かった。ヤンさん、分かったから止めて。とにかく座って」

言うべきことを言って安心したのだろう。ようやくヤンさんは座り直し、目の前のお茶を飲んだ。

「デリシャス。日本のお茶はホッとします……ハッと？　ホッと？」

「ホッとでいいんですよ」

恒子さんが嬉しそうだ。

「でも、大丈夫なの？　工面って、どうやって工面したの？」

歌子さんとしては、そこが大いに気になるのだろう。

「大丈夫です。シロを売りましたから」

シロ？

「ねぇ。今、城って言った？」瑞恵さんが横から僕の耳元で囁いた。そうなんだ、確かにシロと聞こえた。

「シロってまさか、シャトーじゃないわよね？」

厚子さんにもシロって聞こえたんだ。

「そう、シャトー、キャッスルのシロです」

「お城、持ってるんですか？」

口出す立場じゃないけど、声が出てしまった。美果じゃないけどウルトラびっくりだ。

「はい。といっても田舎にある小さな城です。全然有名じゃないし、古いだけのぼろ家ですが、ヘーレン家が代々継いできたもので、ワタシ、その十二代目」

皆で呆れて、顔を見合わせる。

「ミッキーは、ママのマンションは、お金が入ればすぐまた買えるけど、あの城を売ったら二度と取り戻せない。売っちゃいけない、子供達に遺してあげなくちゃいけないって反対だったんですが、そうはいきません。大事なのはゴオンです、正義です」

「ヤンさん、いい人ね」

歌子さんの代理人みたいに厚子さんがお礼を言った。

「売っちゃってスッキリしました。城の管理って大変なんです。費用は掛かるし、修理ばっかりだし。今はむしろ解放されてスースーした気分です。スースー？　セイセイ？」

瑞恵さんが「セイセイ」と得意そうに教えて、プッと笑った。

「アリガトゴザマス。セイセイしたけど、わずかなお金にしかならなくて……ママさんにお返しするには、ゼンゼン足りません」

申し訳なさそうにうなだれる。恒子さんが、ニコニコ顔ではっきりと、

「ヤンさん、ご心配なく。この家だけだけど、取り返したのよ」

胸を張った。「ウォウ？」ヤンさん、ポカンとしている。

「今、なんと？」

「この家だけは死守したの。シシュって分かる？　四人で力を合わせて買い戻したの」

厚子さんが高らかに笑った。

「だからって、借金はちゃんと返してよ」

瑞恵さんがクギを刺し、ヤンさんは再度床に膝を突き、ひれ伏した。

「そうですか。よかったぁ。それだけはよかった。ワタシ、生きたココチ、なかった。ホッとします。生き返ります」

「婆ぁパワーも、捨てたもんじゃないでしょ」

厚子さんが胸を張り、ヤンさん、心底、救われたようにまた頭を下げた。

「素晴らしいです。アメイジングです、参りました」

やりとりの中で、歌子さんだけ、眉間に皺を寄せ難しい顔をしたままだ。

「さっき、子供達って……言いましたよね？」

そうだ、そんなことを言った。

「はい、ワタシタチの子供達。あれ、ミッキー、ママさんに言ってないんですか？」

「いいえ！　何にも聞いてません！」

歌子さんの怒りが破裂した。ヤンさんが慌てて、

「隠したんじゃないです。ミッキー、どうママさんに伝えていいのか、きっと分からなかったのだと思います」

パートナーを庇う。そしてスマホを取り出し、画面に写真を出した。

「ワタシタチの子供達。こちらがルイでこちらがジャスミン」

嬉しそうに見せる。南アジア系のクリッとした目の男の子と、チリチリ髪を三つ編みにしたアフリカ系の女の子が並んで写っている。男の子が六歳、女の子は四、五歳というところか。ヤン達の家の庭なのだろう、後ろにビニールプールが見えて光輝さんらしい姿がこっちを向いて笑っている。

「三年前に養子の手続きをしました。ママさんの孫」

ちょっと見て歌子さんは、複雑な顔をした。いきなり孫と言われたって、そりゃあ、どんな顔をしたらいいのか困るに決まってる。

「大事なのはママさんも子供達も幸せでいること。それがワタシタチの幸せ」

そこまで言って、ヤンさんは「いけない」という風に時計を見た。

「そろそろシツレイしないと」

「あら、一緒にお昼でも召し上がって。おにぎりとお味噌汁だけですけれど」

「アリガトゴザマス。でも、ワタシ、これからあと三つ用事を済ませて、今晩の飛行機に乗らなくてはいけない」

「慌ただしいのねぇ。せっかく日本に来たのに」

「今回はママさんに会うのが目的。会ってオワビするのが目的。そのためにスットンデ来ました。向こうはまだ、仕事ゴタゴタ。それにミッキーと子供達が待っているので、少しでも早く帰らないと」

アタッシュケースに手紙を戻しながら、

「ビンボウヒマナシです。あ、この手紙は大事にします。読み返して、しっかり働いて、ママさんに必ずお金を返します。必ず。約束します。それまでしばらく、よろしくお願いイタシマスデス」

改めて深々と頭を下げた。

「タクシー、呼びましょうか？」

「大丈夫、ワタシ、歩くのトクイ。走るのもトクイ。駅まですぐです」

つかつかと玄関へ歩いていくヤンさんを、皆で慌てて追う。

「それでは、皆さん、お元気で」

待って、待って！　と恒子さんが追いかけてきた。「これ」とヤンさんに包みを渡す。

「おにぎり。チリメンジャコと椎茸のおにぎり。忙しくてお昼食べる時間もないんでしょ。駅のベンチか電車の中で食べて。歌ちゃんのお手製だから、美味しいわよ」

「アリガトゴザマス。ママさんの料理は世界一だって、ミッキーがいつもジマンしてます」

歌子さんの目が、薄らうるんだような気がした。

「それでは」背中を向けたヤンさんを、

「ヤン！」歌子さんが呼び止めた。初めて、ヤンさんじゃなくて、ヤンと呼んだ。

「今度は、家族みんなで遊びに来て。光輝とそれと……子供達と」

ヤンさんまで、涙ぐんでいる。

「ママさんもアムステルダムに来てください。ワタシのピザ、ご馳走します。美味しいですよ」

歌子さんとヤンさんが微笑み合った。

「考えてみる」

「ママさんより、料理は上手かもしれない」

「あ～ら。そんなことより、仕事頑張って、借金きれいにしなさいね」

ヤンさん、「ソウデス。まず、それです」とおでこをペンと叩いてみせた。

「それにしても、日本語、随分上手くなったのね。びっくりしたわよ」

「大事な家族の言葉ですから。でも、十六年経ってもまだまだ。イマノウチ？　いや、イマ……」

「イマイチって言おうとしてる？」

さすが厚子さん、察しがいい。

「そう、それ。まだ、イマイチです」

そして、ヤンさんは大きく手を振り、去っていった。


リビングに戻って、皆でソファにグタァと崩れ落ちた。

「僕、最初はどうなることかと思いました」

「アハハ、ヤクザが押しかけてきたかって？」

「だって、あのガタイとタトゥーだもの」

「でも、ヤンさん、いい人だった」

うん。みんな同じ気持ちなんだろう、部屋中がほっこりしている。

「それにしてもこの数日、いろんなことが起こり過ぎ。私は緊張で疲れたわ」

瑞恵さんがクッションに身を投げ、それまでのびていた厚子さんがいきなりパッと立ち上がって聞いた。

「ところでヤンさん、いくら返してきたの？」

歌子さんが封筒から小切手を出してそっと見せる。

「なるほど」

どれどれ、と瑞恵さん、恒子さんものぞき込む。

「たった五万円？」

瑞恵さんが素っ頓狂な声を上げ、

「違うわよ、ユーロだから。エート、一ユーロ百五十円と換算して……七百五十万」

さっと厚子さんが計算し、一同、曖昧に唸る。

「大金と言えば大金だけど、大した額じゃないといえば大した額じゃない」

「でも、ヤンさんなりに頑張ったんでしょう」

厚子さんと歌子さんが顔を見合わせ苦笑した。歌子さんが負担した金額を考えれば、確かにゼンゼン足りないけれど……とドギマギする。僕にとっては大金だ。いや、普通に考えても大金だよ。ここのところ、桁違いの数字が行き交って、頭がクラクラしっぱなしだ。

歌子さんが小切手を封筒に戻し、総括するように手を挙げた。

「とにかくお昼を食べよう。それから臨時会議を始めます」

そうよね、まずはお昼よね。口々に言ってテキパキと動き回り、あっという間に、作ってあったジャコ飯おにぎりとなめこと豆腐の味噌汁と、夕べ、漬けておいたキュウリの糠漬けがテーブルに並んだ。引っ越し作業ははかどらないのに、こういうことには、凄まじく手際がいい。

席に着いて、「いただきます」と合掌する。

「ジャコ飯、冷めちゃったけど」

「ノープロブレム。これは冷めても美味しいの。もしかしたら冷めた方が美味しいくらい」

熱々の味噌汁を真っ先にいただく。歌子さんの味噌汁は必ず煮干しでしっかりと出汁をとる。お味噌も「そんな特別に上等品じゃないけど、ほどほどにいいやつ」を使うのだそうだ。その二点さえ守れば必ず美味しくなると歌子さんは言う。なめこがツルンと口に入り、ぐしゃぐしゃに潰して入れた絹ごし豆腐が、いい口当たりだ。歌子さんは味噌汁に、豆腐を手で潰して、ぐしゃぐしゃな形で使う。

「きれいに四角く切るより、この方が美味しい」からなんだとか。

食べながら「あ」と、声を上げそうになった。美果まで一緒になってお味噌汁を啜っている。あんな超偏食に何が起こったのかと驚きだが、美味しそうに食べている姿は感動的だ。ジロジロ見ると叱られそうだと、そっと目をそらした。

大皿に盛られたおにぎりを手に取って、海苔を巻いていただく。なるほど、椎茸から出た旨味と、ジャコの旨味が、薄茶色のお米の歯ざわりから伝わってくる。ほんの少し混ぜてある五穀米が、ジャコ飯の深みになっている。

「へぇ、美味しいものですね」

感心したら、

「相変わらず、食レポ下手ねぇ」

素っ気なく返された。美味しい物は、「美味しい」と言うしかないじゃないか。今頃、ヤンさんも駅のベンチで、このおにぎりを頬張っているのだろうか。だったら、きっと少し元気になっているはずだ。

「ヤンさん、ちゃんとした人だったじゃない」

恒子さんが、チラと歌子さんを見て言った。

「しっかりしているし、誠実だった」

「そんな、しっかりしている人がどうして借金、抱えちゃうのよ」

「なんかね、光輝の説明だと、事業が上手くいかなくなったこともあるのだけれど、ヤンの友人を信用して保証人になったのが、借金を被《かぶ》る最大の原因だったみたいよ」

ふうん……。皆、唸って、黙々と食べる。

「それよか、歌ちゃん、孫が二人もできちゃったじゃない」

瑞恵さんがからかった。

「本当よねぇ。どうしましょ、私」

自分でも分からないのだろう、喜んでいるのか、当惑しているのだか。

「少なくとも、会いに行く口実ができた」

「そうよ。落ち着いたら、会ってらっしゃい」

「ミッちゃん、喜ぶわよ。ママの料理は世界一だって。言うわよねぇ」

「あれ、ヤンは絶対、嫉妬してたよね。張り合ってたじゃない、僕のピザは美味しいって」

皆で、クスクス笑う。

「そうねぇ。オランダ、行ってみるか」

「あ、みんなで行こうよ、ツアー組んで行こう！」

「いいね、いいね」

「ま、それは今後のテーマとして……」

歌子さんが改めたように厳かな顔になって、物差しでテーブルを叩いた。

「では、臨時会議を始めます。議題は、今後の方針」

「二階の荷物を戻して、厚ちゃんもアパートを引き払って、それぞれ解約する、でしょ。ああ、無駄な手間暇かけたわよね。お洋服だって、随分始末しちゃったし」

瑞恵さんが悔しそうだ。

「そこなんだけどね」と歌子さん、ヤンさんが持ってきた封筒をスイと差し出した。

「このお金、思わぬ具合に入っちゃったじゃない。それで提案なんだけど、これを元に、この機会にさ、思い切ってこの家をリフォームしない？　私達もしばらく住む所があるし、ちょうど荷物取っ払ったいいタイミングじゃない」

「やだ、バリアフリーにしたり、手摺《てす》り付けたりしようっての？」

「まだそんなの必要ないわよ。でも、確かにあちこち、かなり傷んではいるよね」

厚子さんったら、はっきり言う。改めて周りを見回した。絵を外した後の壁紙や、家具を取っ払った床を見れば、この家が経てきた年月は否応なく分かる。

「すみませんね、ボロで」

歌子さんが口をとがらせ、

「二十年近く経っているんだもの、仕方ないわよ」

恒子さんがフォローした。

「そのとおりなの。傷んだ所を直したいのが一つ。あと、この際思い切って、向こうのリビングを貸しスタジオにしたらどうかと思って」

二世帯住宅用に建てられたこの家は、玄関を入った向こう側に、もう一つのリビングとキッチンがある。息子の光輝さんが使う予定で作られたものの、当人が出て行ってしまってからは、無駄なスペースと化している。

「どういうやり方があるか、それはこれからの検討課題だけれど、料理教室や理科教室もできるようにすれば、私も教室開けるし、厚ちゃんも塾をやれる。私達がやらなくても、レンタルスペースにすれば、収入になるでしょ」

なるほど、その手はある、と皆で感心する。

「だけど、厚ちゃん、塾なんかやりたくないって、言ってたじゃない」

「いや。私も考えを変えた。これからは、高齢者も前を向いて、できる範囲で収入を目指さないと。もう、立ち退きなんて、金輪際ゴメンだしね」

確かに、二度とゴメンだと、みんなが深く頷いた。

「このお金、使いましょ。ていうか提供させて。みんなに迷惑かけちゃったしね。賛成なら、早速知り合いの建築家に相談してみるけど」

「足りなければ、私達も出すわよ。私達の家なんだし。こうなったら未来に投資よ」

厚子さんが言い、「私も出すわ」と恒子さんが続けた。

「それはダメ。みんなには十分出していただきました。あとはちゃんと取っておいて。大丈夫よ、年寄りには優しくして、って脅して安くしてもらっちゃうから」

歌子さんなら、値引きさせるなんて、朝飯前に違いない。なにせ、あの会長を言いくるめたのだから。

「やっぱり、ついでにバリアフリーにしちゃう？」

「いいと思う。私達のためじゃないわよ。高齢者や障碍《しょうがい》者も使いやすい貸しスタジオよ」

「なんか、時代の先を行く私達って感じ？」

みんな、調子に乗っちゃって。美果が、愉快そうに拍手した。

「それでは、決を採ります。この機会にリフォームして、新規貸しスタジオ事業に取り組むことに賛成の人？」

ハーイと声がハモって、四人が勢いよく手を挙げた。

珍しく美果から、今からアパートに行くよ、と電話をもらった。最近は、お互い忙しくって、ちっとも会うことができなかった。僕は、ワントーン高く「待ってる」と返事して、慌てて部屋を片付けた。最後のあがきみたいに面接三昧だったから、部屋は絶望的にとっちらかっている。

「お土産付きだよ〜」

来るなり美果は上機嫌で包みをテーブルの上に置いた。

「なに？」

「スィートポテト。私のお手製」

得意げだ。カメ・ハウスのリフォームが始まって、僕が行く理由がなくなった。なにしろ二階の狭いマンションは荷物が山積みになっていて、座る場所もない。でも、美果はどうやら頻繁に顔を出し、狭いキッチンで歌子さんからいろいろ教わっているらしい。包みを開けると、バターのいい香りと共にぐしゃっとした塊が顔を出した。

「これ？」

「形が上手くいかなくてね。でも、味はいいんだ」

つまんで口に入れると確かに、サツマイモの甘みが活きた上品な味だ。

「オーブンを使えればもっと上手く焼けるんだよ。今はトースターしか使えないからなぁ。はやく六階に戻りたいよ」

トースターのせいにしている。いいよ、いいよ。美果が作った物ならなんでも大歓迎だ。

「歌子さん達、どうしてる？」

「毎日、六階に通ってる。お茶をお出ししなきゃ、とか言いながらあれこれ口出ししてるよ。壁紙のここ、きれいに貼れてないとか、手摺りの位置はもっと下げた方がいいとか、床材は別のがよかったとか、シックハウスの危険はないでしょうねとか……」

「凄いね」

様子がありありと想像できた。一人だって手強いのに、四人掛かりで見張られたら、作業する人には、メガトン級のいい迷惑だ。

「なんかね、これからは生活を見直すんだって。毎月の生活費は決まった額で収める、無駄な物は買わない、家計簿をしっかりつける、などなどだって。そんなの常識で、みんなやってるよって、突っ込みたくなったよ」

以前だってノートに付けてはいたけど、どんぶり勘定もいいとこだった。

「ワイン止めたらどうですか、健康にもいいし節約になるし、って勧めてみたらさ」

「そしたら？」

「厚子さんと歌子さんが『あ、それは無理』『生きる楽しみがなくなる』って同時に慌てた」

アハハ。あのオバサマ達、その辺のオッサンみたいだからなぁ。

「歌子さんの資産がなくなったせいで、あそこの暮らしは随分影響受けるよなぁ」

「いいんだよ。世の中どこも慎ましい生活だよ。ようやく普通になっただけ。でも、ヤンさんから、ちゃんとお金が振り込まれるようになったみたいよ。わずかな額らしいけど」

そうか。ヤンさん、約束を守っているんだ。

「それと、瑞恵さんが腰を痛めて、整形外科通いしてる。重い物運んだせいだってタラタラ文句言ってる」

「みんな強気だけれど、そんな年なんだよ。瑞恵さん、普段からあんまり運動しないし」

「だよね。歌子さんも眼鏡の度が、また進んで、作り直さなくちゃならないんだって。物入りよぉって、愚痴ってる」

老眼ってのは、治らないし進むばかりよ、と実家の母も愚痴っていた。

「恒子さんは平常運転？」

美果の表情がフッと陰った。

「なんかあった？」

「小さな事なんだけど……」

「なんだよ？」

「この間、恒ちゃんと買い物に行ったんだ。恒ちゃんのスニーカーの紐がほどけてたから、教えたら、あら、って結ぼうとして……困ってるの。なんだか、結び方が分からなくなったみたいなの」

嫌な感じがした。

「結び直してあげて、それっきりだったんだけど」

「その時だけだろ？　ど忘れだよ、よくあるよ」

「うん。他はゼンゼンおかしくないんだけど……」

「大丈夫だよ。いろいろあったから疲れてるんだよ」

「そうだよね。他は瑞恵さんよりよっぽどちゃんとしているし。六階の植物の手入れ、よくやっているし」

大丈夫だよ。恒子さんは絶対、大丈夫だよ。強く心に言い聞かせながら、食べかけのスィートポテトをお皿に置いた。急に食欲が萎えてしまった。

「ごめん、変なこと言っちゃった。それよか翔太の就活はその後、どうなってるのよ？　垂水なんたらだっけ、そこに決めたの？」

垂水食品加工から内定が出たのを契機に僕の運気は少しだけ上がったらしい。その後、二社も内定をくれる会社があって、どこに就職するかグズグズ迷っている。何しろ、あとの二社は、規模こそ垂水食品加工よりも小さいけれど、都心に本社があって、オフィスもカフェみたいなフリーアドレス式で、業種は流行のＩＴ産業だったからだ。クラスの友達は皆、口を揃えて「当然、そっちだろ」と決めつけている。

「うん。あれから何社も内定もらってね。迷ってる」

わずか二社だし、どっちもさほどのものじゃない。でも、美果の前だと、ついかっこつけてしまう。白状すれば、僕はかなりのいいかっこしいだ。

「なんだ、また決めてないの？　垂水なんたらでいいじゃん」

じれったそうに美果が言った。

「川崎だよ、缶詰会社だよ。冴えない作業着、着るんだぜ」

「それが？」

「ＩＴとかウェブとか、そんなんじゃないし」

「毎日、パソコンを睨んで暮らすのと、ユニークな缶詰開発するのと、どっちが面白い？」

なるほど、そういう見方もあるのだと感心した。

「その内さ、美果さんのケーキ缶詰というのも売り出してよ。腕磨くからさ」

アハハと笑って大きく伸びをして、美果は「前途多難だけどねぇ」と付け足した。

＊＊＊

夕焼け空が怪しいくらい、色鮮やかだ。黄色にオレンジ、さらにピンクが混じり、今日はその向こうに富士山の影がくっきり見える。鉢植えが少なくなってスカスカで、なんとも落ち着かないけれど、春になればまたすぐ、花いっぱいになるだろう。この空間を失わずに済んで本当によかった。

カメ・ハウスのルーフバルコニーから街を見ている。隣に歌子さん、その向こうに厚子さん。三人で並んで手摺りに寄りかかり、立春を過ぎてもまだ寒い中、シャンパンを飲んでいる。恒子さんが一千万円をドンと差し出した時から、あれよあれよと事態は急展開して、四ヶ月が過ぎた。

就職先、とうとう決めましたと連絡したら「それは、よかった。ちょうどこちらもリフォーム完成したところだし、よっしゃ、お祝い会しよう」と歌子さんが言ってくれた。食前酒として豪華にシャンパンを飲めているのは、そのせいだ。

迷っていた就職先をとうとう決めた。迷いつつ、少し考える時間をいただいてもよろしいでしょうかと人事部宛てにメールしたら、垂水社長から直々の返信が届いた。

【大事な人生の分かれ道です、じっくりとことん検討してください】

ジーンとした。怒るどころかこっちの身になってくれている。いい社長さんだ。面接の後、工場見学をさせてもらった時も、アットホームな空気が心地よかった。それでも決意できなかったのだから、我が優柔不断さには呆れるばかりだ。最後にグズグズの決断力にスイッチを入れたのは、「垂水なんたらでいいじゃん」と言い切った美果の言葉だったかもしれない。

それで決めたとしたらあまりに情けないけれど、でも、ずっと気持ちの奥にあった「垂水社長に付いていきたい」という本音を引きずり出してくれたのは事実だろう。

決めかねていたお詫《わ》びも兼ねて、内定承諾書を直接、会社に届けに行った。人事担当のオバチャンにその旨を告げていたら、垂水社長がノシノシ現れて、

「おう、結局、他所《よそ》は振られたか」

ニヤリと笑った。さすがにカノジョに背中を押されて、とは言えないが、全部に振られたわけではない。そこは反論すべきか、どうしようかと口ごもったら、

「じゃあ、今晩、飲みに行くか」

いきなり誘われた。

「社長として誘うんじゃないよ、トーブンの先輩が後輩を誘うだけだ」と。

駅裏の、安く、その分気楽な居酒屋で社長としこたま飲んで、缶詰の将来性について熱く語り合った。

「災害用とか保存用ではなく、豪華に楽しめる缶というのを考えてはどうでしょう。一流料理人の餡かけとか、有名パティシエのケーキがそのまま入っているみたいな」

美果の受け売りだなぁと恥じ入りつつ提案したら、社長は「ほう」と目を見開き、「面白いね」と

手帳を出してメモしていた。

そんなこんなで、今はかなり高揚している。今晩の食事会で、缶詰産業の可能性と、速水翔太の将来性をオバサマ達に披露するつもりだ。社長にどうやら期待されているらしい、ということもじっくりと。みんな、見直すんじゃないか。

「翔ちゃん、どう思った？　新しいこの家」

厚子さんが首を伸ばして得意そうに聞いた。

そう、臨時会議でリフォームを決議してから、オバサマ達の動きは素早かった。すぐに知り合いの建築家を呼びつけ、貸しスタジオを作る事、傷んだ箇所を直し、壁紙を貼り替え、段差をなくし……などなど散々注文し、バッチリ値切ることも忘れなかった。

そうやって以前より明るく、風通しよく、いかにも使い勝手のよさそうな家が完成した。貸しスタジオが使用中でも出入りに困らないよう、奥の個室からキッチンに通じる渡り廊下を作り、ずっと使っていなかったアイランドキッチンを料理教室にも、パーティにも、理科の実験台にも使えるようにした。家中の段差をなくし、トイレと浴室には手摺りも付いた。

「一応、用心のためよ。うっかり転ぶと、六十代でも大腿骨《だいたいこつ》折ったりするからね」

手摺りなんかまだ必要ないわよ、と威張っていた厚子さんが、慌てて言い訳した。

「いい家になりましたねぇ。でも、すっきりし過ぎで、寂しいみたいな」

びっくりするくらい物がなくなっている。

「生き方を見直したの。余計な物は持たない。思い出は心の中に収める。その線引きで更に片付けたから。モデルルームみたいに清々しいでしょ」

「厚ちゃんって、やり出すと徹底するから周りは迷惑するの。翔ちゃんも思わない？　余計でも、あれば癒やされるものって、実はいっぱいあるのに」

厚子さんと歌子さんの会話につい、

「これ、終活っていうやつですよね。ほら、就職のシュウカツじゃなくて、終わりって書くシュウカツ……」

言いながら、あ、まずいことを口にしてしまった、とは気がついた。

「終活って言葉、私は嫌いだわぁ。違うわよ、翔ちゃん、これは整理整頓、生活の見直し」

案の定、厚子さんが憮然とし、

「終活、終活って、世間じゃ嬉しそうに使うけど、現実をごまかしているだけじゃない」

俄然、歌子さんが勢いづく。

「そうそう。年寄りを煽てて、死ぬ準備しとけよ、って話でしょ」

「そうやって金儲け。ほら、保険会社とか雑誌とか」

「余計なお世話だってのよね。年寄り達も年寄り達よ。嬉々としてその手に乗るなって言いたいわよ」

「そのとおり！　外野に言われなくたって私達、死ぬ時はきれいに死ぬし、それまでは見事に生きるんだから」

こういう話題になるとすぐに二人はタッグを組むんだ。話は果てしなく続きそうなので、

「こんなにきれいな家になっちゃって、僕、卒業するの、止めちゃおうかなぁ。もう少し秘書を続け

ていたいですよ」

慌てて、話を戻した。夕焼け空をカラスがカァと鳴いて、寝床に帰っていく。

「後釜にはすでに美果ちゃんが収まっているからね。翔ちゃんが留年しても、もう、居場所はないわよ」

「ま、これからもいつでも遊びに来て……って、どうせ、そのつもりだろうけど」

「夕飯ご馳走するから、貸しスタジオのイスの片付けぐらいは、たまに来て手伝いなよね」

近々、チラシを作って貸しスタジオの宣伝も始めるんだそうだ。美果が張り切っていて、チラシ作りもスタジオのスケジュール管理も引き受けるつもりらしい。

美果は歌子さん達が蓄積した知恵を、とことん吸収するつもりなんだ。いつの間にか、完全に僕の席を美果に乗っ取られているけど、ま、いいや。美果が最近、生き生きしていて、その方が数倍嬉しい。

「そうそう、歌ちゃん、また本出すのよ」

厚子さんがニコニコと言う。

「へぇ。今度は何の本ですか?」

昨年暮れに出版された創作お節料理の本は、お節料理という限られたテーマにもかかわらず、なかなかの好評で、売り上げも期待以上によかったらしい。

「魚の皮とか切り落としとか、野菜の端っこを上手に利用する方法なんてどうか、と考えてはいるんだけどね」

賛同を期待してか、探るようにこちらを見る。倹約をしたい人が、高い本なんて買うか？　でも、「そうですねぇ」と曖昧に答えたら、

「ま、目下、慎重に検討中」

すぐに軌道修正した。そしてダイエットを決意したステラおばさんのように、

「今度こそ緻密に戦略練って、ベストセラーを狙うからね」

高い目標を宣言する。

「年寄りのくせに。どうする？　この山っ気」

「あーら、厚ちゃんだって日本の百名山全部踏破するなんて、無謀なこと言ってるじゃない。翔ちゃんも呆れるでしょ？　高齢初心者のくせして百名山踏破だって」

「だから毎日、体、鍛えているんじゃない。豪さんの分も頑張らないと。あと十年はやる。塾の先生の方はあと二十年やれる」

厚子さんは富士山に向かって拳を上げた。沼袋さんの木彫りカミツキガメは、一旦、厚子さんと共にワンルームアパートに引っ越ししたものの、また戻ってきて、玄関前で、睨みを利かせている。

「二十年かぁ。結構あるよね」

「うん、ある！　二十年ってさ、過ぎちゃえばあっという間だけれど、これから生きる分には意外と使えるんだよ」

二十年。僕にはとてつもなく先のことに思える。

「恒ちゃん、持つかな」

厚子さんと歌子さんが、ほんの一瞬、不安そうな顔になって、そっとキッチンを窺った。美果が言っていたスニーカーの紐のことが、つい頭に浮かぶ。どういう風の吹き回しか、今日はテレビでやっていたタイ風サラダを私達が作ると、瑞恵さんと恒子さんが張り切って用意しているのだ。そして美果が手伝っている。

「このバルコニーを取り戻したんだから、絶対大丈夫ですよ」

余計な不安をかき消すように、慌てて言った。

「そうだよ、持つよ。あの子、昔からしぶといじゃない。下手すると私達より持つ」

「その内、瑞恵ちゃんが芥川《あくたがわ》賞を獲ったりして」

「アハハ。八十過ぎまで頑張ればチャンスあるよ。ほら、最高齢受賞だと話題作りになるもの」

「アハハ、それいいね、瑞恵ちゃんの芥川賞まで私達、持つかな」

また一瞬、間があって、

「頑張ろう!」

厚子さんと歌子さんから同時に声が出た。そして二人でカチンとグラスをぶつけて、グイと一気に飲み干す。この調子なら、あと三十年は十分元気だ。腰曲げて、毒を吐き合っている様子がまざまざと見える。

「なあに、なんか、私達のこと噂した?」

「寒いじゃない、ここ。サラダ完成。そろそろ中に入って、始めようよ」

瑞恵さん、恒子さんと美果がシャンパングラスを手にリビングから出てきた。

「翔ちゃん、今日のメインは鴨鍋《かもなべ》だからね。翔ちゃんのお祝いだってんで上等な鴨肉、わざわざ取り寄せたんだから」

濃厚な脂が光る煮汁。映像が目に浮かんだ。たっぷりの鰹節と昆布を使い、醬油と味醂で味付けした煮汁は、湯気の中でコトコト音を立て、鴨から出た旨味でさらに味わいを増す。そこに水菜をさっと入れるんだ。シャキッとした食感の水菜と、ふっくらした鴨肉とを交互に口に入れる。寒い夜に鴨鍋は最高だ。そうそう、七味をピリッと効かせないと。しかし、鴨肉ってお安くないぞ、大丈夫か？

「余計な散財をさせてしまって……」

「どうしたの？　急に殊勝になって。こういう時はいいの。お祝いの時はパッとやるの」

この家では、断捨離も節約も、前途多難だ。

「昔、映画にあったじゃない。心中を決めた男と女が最後に鴨鍋を食べるの」

「ああ、『失楽園』じゃなかった？」

「中年男女のドロドロした話でしょ」

「私達って、そういうドロドロ話にとんとご縁がないわよねぇ」

「そういう話じゃなくって。そのシーン、鴨鍋を鴨とクレソンだけで食べるんだ。どう、お洒落でしょ、みたいな演出なんだけれど、私、やっぱりクレソンは合わないって、ずっと文句言いたいと思っているのよねぇ」

「なんだ、言いたいことってそんなこと？」

「やっぱ、せりか水菜でしょう」

「私は、葛切りも絶対に入れて欲しい。汁を吸って葛がとろんとして」

「あのさ、そういうどうでもいい話は後にしない？　寒いから、まずは中に入ろう」

ゾロゾロとリビングに入っていく。まったく、相変わらずなんだから。苦笑したらいつの間にか横にいた美果と目が合った。「四ババ、安定の言いたい放題」コソッと囁き、クスッと笑って、軽やかなステップで中へ入っていく。

この間、「初任給が出たら温泉に行こうよ」と美果を誘った。最大の勇気を振り絞って誘ったのに、「なに言ってるんだか」と鼻であしらわれた。「温泉誘うなんて百年早いわ」だって。百年もか？　と不服だが要するに撃沈だ。しょげたら、

「それよか美味しいケーキを買って翔太のアパートで食べよう。その日はお泊まりしてあげるよ」

早口に言って、美果が照れた。目がまん丸くなったまま声が出なかった。初任給が出たら真っ先に、新しいタオルと美果用の枕を買わないと。

ふっと目をやると、赤々と揺らめいていた夕日が街並みの向こうに落ち、ピンクとオレンジの空に、薄墨色が増えている。

「翔ちゃん、何してんの、風邪ひくよ」

「陽が落ちてすぐの空って、潔いなぁと思って」

「今の、私達への当てつけよ。空も人生も黄昏《たそがれ》だぁ、すぐに真っ暗闇だって」

「あら、そうなの？」

揃ってジロと睨む。いやいや、そんな……。

「翔ちゃん、黄昏って書ける？」

また来た。

「金色に輝くって書くんでしたっけ」

答えると、歌子さん達、あら、と顔を見合わせ、

「就職決まったら、なんだか切り返しが上手くなったじゃない」

不満そうに笑った。そりゃあ、鍛えられましたから。

陽が落ちれば夜が来る。でも夜は夜で、決して悪いもんじゃない。昼の喧噪《けんそう》から離れた、包み込むような穏やかな刻《とき》。人の一生にも通じるかも。

一気に闇が広がる空を、僕はもう一度そっと振り返る。

※本書は、書き下ろしです。
※本作品はフィクションであり、
登場する人物・団体・事件等は
すべて架空のものです。

御木本あかり（みきもと・あかり）

一九五三年、千葉県出身。お茶の水女子大学理学部卒業後、ＮＨＫ入局。夫の海外勤務で退職し、その後通算二十三年、外交官の妻として世界九カ国で生活。本名の神谷ちづ子名義でエッセイ『オバ道』『女性の見識』などの著書がある。二〇二二年『やっかいな食卓』で小説家デビュー。本作が第二作。

編集　幾野克哉

終活シェアハウス

二〇二四年四月二十二日　　初版第一刷発行

著者　御木本あかり
発行者　庄野　樹
発行所　株式会社小学館
〒一〇一－八〇〇一　東京都千代田区一ツ橋二－三－一
編集　〇三－三二三〇－五九五九　販売　〇三－五二八一－三五五五
ＤＴＰ　株式会社昭和ブライト
印刷所　萩原印刷株式会社
製本所　株式会社若林製本工場

造本には十分注意しておりますが、
印刷、製本など製造上の不備がございましたら
「制作局コールセンター」（フリーダイヤル〇一二〇－三三六－三四〇）
にご連絡ください。
（電話受付は、土・日・祝休日を除く九時三十分～十七時三十分）

 ISBN 978-4-09-386722-1